Friederike – Inselkatze mit Herz

Die Autorin

Andrea Schacht hat einen technischen Beruf ausgeübt, bevor sie 1992 beschloss, sich ganz und gar dem Schreiben zu widmen. Bekannt wurde sie mit ihren historischen Romanen um die Begine Almut, aber auch durch ihre zahlreichen Katzenromane. Andrea Schacht lebte im Rheinland. Am 26.10.2017 ist Andrea Schacht an ihrer Erkrankung zuhause verstorben. Sie möchte mit ihren Geschichten bei den Lesern in Erinnerung bleiben.

Andrea Schacht

Friederike –
Inselkatze mit Herz

Roman

Weltbild

Besuchen Sie uns im Internet:
www.weltbild.de

Genehmigte Lizenzausgabe © 2017 by Weltbild GmbH & Co. KG,
Werner-von-Siemens-Straße 1, 86159 Augsburg
Projektleitung: usb bücherbüro, Friedberg/Bay
Redaktion: Rainer Schöttle, www.schoettle-lektorat.de
Umschlaggestaltung: *zeichenpool, München
Umschlagmotiv: http://www.istockphoto.com (© spxChrome);
www.shutterstock.com (© Julian Weber; © Denis Tabler;
© AR Pictures; © s_oleg; © IhorL)
Satz: Datagroup int. SRL, Timisoara
Druck und Bindung: GGP Media GmbH, Pößneck
Printed in the EU
ISBN 978-3-96377-468-3

2023 2022 2021 2020
Die letzte Jahreszahl gibt die aktuelle Ausgabe an.

Personen

Friederike – Inselkatze mit einem Auftrag
Mina mit ihrer Tochter – ihre Katzenfreunde
Rita – Bedienung für Mensch und Katz

Hilke – die Tante, die drei Waisenkinder betreut
Peter – Unfallwaise mit Grauen in den Augen
Sanne – Unfallwaise mit Tränen in den Augen
Melle – das stumme Mädchen, das nur malen kann

Fiete – Fischer, der mit dem Kutter rausfährt
Ronne – sein Sohn, der Delikatessenhändler
Frauke – Ronnes Mutter, Vermieterin
Norge – der Strandholzschnitzer
Freddy – der abenteuerliche Onkel der Geschwister

Der Klabauter

Eins

Neugierige Beobachtungen

Friederike schüttelte sich sorgfältig den Sand von den Pfoten und machte sich über den Teller mit Seezungenköpfen her. Seezunge mochte sie gerne, und Rita, die in dem Strandrestaurant den Menschen Futter brachte, servierte auch ihr oft einen Imbiss. Friederike mochte Rita, auch wenn die selten Zeit hatte, ihr mal ausgiebig das Fell zu kraulen.

Es war ein schönes Fell, samtig kurz und hell wie der Sand und mit feinen goldenen Streifen darin. Die Pfoten und der Bauch aber waren weiß und blütenrein. Dafür sorgte Friederikes Zunge. Die jetzt mit Genuss die letzten Moleküle Seezunge von den Barthaaren leckte. Als sie diese wichtige Tätigkeit beendet hatte, strolchte Friederike unter den Pfählen, auf denen das Restaurant stand, davon. Es gab noch andere Stellen im Revier zu kontrollieren. Zum Beispiel das Haus, in dem Ronne wohnte. Auch da roch es nach Fisch, aber auch nach vielen anderen Dingen. Sahne zum Beispiel. Und Joghurt. Oder Käse.

Um diese Zeit war Ronne meist zu Hause, und es lohnte sich, einen Blick durch das Fenster zu werfen. Aber vorher musste am Gartenzaun ein Besitzrecht markiert werden, sonst würden sich Geert, der schwarze Kater, oder Mina, die Tigerkatze, in ihr Gebiet einschleichen.

Ein eleganter Sprung brachte Friederike auf die Fensterbank, und mit einem kräftigen Maunzen machte sie den Mann auf sich aufmerksam, der in der Küche werkelte.

Er öffnete das Fenster.

»Hallo, Friederike. Na, auf Abendbummel?«

Leises, freundliches Gurren.

Ronnes Hand strich über ihren Kopf, dann über ihren Rücken, und ließ auch den Schwanz nicht aus.

Das Gurren wurde zum Schnurren.

»Ich habe heute frische Heringe bekommen. Hättest du gerne ein Stück?«

Sehr lautes Schnurren.

Der Fisch war vorzüglich.

»Du bist eine echte Gourmetkatze, Friederike. Aber jetzt muss ich wieder an die Arbeit. Bei Bröselmanns soll es ein Büffet geben.«

Bröselmanns waren blöd, die hatten einen Hund.

Friederike strolchte weiter. An Norges gefährlichem Garten vorbei. Die meisten Menschen hatten Blumen in ihren Gärten, einige auch Bäume oder Büsche. Norge hatte Gestalten eingepflanzt. Bedrohliche Gestalten. Sie starrten einen an. Und noch viel schlimmer war Norge selbst. Der saß mit einem Messer im Garten und knurrte, wenn sie mal auf dem Zaunpfahl saß und guckte.

Doch dann hatte Friederike den Garten unbehelligt hinter sich gelassen und näherte sich dem Haus von Fiete und Frauke. An der Ecke hinterließ sie noch einmal die deutliche Nachricht, dass es sich um ihr höchst eigenes Revier handelte. Fiete mochte sie besonders gerne. Der alte Mann mit den rauen Händen war ein Meister des Kraulens, und seine tiefe Stimme grollte so sanft wie das Schnurren eines Tigers. Und Frauke hatte unter ihrem harten Wesen ein unendlich großes Herz. Das roch man als Katze sofort. Sie hatte nichts dagegen, wenn Friederike sich an kalten, regnerischen Tagen auf dem Sofa bei dem Kamin zusammenrollte. Es war wundervoll ruhig in ihrem Haus und roch nach Holz und Braten und Rosen und Lavendel.

Heute nicht.

Was war da los?

»Peter, Sanne, Melle, kommt ihr?«, rief eine Frau, und Frauke knurrte die drei Kinder an: »In eure Zimmer! Wird's bald?«

»Ich will nicht«, maulte das ältere Mädchen, die Kleine versteckte sich hinter der Frau, und der Junge machte ein trotziges Gesicht.

»Also, wer zuerst die Treppe hoch ist, bekommt dies hier!«, fauchte Frauke und zeigte eine Eistüte vor.

Keines der Kinder rührte sich. Die Frau hingegen machte sich von der Kleinen los und stürmte die Stufen hoch.

»Mein Eis!«, sagte sie und streckte die Hand aus.

»Angeschmiert!«, erwiderte Frauke und reichte den Kindern drei Eistütchen. Peter nahm sie und machte eine kleine Verbeugung. Melle griff zögernd nach einer, aber Sanne drehte sich weg und ging langsam nach oben.

Friederike machte kehrt. Diese Veränderung in ihrem Haus gefiel ihr nicht. Und Fiete war auch nicht da. Aber die Nacht war schön, und so verbrachte sie sie unter den Pfählen des Restaurants und schlummerte zum Rauschen des Meeres bei Flut ein.

Zwei

Einzug in die Ferienwohnung

Hilke seufzte leise, als die Kinder endlich in den beiden Zimmern verschwunden waren und sie sich in dem ihren einrichten konnte. Es war das kleinste, eher eine Abstellkammer, und eigentlich hätte Peter sie beziehen sollen. Aber er war gleich in den größeren Raum gestürzt und hatte seinen Rucksack auf das Bett geworfen. Die Mädchen hatten ganz selbstverständlich das Prinzessinnenzimmer in Beschlag genommen. Nicht dass Hilke in einem rosafarbenen Himmelbett hätte schlafen wollen. Dann doch lieber in einer Abstellkammer mit – hoppla – Meerblick von dem winzigen Balkon aus. Und einer blutroten Rose, die sich bis hoch an dessen Geländer rankte und süß duftete.

Sie ließ sich auf das Bett fallen und erlaubte sich einen kleinen Moment Ruhe. Die Anreise war alles andere als entspannend gewesen. Auch wenn die Kinder still und gehorsam gewesen waren. Wie eigentlich immer, seit sie sie vor einem Jahr zu sich genommen hatte. Aber es war dennoch nicht ohne gewesen, sie ständig beieinander zu halten, das Gepäck im Auge zu haben, hier einen Saft, da ein Sandwich, dort ein paar Kekse zu organisieren, Feuchttücher zu verteilen, Toiletten zu suchen. Hilkes Achtung für Mütter war in den letzten Monaten deutlich gestiegen. Und sie hatte gedacht, sie sei dem Umgang mit Kindern aller Art gewachsen.

»Essen ist fertig«, hörte sie Frauke unten rufen, und sie verabschiedete sich von Meerblick und Rosen, um ihre kleine Herde in die Küche zu treiben, wo sie das Abendessen einnehmen sollten. Sie hatte die Unterkunft mit Vollpension gebucht, um nicht jeden Tag mit den Kindern den Kampf um Pizza und Pommes austragen zu müssen. Allerdings hoffte sie, dass Frauke nicht gerade diese Mahlzeiten servierte.

Sie wurde angenehm überrascht, als sie den langen, hübsch gedeckten Tisch sah, der in der Wohnküche stand. Ein bisschen altmodisch war es schon mit der Eckbank und den weiß lackierten Stühlen, aber der große Kühlschrank ging als Vintage durch, ebenso der tiefe Spülstein. Und der ebenfalls weiß lackierte Küchenschrank mit seinen Glastüren war richtiggehend hübsch. Buntes Geschirr schimmerte dahinter und fand sich auch auf dem Tisch. Und der Duft war mehr als verlockend.

Die Kinder setzten sich still auf die Bank, und Frauke stellte ihnen Schalen mit einer grünen Suppe hin. Fiete kam hereingepoltert und grinste alle breit an.

»Kinder zum Abendessen, welche Freude! Wen verspeisen wir zuerst, Weib? Die Lütte dort sieht zart und knusprig aus. Was meinst du?«

Hilke spürte, wie Melle sich verkrampfte und ganz klein machte.

»Melle, er macht nur Spaß. Keiner wird einen von euch fressen.«

»Fiete, du alter Dösbaddel. Du verschreckst unsere Gäste. Leg endlich die Brötchen in den Korb, damit wir mit der Suppe beginnen können«, raunzte Frauke ihn an.

Fiete schien tatsächlich verlegen zu werden. Er setzte sich neben Melle und strich ihr über die dunklen Locken.

»Ist ja gut, min Deern. Dir tut keiner hier nix. Lasst es euch schmecken.«

Melle tauchte ihren Löffel in die Suppe und aß. Hilke tat desgleichen und fand die Suppe schmackhaft. Auch Peter aß gewissenhaft die Schüssel leer, nur Sanne rührte unwillig darin herum.

»Ich mag so grünes Zeug nicht. Das sieht aus wie Schlamm.«

»Sanne, du beleidigst unsere Gastgeber.«

»Und wenn schon.«

»Entschuldigen Sie bitte, die Kinder sind erschöpft«, sagte Hilke, aber auch hier wollte Fiete mit seiner großen, rauen Hand trösten. Doch Sanne wehrte sich und schlug sie weg.

»Sanne, hoch in dein Zimmer. Ich will dich hier nicht mehr sehen«, sagte Hilke ruhig.

»Pfff!«, erwiderte Sanne und schlich aus der Küche.

»Sie können das Kind doch nicht ohne Essen zu Bett schicken«, empörte sich Frauke.

»Nein, sicher nicht. Ich stelle ihr nachher noch ein Brot und ein Glas Milch hin. Wenn es niemand sieht, wird sie es schon aufessen. Verzeihen Sie, sie ist in einem schwierigen Alter.«

Frauke nickte und fragte: »Nun, dann erzählt mal, wie war die Reise?«

Peter murmelte irgendwas wie: »Ganz in Ordnung.« Und Melle schwieg. Also berichtete Hilke von ihren Erlebnissen der langen Zugfahrt.

Mit einem Glas Wein setzte Hilke sich später in den Garten auf die Bank unter der Rosenlaube und hing ihren Gedanken nach. Ob es wohl richtig gewesen war, die Kinder mit ans Meer zu nehmen? Vor gut einem Jahr hatten die Geschwister ihre Eltern bei einem Segelunglück verloren. Ihr war es ganz selbstverständlich erschienen, die damals siebenjährige Melle, den neunjährigen Peter und die elfjährige Sanne bei sich aufzunehmen. Dass es nicht leicht sein würde, den verstörten Kindern zu helfen, war ihr bewusst gewesen. Aber die drei waren brav und ruhig. Zu ruhig. Peter vor allem. Er befolgte jede Bitte, machte still seine Hausaufgaben und erledigte seine Pflichten ohne Murren. Aber er hatte keine Freundschaften geschlossen, und oft traf sie ihn an, wie er blicklos aus dem Fenster starrte. Sanne zeigte zumindest in den letzten Wochen einen gewissen Widerspruchsgeist. Hilke hoffte, dass ihre kleinen Aufsässigkeiten ihr Weg aus der Trauer war, und nahm sie meist mit Gelassenheit. Melle hingegen war ein wirkliches Problem. Sie hatte seit dem Unglück kein einziges Wort mehr gesprochen. Die Therapeutin hatte sie sanft und unnachgiebig angeschwiegen, und wenn sie etwas schreiben sollte, blieb das Blatt leer. Aber es war nicht so, dass sie nicht verstehen konnte, was gesagt wurde. Auch sie war folgsam, und seltsamerweise schien sie gerne zu rechnen. Sie hatte bislang alle Aufgaben mühelos gelöst und sogar mehr getan, als sie an Hausaufgaben erhalten hatte.

Vielleicht war es falsch, herzukommen, überlegte Hilke. Aber vielleicht war es auch eine Chance, gemeinsam Urlaub zu machen. Na ja, abreisen konnten sie noch immer.

Die Schatten waren lang geworden, und eigentlich hatte sie eben aufstehen und ins Haus gehen wollen. Doch da näherte sich ein Mann der Rosenlaube.

Ein ausgesucht großes und ausgesucht hässliches Exemplar von Mann. Er blieb nahe bei ihr stehen und nahm seine Schirmmütze ab. Wild standen seine Haare vom Kopf ab, verdeckten aber kaum die großen Ohren. Ein schiefes Lächeln breitete sich zögerlich unter der scharf konturierten Nase aus. Seine Hände umklammerten die Mütze, die er angestrengt vor seiner Brust festhielt.

»Einen guten Abend wünsch ich Ihnen, Fräulein«, sagte er heiser und räusperte sich.

»Was wollen Sie?«, raunzte Hilke ihn an, um ihre Angst zu überspielen.

»Nur vorbeischauen. Ehrlich. Ich bin Ronne.«

»Aha.«

Die Hände drehten die Mütze um und um, dann nickte er und sagte: »Denn geh ich mal zu Vadder rein.«

Damit stiefelte er ins Haus.

»Ach herrje«, entfuhr es Hilke. Offensichtlich hatten Frauke und Fiete einen etwas zurückgebliebenen Sohn zu versorgen. Nun, auch die hatten es sicher nicht leicht. Der Mann musste schon an die dreißig sein. Und mochte er auch hässlich sein, bösartig war er vermutlich nicht, sondern eher schüchtern.

Hilke schnupperte noch einmal an einer der eben erblühten Rosen und ging dann ebenfalls ins Haus.

Drei

Erste Kontakte

Der Morgen war noch angenehm kühl, als Friederike ihre erste Maus verspeiste. In den Dünen gab es unzählige Höhlen und Gänge, in denen die kleinen Nager lebten. Samen und Körner fanden sie in Mengen, und so war eine gut genährte Dünenmaus ein ausreichendes Frühstück. Daher hatte Friederike auch genug Energie, um zwei dieser blödsinnig lachenden Möwen aufzuscheuchen und ihnen klarzumachen, wer hier die Herrschaft im Revier hatte.

Das allerdings hatte sie wieder hungrig gemacht, und da zu so früher Stunde ihr Restaurant noch keine Mahlzeit anbot, schlenderte sie zu ihrem Haus hin. Fiete war ein Frühaufsteher, und wenn die Tide gut stand, dann fuhr er oft mit seinem Kutter hinaus, um zu fischen. Vorher aber gönnte er sich immer ein reichhaltiges Frühstück, von dem er durchaus bereit war, einer halb verhungerten Katze etwas abzugeben.

Friederike jaulte vor dem Fenster. Das konnte sie laut und durchdringend.

Es wurde ihr auch prompt aufgetan.

»Sei still, du kleine Heulboje. Du weckst doch die Lütten auf!«

Das war neu. Das hatte er noch nie gesagt. Und vor allem nicht in diesem Ton. Friederike tatzte nach der Hand mit dem Stück Käse. Strafe musste sein.

»Aber Friederike!«, grummelte Fiete, und der alte, bärtige Tiger erschien wieder in seinen Augen. Friederike setzte sich nieder und schaute zu Boden.

»Na, schon gut, Kätzchen. Ist schon gut.«

Der Käse war fett und schmackhaft und die Portion nicht zu klein.

Fiete aber polterte aus der Tür und ließ sie es sich im Haus gemütlich machen. Ein Rundgang durch das Wohnzimmer brachte nicht viel Neues, aber in der Diele standen ein paar Schuhe mehr und ganz andere als Fietes Stiefel und Fraukes Puschen. Kleine Schuhe, die anders rochen. Friederike inspizierte sie gründlich und bekam schon ein recht gutes Bild von ihren Besitzern. Das waren Kinder, die lange nicht mehr im Sand herumgelaufen waren. Straßenfüße besaßen sie, Zimmerfüße, aber keine Strandfüße. Vielleicht war da etwas Garten, zumindest Wiese. Es würde interessant sein, zu beobachten, wie diese Kinder ans Meer gingen. Die Frau hatte in der Rosenlaube gesessen, ein blutrotes Blättchen an ihrem Schuh verriet sie.

Ein drittes Frühstück könnte sie auch noch verkraften, entschied Friederike, suchte schon mal vorsorglich die große Küche auf und legte sich auf die Eckbank.

Es dauerte eine kleine Weile, die sie mit einem leichten Dösen überbrückte, bis Frauke erschien. Die bemerkte sie nicht, sondern summte ein fröhliches Lied, während sie Eier und Mehl in einer Schüssel verrührte. Es näherten sich Schritte, und die Frau wünschte Frauke einen schönen guten Morgen. Der Junge nuschelte auch so etwas, das ältere Mädchen zog einen Flunsch, und die Kleinste sah sich mit großen Augen um.

»Auf, den Tisch decken!«, sagte Frauke. »Hilke, kümmern Sie sich bitte um den Kaffee und die Milch?«

Hilke war die Frau mit dem Rosenblatt, und die schien eifrig zu sein. Die Kinder waren es nicht so sehr. Nur die Kleinste stellte Teller auf den Tisch, und sie war auch diejenige, die sie, Friederike, entdeckte. Aber sie sagte nichts, sondern betrachtete sie nur lange.

»Melle, die Bestecke!«

Das Mädchen zuckte zusammen und ging zu dem Schrank, in dessen Schubladen die Dinger lagen, die Menschen statt der Krallen benötigten.

Der Duft von heißer Butter schwebte durch den Raum. Sanne zankte sich leise mit ihrem Bruder Peter über ein Glas Erdbeermarmelade, und Friederike wollte schon aufspringen und fortgehen, da rutschte Melle neben ihr auf die Bank.

Die Pfannkuchen schienen den Kindern zu munden, aber anders als die Kinder, die Friederike von dem Strandrestaurant her kannte, waren diese hier sehr still. Nur Hilke sprach – sie machte Pläne für den Tag.

Frauke war aufmerksamer. Sie entdeckte Friederike,

19

sah kurz zu ihr hin und stellte dann unaufgefordert eine Untertasse mit Sahne auf den Boden.

Aber erst als das Menschenrudel die Küche verlassen hatte, schritt Friederike zur Sahne und schleckte sie genüsslich aus.

Sie waren nicht alle fortgegangen, stellte sie dann bei ihrem Rundgang durch das Haus fest. Das kleine Mädchen war geblieben. Sie saß im Wohnzimmer am Tisch und kritzelte etwas in ein Heft. Als sie Friederike bemerkte, leuchteten ihre müden Augen einmal kurz auf. Doch es umgab eine traurige Stille dieses Kind, und darum strich sie ihr einmal mit einem kleinen Schnurren um die Beine. Es half nicht, die traurige Stille blieb. Also setzte Friederike sich auf die Fensterbank und zählte die Vögel im Garten. Es waren viele, und sie zwitscherten und flöteten recht angenehm.

Ein leises Kruscheln lenkte Friederike von ihrem wichtigen Tun ab, und als sie sich umdrehte, stand das Mädchen neben ihr und hielt sein Heft hoch. Auf einer Seite in diesem Heft saß sie: Friederike, in königlicher Haltung. Ganz nach dem Leben gezeichnet. Mit Schnurrhaaren und allem.

Vier

Lämmerschwänze

In dem großen Stall war es warm und roch nach Heu und wolligen Schafen. Es war noch früh im Sommer und Lämmerzeit. In kleinen Pferchen lagen oder standen Muttertiere mit ihren Kindern. Weiße Lämmer, schwarze Lämmer, schwarz-weiße Lämmer und weiß-schwarze Lämmer. Sie waren so niedlich anzusehen, und die meisten ließen sich auch streicheln. Ein größeres Areal war abgetrennt und mit Strohballen ausgestattet. Hier wurden den Kindern die Lämmchen gereicht, damit sie mit ihnen spielen konnten. Manche Tiere blökten herzerweichend nach ihren Müttern – manche Kinder auch –, aber die meisten hatten ihre Freude daran, sich miteinander zu vergnügen. Auch Hilke kraulte ein schwarzes Lämmchen hinter den Ohren und fand es lustig, von ihm die Hand geleckt zu bekommen. Peter verhielt sich zunächst zögerlich, doch als ein Lämmchen ein paarmal auf seinen staksigen Beinen vor ihm hin und her gehopst war, hatte er den Mut gefunden, es ebenfalls zu kraulen. Sanne war mutiger, sie ging gleich auf ein Tierchen zu und hob es auf. Doch das Lämmchen hielt es nicht lange auf ihrem Schoß aus, und als es zappelte, um freizukommen, fing

Sanne an, es zu kneifen. Hilke befreite das schreiende Tier aus ihren Händen und schüttelte missbilligend den Kopf.

»Sanne, es ist ein ganz junges Tier. Es will zu seiner Mama zurück. Du darfst ihm doch nicht wehtun.«

»Ach nein? Ich dachte, sie sind zum Knuffeln da. Dann müssen sie sich das auch gefallen lassen und nicht zappeln und wegwollen.«

»Knuffeln ist nicht kneifen, Sanne. Lass das!«

Aber Sanne sprang auf, griff das weiße Lämmchen und warf es aus dem Areal. Das verstörte Tierchen hoppelte zwischen den Pferchen herum und suchte seine Mutter. Sanne scheuchte es mit schrillen Schreien den Gang hinunter.

Eine kräftige Helferin fasste das Lamm und klemmte es sich unter den Arm, mit der anderen Hand packte sie Sanne im Nacken. Der Griff war hart und gnadenlos. Sanne ging in die Knie.

»Raus hier, aber zackig!«

Hilke entschuldigte sich leise und zog Peter hinter sich her. Sanne murmelte irgendwelche Unflätigkeiten vor sich hin.

»Sei still, Sanne. Sei endlich still. Du hast dich unmöglich benommen.«

»Die sind alle blöd da drinnen.«

»Noch nicht einmal die Schafe sind blöd. Wir reden später darüber. Jetzt will ich nichts mehr hören.«

Bis sie wieder im Haus waren, herrschte also Ruhe, und Hilke dachte nach. Sannes Widersetzlichkeiten waren heftiger geworden. Es tobte eine Wut in dem Mädchen, die sicher auf den Verlust ihrer Eltern zurückzuführen war. Strafe mochte da nicht helfen, aber es war nicht zu dulden, dass sie Hilflose und Schwächere drangsalierte. Das hatte sie heute zum ersten Mal getan. Später, ja, später würde sie mit ihr darüber reden. Jetzt musste sie sich erst mal wieder um die schweigsame Melle kümmern. Das Mädchen war nicht nur verstummt, sie mochte auch nicht gerne aus dem Haus gehen. Es war schon eine rechte Strapaze gewesen, sie mit auf die Reise zu nehmen. Darum hatte Hilke gar nicht erst gefragt, ob sie mit zu den Lämmern kommen wollte.

Es war eigentlich schade, dass sie im Wohnzimmer zusammen sitzen mussten, um Melle von ihren Erlebnissen zu berichten, denn die Sonne schien, und im Garten wäre es weit schöner gewesen. Aber auch wenn sie stumm blieb, so hörte das Mädchen jedoch aufmerksam zu, und Peter erzählte sogar mit ungewohnter Lebhaftigkeit von den dickwolligen Schafen und ihren lustigen Lämmern. Sanne blökte dazu. Schön hörte sich das nicht an, klang aber recht authentisch. Also griff Hilke nicht ein, sondern lächelte zu den schrägen Lauten.

Der Nachmittag am Strand verlief einigermaßen harmonisch. Es war Ebbe, und der feste Sandboden barg allerlei Interessantes – zumindest für Hilke, die sich mit dem Leben im Watt auskannte. Sie zeigte Peter und Sanne die Priele, in denen es von kleinen Krebsen und Fischen wimmelte, wies auf Miesmuscheln, Herzmuscheln und Sandschnecken hin und freute sich, sogar einen kleinen Seestern entdeckt zu haben. Später hatte sie sich dann endlich in die Sonne legen können, während die Kinder friedlich eine Sandburg bauten.

Die Überraschung kam für sie kurz vor dem Abendessen. Während Peter und Sanne sich oben den Sand abduschten, setzte Hilke sich wieder zu Melle, die offenbar den ganzen Nachmittag in ihr Heft gekritzelt hatte.

Gekritzelt eigentlich nicht.

Mit großem Erstaunen betrachtete Hilke die Zeichnung von einer äußerst majestätischen Katze. Auf ihre Frage, wo sie die gesehen hatte, zeigte Melle auf die Fensterbank, woraus Hilke schloss, dass sich dieses Tier draußen aufgehalten hatte. Was aber noch erstaunlicher war, war das nächste Bild. Es zeigte eine Herde von Schafen und Lämmern, so wie man sie auch aus dem Fenster oben auf der Weide stehen sah. Sie waren genau beobachtet gezeichnet, die staksigen Beine der Kleinen, die behäbige Ruhe der Mütter, das dicke Fell, die lustig wackelnden Schwänze.

Nur eines irritierte Hilke – alle Schafe und Lämmer hatten Katzenköpfe …

Eine Antwort zu diesem Phänomen erhielt sie nicht. Dennoch war sie stolz auf Melles Leistung und bat sie, Frauke und Fiete die Bilder zeigen zu dürfen. Hoheitsvoll wurde ihr das gewährt.

»Das ist ja unsere Friederike. Aber ganz genau getroffen!«, staunte Frauke.

»Wer ist Friederike?«

»Eine Strandkatze, die uns immer mal wieder besucht. Hat sie sich heute wieder eingeschlichen, diese freche Schnüffelnase!« Und dann drehte Frauke sich zu ihrem Mann um. »Oder hast du ihr wieder was von deinem Frühstück abgegeben?«

»Ich? Ich, Mudder?«

»Ich kenn dich doch. Na, was soll's. Die Katze ist ein sauberes Tier, und wenn sie sich mit Melle angefreundet hat, ist es doch gut. Ich habe im Keller noch Ronnes Buntstifte und Wasserfarben. Die suche ich nachher gleich raus. Aber vielleicht sollten Sie der Lütten morgen einen Block mit weißem Papier kaufen. Muss ja nichts Teures sein.«

»Ich kümmere mich darum. Frauke. Wissen Sie, ich freu mich, dass Melle gemalt hat. Sie ist ein so furchtbar stilles Kind.«

»Sie haben Schlimmes erlebt, Hilke. So wie Sie mir geschrieben haben … Vielleicht erzählen Sie uns später, wenn die Kinder schlafen, etwas mehr von dem Unglück.«

»Mache ich. Ach, ich hoffe nur, dass es kein Fehler war, sie herzubringen.«

»Nu, nu, das wird schon«, grummelte Fiete. Und als Peter und Sanne zum Abendessen heruntergekommen waren, erzählte er von dem Meer, das dem Mond gehorchte und sich zweimal am Tag zurückzog und seinen Boden freigab.

»Und wenn die Flut kommt, dann schlagen die Wellen hoch und verschlingen alles«, sagte Peter, sprang auf und lief nach oben.

Melle machte große Augen und begann zu zittern, und Sanne streckte ihnen die Zunge heraus.

»Bah, was für Jammerlappen. Wenn die Wellen kommen, laufe ich ihnen entgegen und schwimme hinaus. Das wird ein Spaß!«

»Es kommen nur Wellen, wenn es stürmt«, sagte Frauke ruhig. »Und dann wirst du brav am Strand bleiben, Mädchen.«

»Ach was. Ich hab keine Angst.«

»Sanne, wenn …«

»Wenn die See richtig hoch geht und schäumt und schlägt, dann nehme ich dich mit raus auf den Kutter«, sagte Fiete und sah Sanne drohend an. »Mal sehen, wer dann Angst kriegt!«

»Fiete!«

»Das Mädchen muss Seebeine kriegen. Für Zimperliesen ist kein Platz an der Küste.«

»Vadder!«

»Ich bin keine Zimperliese«, fauchte Sanne und lief ebenfalls aus der Küche.

»Hast du denn gar keinen Verstand, Alter?«, fuhr Frauke ihren Mann an. »Ihre Eltern sind auf See geblieben.«

»Und darum müssen sie raus. Alle drei. Aber noch nicht morgen. Wenn es ruhig ist, fahre ich mit euch allen zu den Robbenbänken.«

»Lassen Sie es gut sein, Fiete. Es reicht erst mal, wenn die Kinder am Strand spielen und Melle hier drinnen ihre hübschen Schafskatzen malt«, sagte Hilke und streichelte Melle.

Fünf

Spielereien

Friederike hatte eine gemütliche Kuhle im Dünengras gefunden, und wer nicht wusste, dass sich hier eine Katze verbarg, der sah sie auch nicht. So wie der Mann, der beinahe über sie gestolpert wäre. Graugrüne harte Gräser warfen ihre streifigen Schatten über ihr sandfarbenes Fell, die weißen Pfoten hatte sie säuberlich unter ihrem weißen Bauch gekreuzt, und nur die Ohren bewegten sich immer mal wieder, um die vielfältigen Geräusche zu prüfen. Leise raschelte das Gras, eine Biene summte vorbei, ein kleiner Vogel sang sich die Kehle aus dem Leib, und vor ihr rauschten leise die Wellen über den Sand. Das Kreischen der Kinder und der Möwen ignorierte Friederike. Es störte sie nicht, denn weder die Vögel noch die Menschenkinder würden sie entdecken.

Mit dem Wasser war das etwas anderes.

Wasser mochte Friederike nicht. Es war so nass.

Aber es war da, und das konnte man nicht leugnen. Und es hatte seine Eigenarten. Es kam und ging. Mal verschwand es weit draußen, dann wieder schwappte es bis an den Fuß der Dünen. Auch wenn sie selbst das Meer nicht mochte, so spürte sie doch seinen Rhythmus.

Sie hatte es in den Schnurrhaaren, wann es stieg und fiel. Und ganz besonders, wann es sehr hoch stieg. Das war gut zu wissen, denn an solchen Tagen vermied sie es, in seine Nähe zu kommen.

Andererseits war es auch aufregend. Wenn die Wellen bis unter die Pfähle geschwappt waren, hatten sie immer viele interessante Dinge mit angeschwemmt. An diesem Morgen war die Flut jedoch nicht sehr hoch gestiegen, denn der Mond war auch nur halb aus den Wolken gekrochen. Es lohnte also nicht, unter dem Restaurant nach Spielzeug zu suchen. Aber der Duft von gebratenen Schollen, der, ja, der versprach Genüsse anderer Art.

Friederike gab ihren gut getarnten Ruheplatz auf und begab sich ohne Hast zur Restaurantküche.

Geert war vor ihr da, und mit ein paar gesetzten, sehr lauten Beleidigungen meldete Friederike ihr Vorrecht auf die Fischköpfe an.

Geert schlich geduckt davon.

Gesättigt beschloss sie, ihrem Haus einen Besuch abzustatten, und war erfreut, die Kinder auf der Terrasse sitzen zu sehen. Neugierig schlich sie näher, verbarg sich aber zunächst unter den üppig blühenden Hortensien. Fiete und Frauke sorgten dafür, dass im Garten schöne Verstecke waren.

Peter und Sanne hingegen saßen am Holztisch und schoben irgendwelche kleinen Steine auf einem Brett herum. Hilke las in einem Buch, und Melle beobachtete schweigend, wie ihre Geschwister sich um die Steine stritten. Friederike hatte auch schon mit diesen schwarzen und weißen runden Holzscheibchen gespielt. Aber ganz anders als die beiden. Sie hatte sie hochgeworfen und über den Boden gekickert, war draufgesprungen und hatte sie angeknurrt, wie man das eben mit solchen Dingen machte.

»Ha, Dame!«, triumphierte Sanne.

»Was für ein blödes Spiel«, maulte Peter.

»Das sagst du nur, weil du nicht auf deinem Dings da rumknipsen kannst.«

»Ist ja auch doof. Tante Hilke, gib mir mein Handy wieder. Dann kann ich alleine spielen und nicht mit der blöden Sanne.«

»Wir haben uns geeinigt, dass wir in diesem Urlaub auf alle Computerspiele verzichten wollen, schon vergessen? Wir wollten etwas zusammen unternehmen. Und Dame ist ein Spiel, bei dem man versuchen muss, die Züge des Gegenspielers zu erraten. Es geht nicht einfach darum, die Steine auf dem Spielfeld hin und her zu bewegen. Versucht es noch mal. Sanne, du bist schlau, du wirst doch vorhersehen können, was dein Bruder plant. Und du, Peter, du wirst dich doch nicht von Sanne überrumpeln lassen, oder?«

Offenbar hatte die Ansprache etwas bewirkt, denn eine Weile brüteten die beiden über dem Brett und zankten sich nicht. Dann aber begann Peter wieder zu maulen.

»Die hat mir jetzt schon wieder einen Stein weggenommen.«

»Du hast dich ja auch in ihre Zugbahn begeben,
Peter«, sagte Hilke. »Das war nicht sehr klug.«

»Aber was hätte ich den sonst machen können?«

Hilke kam nicht dazu zu antworten, denn die kleine
Melle stand von ihrem Stuhl auf, ging zu dem Tisch
und schob mit flinker Hand die Steine hin und her.

»Lass das«, schimpfte Sanne, aber Hilke lachte.

»Sie hat die Partie zu Ende gespielt. Himmel, Melle,
das war großartig. Warum spielst du nicht mit?«

Aber das Mädchen lief ins Haus.

Friederike folgte ihr ungesehen und fand sie auf
ihrem Bett, wo sie sich in eine Ecke drückte und ein
Kissen in den Armen wiegte. Es war eine so tiefe Trauer
um sie, dass Friederike leise davonschlich.

In der Küche fand sie Frauke, die weit fröhlicher
war und sie sogar herzlich begrüßte. Nach dem Häppchen Käse wurde ihr das Fenster geöffnet, und sie verließ das Haus. Doch nicht der Strand war ihr nächstes
Ziel, sondern wieder einmal der seltsame Garten des
alten Norge. Vorsichtig strich sie am Zaun vorbei und
wagte sich dann erst durch zwei Latten ins Innere. Es
war eine Prüfung! Da starrten sie wieder, die seltsamen Unholde. Friederike starrte auch. Und starrte
und starrte. Aber die gaben nicht nach. Die starrten
länger.

Sie fauchte.

Allerdings fauchten die nicht zurück, wie jede gesunde Katze es tun würde. Sie starrten einfach nur weiter. Geduckt schlich sich Friederike näher an einen der Unholde heran. Unheimlich waren die. Als ob Leben darin steckte, das hinauswollte. Aber sie blieben stumm und unbeweglich.

»Wehe, du kratzt daran, Katze«, knurrte es plötzlich, und Friederike schoss wie der Blitz über den Zaun und duckte sich unter ein Auto.

Offenbar war doch Leben in diesem Garten. Gefährliches Leben. Es knurrte.

Es dauerte geraume Zeit, bis Friederike sich wieder aus ihrem sicheren Unterschlupf wagte. Die Hortensie war ein angenehmerer Platz für den verdienten Schlummer, und so streckte sie sich lang aus und wanderte ins Traumland.

Die Frauenstimme weckte sie, und nach einer ausgiebigen Gymnastik – lang vorne, lang hinten, runder Buckel – stromerte Friederike näher. Hilke saß im Liegestuhl unter dem Sonnenschirm und unterhielt sich mit dem kleinen blauen Dings, das sie Rosi nannte. Menschen hatten meistens Namen für diese Dings, und wie es schien, antworteten die auch, wenn man mit ihnen sprach. Rosi erfuhr eben, dass Peter und Sanne mit Frauke zum Hafen gefahren waren, um Fiete vom Kutter abzuholen. Das war eine erfreuliche Nachricht für Friederike, denn der Kutter fing Fische, und die Fische briet Frauke in der Pfanne. Fisch in Butter war eine Delikatesse.

Aber das dauerte noch.

Es war also die Gelegenheit, Bekanntschaft mit Hilke zu schließen. In lässiger Manier näherte sie sich ihr.

»Rosi, ich bekomme Besuch. Nein, nicht von dem trotteligen Ronne. Eine sehr hübsche Katze setzt sich gerade neben mich. Ja, bis bald.«

Hübsche Katze, so, so. Das sprach für die Frau. Friederike zwinkerte ihr zu. Hilke zwinkerte zurück.

Auch ein gutes Zeichen. Friederike trat noch näher.

»Du bist die Strandkatze, die Melle gezeichnet hat, ja?«

Die Hand kam langsam näher, und Friederike schnupperte an den Fingerspitzen. Die Begrüßung war ausgesucht höflich, stellte sie fest, und darum zuckte sie auch nicht zurück, als die Finger begannen, sie zwischen den Ohren zu kraulen.

»Ich habe auch mal eine Katze gehabt, Friederike. Fünfzehn Jahre lang war sie bei mir. Eine kleine Schwarze mit weißen Pfoten, frech wie Dreck und liebevoll, wenn es ihr passte.«

Friederike schnurrte anerkennend.

»Ich vermisse sie noch immer, die süße Mara. Vor anderthalb Jahren hat sie mich verlassen.«

Friederike drückte ihren Kopf in die Streichelhand. Es schien die Frau zu trösten.

»Und jetzt sind die Kinder bei mir«, flüsterte sie nun. »Es ist nicht leicht mit ihnen, Friederike. Sie kommen über den Verlust ihrer Eltern nicht hinweg. Und ich auch nicht. Warum musste mein Bruder sterben?«

Hilke weinte leise, und Friederike blieb still neben ihr sitzen.

Kurz darauf klappte eine Autotür, und die Stimmen der Kinder näherten sich. Hilke wischte sich die Tränen ab und setzte ein Lächeln auf ihr Gesicht.

»Fiete hat Makrelen gefangen«, rief Peter. »Die werden geräuchert. Und Sanne ist in die Kühlbox gefallen und stinkt nach Fisch.«

Was auch Friederike bemerkte. Ihr gefiel es, aber Hilke schien nicht glücklich darüber zu sein. Sie bat das Mädchen, die Kleider zu wechseln und sich zu waschen, was Sanne nicht gefiel. Sie gab eine böse Antwort, und als sie Friederike sah, drehte sie sich um und trat nach ihr.

Friederike konnte eben noch der Schuhspitze ausweichen und flüchtete.

Es war an der Zeit, Ronne ihre Aufwartung zu machen. Dort fand sie auch Fiete vor, der seine Fischkisten bei ihm ablud. Einen ganzen Hering konnte sie ergattern und verzog sich mit ihrer Beute hinters Haus, bevor der alte Tiger sie ihr abnehmen konnte.

Sein grollendes Lachen verfolgte sie bis in ihr Versteck. Als es verklungen war, fraß sie den Fisch auf.

Sechs

Streitereien

»Und was ist das?«, fragte Peter, als Hilke, Sanne und er am Tisch des Eiscafés saßen und auf ihre Bestellung warteten.

»Das ist ein Gezeitenkalender. Darin steht, wann hier Ebbe und Flut ist.«

»Wozu brauchst du den? Fiete weiß das doch.«

»Fiete ist nicht immer da. Und wenn wir zum Strand gehen, müssen wir darauf achten, wie die Tide ist. Es ist gefährlich, wenn man draußen auf dem Watt ist, und die Flut kommt.«

»So ein Quatsch. Dann geht man eben einfach weg«, sagte Sanne und klopfte mit den Händen auf die Tischkante.

»Das geht nicht immer, Sanne. Die Flut kommt ja nicht mit einem Schwapp näher, sondern die Priele füllen sich und steigen an. Dabei kann es passieren, dass einem der Rückweg abgeschnitten wird.«

»Du willst uns nur wieder verbieten, an den Strand zu gehen.«

»Nein, das will ich nicht. Ich möchte nur, dass wir uns vorher immer die Gezeitentabelle ansehen. Es ist nämlich auch gefährlich, bei Ebbe zu weit hinauszuschwimmen. Da kann einen die Strömung hinausziehen, und es wird schwer, wieder ans Ufer zu gelangen.«

»Ich kann schwimmen. Ich bin geschwommen. Ich bin geschwommen, bis sie mich rausgezogen haben!« Sannes Stimme war schrill geworden.

»Ja, du warst unheimlich tapfer, Sanne.«

Hilke wollte Sannes Arm streicheln, aber die wich mit einem Ruck zurück und traf mit ihrem Ellenbogen den Kellner, der ihnen ihre Eisbecher brachte. Die wackelten gefährlich auf dem Tablett, aber er konnte sie eben noch retten. Hilke entschuldigte sich, aber Sanne schmollte schon wieder.

Es war ein schwieriger Nachmittag gewesen. Der Tag hatte trüb begonnen, und ein kräftiger Wind hatte einige Schauer über das Land gehetzt, weshalb der Strandbesuch ausgefallen war. Die Kinder hatten sich erst mit den Spielen beschäftigt, dann aber angefangen zu zanken. Melle hatte sich wieder verkrochen. Beim Mittagessen hatte Sanne lauthals gemäkelt und kaum einen Bissen zu sich genommen. Hilke hatte sich für sie bei Frauke entschuldigt, aber die hatte nur gutmütig gelächelt und Sanne einen Pfannkuchen gebraten.

Den hatte die aber auch abgelehnt, weshalb Hilke ihn gegessen hatte und nun auf einen Eisbecher verzichtete. Immerhin, der Pfannkuchen war köstlich gewesen.

Nach den vielfältigen Auseinandersetzungen zuvor herrschte jetzt endlich Frieden zwischen den Geschwistern. Hilke genoss die Ruhe. Besucher flanierten durch die Fußgängerzone des kleinen Ortes, kauften Ansichtskarten und Souvenirs, schwatzten und lachten. Beinahe vergessen war der Streit um die Jeansjacke, die Sanne unbedingt hatte haben wollen, die Fußballschuhe, die Peter sich in den Kopf gesetzt hatte, das Gequengel über den blöden Spaziergang und angeblich schmerzende Füße.

»Morgen soll es schöner werden«, sagte Hilke zu den Kindern. »Dann können wir auch wieder an den Strand gehen.«

»Und uns von der Flut verschlingen lassen«, murrte Sanne. »Wahrscheinlich wirst du uns fesseln und knebeln.«

»Habe ich das jemals getan?«

»Du hast bestimmt schon Stricke in der Tasche«, meinte Peter und grinste sie an.

»Ich denke, wir versuchen es am Vormittag, da ist Ebbe. Wir können Muscheln sammeln.«

»Wie öde.«

»Oder Vögel beobachten.«

»Noch öder.«

»Oder Möwen füttern.«

»Extrem öde.«

»Oder dich in den Sand einbuddeln.«

»Ich will schwimmen gehen.«

»Das sehen wir dann.«

»Du wirst mir das ja doch wieder nur verbieten. Wie alles!«

Hilke seufzte heimlich. Sanne war so ein Widerborst geworden.

»Wenn ihr fertig seid mit eurem Eis, dann wollen wir eine von diesen kleinen Plüschrobben kaufen. Vielleicht freut sich Melle darüber, dass wir ihr etwas mitbringen.«

Aber Melle schenkte dem kleinen weißen Plüschtier keinen Blick. Dafür hatte sie aber wieder Friederike gemalt, wie sie auf dem Sessel zusammengerollt schlief.

Frauke hatte einen Nudelsalat zum Abendessen gemacht und reife Tomaten aus ihrem Garten dazugelegt. Peter schien das zu schmecken, er futterte sich durch einen gehäuft vollen Teller. Auch Melle war zufrieden. Hilke fand den Salat hervorragend und sagte das auch. Nur Sanne schob zwei Nudeln und ein Stückchen Schinken auf ihrem Teller hin und her.

»Das sieht aus wie schon mal gegessen. Das ist ja eklig!«

Peter hielt inne und besah sich seinen Teller.

»Stimmt«, sagte er und legte die Gabel nieder.

Melle biss sich auf die Lippen.

»Kinder! Den Salat hat Frauke ganz frisch gemacht.«

»Frisch ausgekotzt!«

»Sanne! Sofort auf dein Zimmer!«

»Lassen Sie die Deern«, grummelte Fiete und stand auf. »Kann nich jeder Nudeln mögen.«

Er griff zum Telefon und sagte etwas in seinem breitesten Platt.

»Gibt gleich einen Leckerbissen«, brummte er, und schon knarzte die Haustür. Erstaunt bemerkte Hilke den tumben Ronne, der mit zwei großen Schüsseln hereinkam.

»Kibbelings und Fritten«, verkündete er, und der Duft von gebackenem Fisch füllte die Küche.

»Fiete, manchmal hast du gute Einfälle!«, sagte Frauke und verteilte die knusprigen Fischstücke und die Pommes frites auf großen Tellern. Sanne probierte einen minimalen Bissen, schluckte und haute rein.

»Kibbelings schmecken jedem«, stellte Ronne fest und grinste Hilke dümmlich an. »Ihnen auch.«

»Die sind hervorragend. Woher haben Sie die?«

»Mach ich.«

»Einmal in der Woche macht Ronne frische Kibbelings und verkauft sie am Stand«, erklärte Frauke. »Ich hätte selbst drauf kommen können.«

»Ich muss denn mal wieder«, sagte Ronne und trottete davon.

»Er ist ein guter Junge. Und so geschäftstüchtig«, meinte Frauke, und Hilke nickte dazu. Sie mochte zu Recht stolz auf ihren behinderten Sohn sein, dachte sie. Der arme Mann schien zumindest in der Lage zu sein, ein einfaches, aber durchaus schmackhaftes Essen

39

zuzubereiten. Ein paar Fischstücke in Fett auszubacken war zwar keine anspruchsvolle Tätigkeit, aber er beherrschte sie zweifelsohne.

»Ich fahr in den nächsten Tagen zu den Robbenbänken raus«, sagte Fiete und sah die Kinder an. »Is ′ne schöne Tour. Wollt ihr mitkommen? Ich halte nach Heulern Ausschau.«

»Was für Heulern? Wer heult denn da?«

»Kleine Robben, die ihre Mama verloren haben. Passiert schon mal, wenn die See rau war. Und wenn die ihre Mama suchen, dann heulen sie. Hört sich herzzerreißend an. Wir sammeln sie auf und bringen sie in die Robbenauffangstation.«

»Und was machen die da mit ihnen?«, fragte Sanne irgendwie ängstlich.

»Sie ziehen sie auf. Sie werden untersucht, gefüttert, schlafen, schwimmen – und wenn sie groß genug sind, werden sie am Strand ausgewildert«, erklärte Frauke. »Ich habe auch eine Zeit lang da gearbeitet. War eine anstrengende, aber sehr befriedigende Arbeit. Also, fahrt mit Fiete raus und seht euch die Robben an. Es lebt eine recht große Kolonie auf der Sandbank da draußen.«

Peter, Sanne und Melle schwiegen, und Hilke merkte, wie sehr sie das Schicksal der elternlosen Robbenkinder betroffen machte. Auch ihre Schützlinge waren verlassen worden, sie mochten sich ebenso einsam fühlen wie ein gestrandeter Heuler – nur geheult hatte noch keines der Kinder. Manchmal, dachte sie, wäre es besser, sie würden endlich ihre Trauer hinausschreien. Aber Melle war verstummt, Peter geistesabwesend und Sanne aufsässig.

»Fiete, Ihr Angebot ist sehr großzügig, aber für morgen haben wir erst mal einen Strandbesuch geplant. Frauke, ich würde gerne ein Picknick mit den Kindern machen. Können Sie uns vielleicht ein paar Brote mitgeben?«

»Klar. Ich mach Ihnen einen schönen Korb zurecht. Fiete fährt ja noch öfter hinaus.«

Sieben

Küchenjagd

Die Flut hatte begonnen, sich zu verziehen, und Friederike inspizierte, was sie hinterlassen hatte. Algen – die waren fies und glibberig. Eine Qualle. Die war ebenfalls fies und glibberig. Aber die Muscheln, die waren nett. Vor allem die weißen. Die Sonne hatte sie getrocknet, und wenn man sie ableckte, schmeckten sie schön nach Salz. Danach konnte man damit spielen. Das machte Spaß.

Friederike war noch ganz allein am Strand unter den Pfählen. Aber da der Himmel endlos blau und das Meer grün mit nur kleinen Wellen darauf war (die die Menschen, aus Gründen, die nur Bastet kannte, »Katzenköpfe« nannten), würde es bald sehr geschäftig werden. Ein paar von den Zweibeinern rannten schon unten an der Wasserlinie entlang, als würden sie von wilden Hunden gehetzt. Ein Pärchen schlenderte eng umschlungen durch den Sand und blieb immer wieder stehen, um sich abzuschlecken.

Mina, die Rotweiße, kam ebenfalls angeschlendert, nach ihrem Schwanz haschte ihr jüngstes Kind. Ein spätes Maikätzchen, noch in der Ausbildung. Aber es war schon recht anstellig, so wie es jetzt begann, ebenfalls mit einer Muschel zu spielen. Die beiden waren auf Futtersuche, und da Friederike ohnehin vorhatte, bei Ronne zu frühstücken, blieb es bei ein paar kleinen Fauchern. Rita konnte ihre Fischköpfe den beiden überlassen. Auf sie wartete geräucherte Makrele.

Gemächlich machte Friederike sich auf den Weg. Sie kannte ihn, folgte dennoch ihrer Nase, in der sie schon die köstlichsten Düfte erhaschte. Die Küchenfenster standen weit offen, eine Einladung, der sie nicht widerstehen konnte. In dem stahlblitzenden Raum standen Ronne und sein Gehilfe Gunnar und schnippelten und rührten, was das Zeug hielt.

»Ich mach schon mal die Krabbenpfännchen für das Büfett der Björnsons fertig, Gunnar. Wie weit bist du mit den Makrelen?«

»Sind fertig filetiert.«

»Wirf die Köpfe und Gräten in den Topf für die Fischsuppe!«

Nein!, schrie Friederike von der Fensterbank aus, und beide Männer drehten sich zu ihr um.

»Ach, schau, wer uns mit ihrem Besuch beehrt.«

»Diese heimtückische Katze. Ksss, Ksss!«

»Gunnar, lass das. Sie ist nicht heimtückisch, sie ist neugierig.«

Und mit ein paar raschen Bewegungen landeten die Fischköpfe und ein paar Häppchen Makrele in einer Schüssel.

»Fisch für Friederike!«, sagte Ronne lächelnd und stellte ihr das Futter auf die Fensterbank.

War verdammt gut. War nämlich auch ein bisschen Soße dran. Mit Sahne drin.

Genussvoll leckte sie sich nach dem Verzehr Gesicht und Schnurrhaare sauber.

»Die Müller-Liebmann will von dem gebeizten Lachs, Gunnar. Holst du ihn schon mal aus der Kühlung?«

»Ja, Chef.«

»Und dann kannst du ihn aufschneiden. Aber in gleichmäßige Scheiben.«

Gunnar ging davon, und das kleine Dings von Ronne trötete wie ein Nebelhorn. Er legte es sich ans Ohr und sagte: »Captain's Best, Sie sprechen mit Ronne.« Dann unterhielt er sich mit Müller-Liebmann. Dabei drehte er Friederike den Rücken zu.

Krabbenpfännchen! Wie mochten wohl Krabben-pfännchen schmecken? Eine ziemlich große Anzahl der kleinen weißen Töpfe mit den rosigen Krabben standen einladend vor Friederikes Nase. Auf den leisesten Pfotenspitzen schlich sie sich heran. Der Duft war verlockend. Ronne quatschte noch immer in das Dings, und die geschickte Katzenzunge räumte das Grüne und das Rote beiseite. Die rosigen Krabben – ganz ohne Pelle – schmeckten überwältigend.

»Friederike!«

Sie machte einen Satz rückwärts und zauberte ihren beschämtesten Blick in ihre Augen.

Du wirst doch wohl nicht böse sein, Ronne? Die Krabben waren doch ganz ohne Aufsicht. Und dann gehören sie jedermann. Und jederkatz, oder?

»Friederike, du brauchst gar nicht so bedröppelt zu gucken. Das war nicht fair. Ich habe dir eine große Portion Fisch in Sahnesoße gegeben.«

Ja, schon. Aber keine Krabben, nicht?

Vorsichtig bewegte sich Friederike rückwärts zum Fenster hin. Man sollte sein Glück nicht überstrapazieren. Außerdem hing ihr der Magen sowieso fast bis zum Boden, so voll war er. Bei der Landung im Garten musste sie sogar aufstoßen.

Aber das war es wert gewesen. Ein bitter notwendiger Verdauungsschlaf unter den Heckenrosen setzte sie für einige Zeit außer Gefecht.

Acht

Picknick am Strand

Die Sonne war an dem blauen Himmel hochgestiegen, und einige hübsche weiße Wölkchen bildeten kleine Tupfer darauf. Zeit, noch einmal nach dem Wasser zu sehen. Es würde jetzt zurückkommen.

Hilke packte Bastmatten und Handtücher in ihre große Tasche, Sonnencreme und einen kleinen Ball. Als sie nach unten ging, sah sie Ronne zum Haus schlendern. Er trug ausgewaschene Shorts, ein schlabberiges graues Shirt und zwei ausgebeulte Tüten mit der Aufschrift: »Captain's Best«. Es überraschte Hilke, ihn mit den Beuteln des besten Delikatessenladens der Insel zu sehen. Aber vermutlich hatte der arme Tropf etwas ganz anderes in diesen Taschen als Delikatessen.

»Moin, Mudder!«, rief er ins Haus und verschwand dann in der Küche.

»Schön, dass du kommst, Jung. Hast du Zeit, mir mein Fahrrad zu richten? Die Kette ist schon wieder lose.«

»Mach ich, Mudder.«

Hilke sah ihn nach draußen gehen und das alte Rad inspizieren, das an der Hauswand lehnte. Und wie nicht anders zu erwarten, holte er aus der Tüte einen Schraubenschlüssel und ein Ölkännchen. Offenbar überforderte ihn die einfache Handwerkstätigkeit nicht, auch wenn er höchst bedächtig vorging. Der Ruf von Frauke lenkte Hilke ab. Ihre Vermieterin stellte ihr eine Kühltasche und einen Korb mit Brötchen auf den Tisch.

»Euer Picknick. Ich hoffe, die Sachen schmecken den Kindern.«

»Wenn nicht, Frauke, dann müssen sie eben Kohldampf schieben. Ich bin dieses ewige Genörgel allmählich leid.«

»Ach, so schlimm ist das nicht. Die Kleine, die Melle, ist ein ganz liebes Ding. Sie hat mir ein Bild von Friederike geschenkt. Schauen Sie mal.«

»Ich weiß nicht, Frauke. Das sind doch Ihre Hortensien. Sehr gut getroffen, aber wo ist die Katze?«

»Na, schauen Sie mal ganz genau hin.«

Hilke tat es und musste auflachen.

»Oh ja, ganz lebensecht, der Schwanz, der da unter den Blättern hervorlugt.«

»Hat richtig Talent, die kleine Schweigerin. Mit den Malsachen haben Sie ihr eine große Freude gemacht. Und nun gehen Sie. Ich passe auf Melle auf. Und zu Mittag bekommt sie ein Omelette mit gebeiztem Lachs.«

Sanne und Peter folgten also Hilke an den Strand. Sie waren beide verträglich, planschten in einer großen

Pfütze im Watt, sammelten Muscheln und spielten später Ball miteinander.

Um die Mittagszeit rief Hilke sie zu sich und öffnete die Kühltasche. Sie hatte Wurst und Käse erwartet, doch aus den Plastikdosen tauchten wahre Delikatessen auf. Ein Heringssalat, Eier mit Räucherlachs in Aspik, Räucheraal-Törtchen, Krabbenspieße, Butterfisch in Sahne-Dill-Soße, eine Thunfischpaste. Peter war mutig, er probierte von allem etwas, Sanne hingegen mäkelte schon wieder. Hilke ignorierte sie und genoss das ausgezeichnete Essen. Frauke war wirklich eine begnadete Köchin. Wann hatte sie nur all diese Köstlichkeiten vorbereitet? Sie musste seit den frühen Morgenstunden damit beschäftigt gewesen sein.

»Ihr werdet euch bei Frauke sehr herzlich bedanken. Wie sie uns hier verpflegt, das geht weit über das hinaus, was man in einer Pension erwarten kann«, sagte Hilke.

»Das Zeugs ist aus dem blöden Deli-Laden.«

»Oh. Ja, natürlich!«

Das also war in der zweiten Tüte von Ronne gewesen. Dennoch, es war eine großzügige Geste von Frauke, denn billig waren die Speisen von Captain's Best nicht. Hilke hatte sich schon einmal in dem Laden umgesehen.

Als die Flut hochgestiegen war, lief sie mit den Kindern ins Wasser. Sanne wollte unbedingt zur Sandbank hinausschwimmen, Peter wagte sich nicht weiter als bis zu den Knien ins Wasser. Dann eilte er zurück und begann, eine Wasserburg aus Sand zu bauen. Sie überließ ihn seiner Tätigkeit und folgte Sanne. Das Mädchen war wirklich eine gute Schwimmerin, und gemeinsam eroberten sie die Sandbank.

»Schau, wie schnell das Wasser steigt«, sagte Hilke, als sie auf dem festen Grund standen.

»Und es gibt gar keine hohen Wellen. Wie langweilig.«

»Es gab ja auch keinen Sturm. Der Wind gestern war nicht so stark. Komm, wir schwimmen zurück und sehen, was Peter inzwischen gemacht hat.«

»Ich will weiter rausschwimmen.«

»Nein, Sanne, wir kehren um.«

»Kannst du ja machen, du bist feige.«

»Nein, Sanne. Ich sehe nur nicht, wohin man von hier schwimmen kann.«

»Wird schon was geben. Einen Kutter oder eine Yacht. Guck, da hinten, das Segelboot.«

Sanne wollte losrennen, aber Hilke packte sie am Arm.

»Deine Schwimmkünste in Ehren, aber das ist doch ein bisschen weit entfernt. Und die Leute wollen ganz bestimmt keine Zwölfjährige an Bord ziehen, selbst wenn du es schaffst.«

»Müssen sie aber! Lass mich los!«

»Nein, wir kehren um. Keine Widerrede!«

»Lass mich, du dumme Kuh. Bleib doch hier, wenn du dich nicht traust. Ich schaff das auch alleine.«

»Da bin ich mir ganz sicher. Aber jetzt nicht.«

Sanne begann Hilke anzuschreien, und ein älterer Mann, der ihren Zwist bisher schweigend beobachtet hatte, packte Sanne an der Schulter.

»Es langt«, sagte er ruhig.

»Was?«

Verdattert sah Sanne ihn an.

»Es ist sehr ungezogen, seine Mutter derart zu beschimpfen.«

»Die ist nicht meine Mutter! Die ist eine feige Ziege. Die verbietet mir immer alles. Die hasst mich.«

»Aha. Machen Sie sich nichts daraus, junge Frau. Ich habe drei Töchter in ihrem Alter. Da hat man schon mal solche Anfälle.«

»Muss wohl so sein«, seufzte Hilke und packte Sannes Arm fester. »Aber wie kriege ich sie jetzt an den Strand zurück?«

»Ich helfe Ihnen. Wir nehmen sie in die Mitte. Notfalls nehme ich sie in den Rettungsgriff. Aber das ist nicht besonders angenehm, Mädchen.«

Sanne sträubte sich zwar noch, aber als sie im Wasser waren, schwamm sie zwischen Hilke und dem Mann schmollend zurück.

Der kunstvollen Wasserburg von Peter versetzte sie einen derben Tritt, ebenso der Kühltasche und der Strandtasche, dann funkelte sie Hilke an.

»Jetzt kannst du weiterschimpfen!«

»Warum? Wir sind doch wieder am Strand. Magst du einen Becher von dem Eistee?«

Den nahm sie misstrauisch an und murrte noch einmal: »Und ich hätte es doch geschafft.«

»Ja, hättest du. Und dann? Dann wärst du mit den Seglern ans Ende der Welt gefahren und über die Kante gekippt, da wo die Erde zu Ende ist.«

»Du bist doof. Die Erde ist eine Kugel.«

»Ein weit verbreiteter Irrtum, der von den Journalisten verbreitet wird.«

»Wenn du es sagst.«

Sanne wickelte sich in ihr Handtuch, setzte sich auf die Matte und begann, in der Zeitschrift zu blättern.

Neun

Krabbenpfännchen

Frauke saß auf der Bank im Garten und verlas Johannisbeeren. Der Strauch mit den roten Früchten hatte eine üppige Ernte erbracht. Melle hatte sie schon ein Schälchen mit gezuckerten Beeren gebracht und sie gefragt, ob sie mit in den Garten wolle. Aber die Kleine hatte nur mit dem Kopf geschüttelt und sich ihrem neuesten Werk gewidmet – einem Schaf mit Schafsgesicht und zwei Lämmern.

Friederike stand ihr als Modell derzeit nicht zur Verfügung, denn die schlief noch immer unter den Heckenrosen. Aber die Sonne war so weit gewandert, dass der Schatten dünner wurde und die Sonne ihr auf den Pelz brannte. Sie erwachte, dehnte sich, gähnte und bemerkte erfreut, dass Frauke ganz in ihrer Nähe saß. Hunger hatte sie nicht, aber die Frau hatte höchst kundige Finger, und sich von ihr kraulen zu lassen, gefiel ihr. Darum beschloss sie, ihr ein wenig zu schmeicheln. Sanft glitt sie um Fraukes Beine und schnurrte leise.

»Na, Friederike, ausgeschlafen?«

»Mirrr!«

Die Finger strichen über ihren Kopf, kneteten die Ohren, und Friederike schnurrte lauter.

»Das gefällt dir, nicht?«

»Mirrrips!«

Friederike warf sich zu Boden und drehte der Frau ihren weißen, flauschigen Bauch zu. Das konnte sie getrost wagen, hier drohte ihr keine Gefahr. Im Gegenteil. Die Finger vergruben sich auf die göttlichste Weise in ihr Bauchfell. Das Schnurren wurde laut wie Donnergrollen.

»Was bist du für eine liebe Katze. Und so hübsch mit deinen weißen Söckchen und dem hellen Bauch. Und so gepflegt.«

»Mirrumps!«

Bauch.

Friederike spürte plötzlich ihren Bauch.

Von innen. Er wurde ganz heiß. Und etwas drängte hinaus. Aus ihrer Kehle entflog ein Geräusch wie aus dem Schornstein eines rostigen Dampfers, und sie sprang auf, rettete sich eben noch unter die Hortensien, und schon brach es aus ihr heraus.

»Ja, ja, die Krabbenpfännchen«, sagte Frauke. »War Knoblauch dran, nicht wahr?«

Betreten schlich Friederike zum Zaun. Wie peinlich war das denn?

»Tja, Ronne hat sie nachgezählt. Fehlte eins.«

Ein widerlicher Schluckauf hinderte Friederike an einer passenden Entschuldigung. Sie drückte sich zwischen den Latten hindurch und fauchte die starrenden Unholde an.

Die starrten zurück und sagten nichts.

Angewidert drehte Friederike ihnen den Hintern zu.

Doch lange hält die Beschämung bei einer Katze nicht an, und schon füllten die Stimmen von Hilke, Sanne und Peter den Garten nebenan. Da gab es etwas zu erlauschen und vielleicht noch eine Möglichkeit zu spielen. Mit erhobenem Schwanz eilte Friederike zur Begrüßung.

»Schaut mal, da kommt Friederike«, sagte Hilke und beugte sich nieder. Höflich beschnupperte Friederike ihre Hand und maunzte auffordernd in die Runde. Peter verstand und zog aus seiner geräumigen Hosentasche eine Muschel hervor. Er warf sie hoch, und Friederike sprang haschend danach. Es war ein schönes Spiel, das sie einige Zeit beschäftigte. Auch das Mädchen warf die Muschel einmal, aber als Friederike sie mit den Pfoten auf den Fliesen der Terrasse herumschob, kniff sie ihr plötzlich in den Schwanz. Das mochte Friederike gar nicht. Ihr Schwanz war sowieso ein eigensinniger Geselle und musste mit Achtung behandelt werden. Sie fauchte das junge Menschenwesen warnend an.

»Blöde Katze!«, fauchte das Mädchen zurück und trat nach ihr.

Friederike wurde sauer. Und langte zu. Vier lange blutige Kratzer zogen sich über Sannes bloße Waden.

»Das hast du davon«, sagte Hilke. »Wie kannst du denn nach der Katze treten?«

»Das ist ein grässliches Tier.«

»Das ist Friederike nicht, Sanne«, sagte auch Frauke. »Sie ist sehr lieb und zutraulich und hat ihren Spaß am Spielen. Aber du hast sie gekniffen und getreten, und das war gemein von dir.«

»Pfff!«, machte Sanne und stürmte ins Haus. Peter folgte ihr.

»Manchmal weiß ich auch nicht weiter«, sagte Hilke leise.

»Gehen Sie zu ihr und versorgen Sie die Kratzer. Sie werden wehtun.«

»Ja. Aber sie hat keinen Ton von sich gegeben. Sie erträgt so etwas immer schweigend.«

Zehn

Robben und Seehunde

»Also, macht euch bereit, Kinder, wir besuchen heute die Robben«, sagte Fiete beim Frühstück.

»Wir sollen auf den Kutter?«, fragte Peter und schob sein Brötchen fort.

»Mit dem Fahrrad kommen wir nicht auf die Bänke da draußen. Zieht euch Jacken an, es ist auch bei Sonnenschein windig auf See.«

»Ich weiß nicht, ob das so eine gute Idee ist, Fiete«, sagte Hilke leise.

»Ich fahre seit dreißig Jahren mit dem Kutter raus. Da passiert nichts.«

»Sicher nicht. Aber …«

»Hilke hat mal wieder Schiss«, sagte Sanne. »Sie will uns das nur verbieten.«

»Ich verbiete es euch nicht. Wenn ihr wollt, begleiten wir Fiete.«

»Dann kommt. Und nehmt die Lütte mit. Ihr werden die Robbenkinder gefallen.«

»Das ist definitiv keine gute Idee, Fiete. Melle mag das Haus nicht verlassen.«

»Hilke, Sie lassen ihr zu viel durchgehen. Ich mach das schon.«

»Besser, sie bleibt hier, Fiete.«

»Ach, Unsinn. Komm, Melle. Wir fahren zum Kutter.«

Melle klammerte sich an ihrem Stuhl fest und schüttelte den Kopf.

»Stell dich nicht so an, Kind!«

Fiete packte sie und hob sie hoch.

Melle zappelte.

Er trug sie zur Tür, öffnete sie mit dem Ellenbogen und trat vor das Haus.

Und Melle schrie. Und schrie und schrie.

»Schluss jetzt«, fauchte Hilke und nahm Fiete mit einem energischen Griff das Mädchen aus den Armen. »Wir bleiben hier.«

Hilke überhörte Sannes lautstarke Proteste und auch das begütigende Grummeln von Fiete.

»Da siehst du, was du angerichtet hast, Vadder«, sagte Frauke und streichelte Sanne über den Arm. Die riss sich los und rannte aus dem Haus.

»Sie haben es gut gemeint, Fiete, aber so geht das nicht.« Hilke setzte Melle ab und lief Sanne nach. Erst an der nächsten Straßenecke hatte sie sie eingeholt.

»Komm mit ins Haus. Wir überlegen uns etwas anderes, Sanne.«

»Ich will aber mit Fiete auf den Kutter. Ich will die Robben sehen.«

»Schon gut, das sollst du auch. Aber jetzt komm erst mal mit. Wir müssen uns um Melle kümmern.«

»Die braucht niemanden.«

»O doch, deine kleine Schwester braucht uns.«

Schmollend trottete Sanne neben Hilke her. Kurz vor dem Haus sagte sie: »Gut, wenn ich nicht auf den Kutter darf, dann will ich alleine in den Ort.«

»Und was willst du dort machen?«

»Irgendwas einkaufen.«

»Reicht denn dein Taschengeld noch?«

»Nö. Aber du gibst mir doch noch was. Fünfzig Euro«, forderte sie trotzig.

»Als wenn ich die von den Bäumen pflücken könnte.«

Sanne richtete sich wortlos auf. Und Hilke nickte schließlich. »Dreißig als Vorschuss auf den nächsten Monat. Und zum Mittagessen bist du wieder hier, verstanden?«

Sanne zockelte los, und als Hilke ins Haus trat, hatte sich Melle wieder beruhigt. Sie saß mit Peter zusammen, der ihr seine Muschelsammlung zeigte.

Erstaunlicherweise war Sanne pünktlich, wies eine bunte Schirmmütze vor, die sie gekauft hatte, und einen Beutel Kekse. Das schien Hilke harmlos, und nach dem Essen nahm sie die beiden mit in die Robbenauffangstation.

In den Becken draußen zogen vier Seehunde ihre Runden, und eine heitere Vorführung war die Fütterung der possierlichen Tiere mit Fischen. Kleine Robben konnte man hinter Glas beobachten. Peter, gewöhnlich wenig interessiert, schien aufmerksamer als sonst und stellte sogar ein paar Fragen. So erfuhren sie von der Tierpflegerin, dass die Heuler mit einem Brei gefüttert wurden, da sie Fische noch nicht fressen konnten. Und dass sie später, wenn sie selbstständiger geworden waren, an der Sandbank wieder ausgewildert wurden.

»Sie finden sich schnell zurecht, und meistens schließen sie sich der dort lebenden Kolonie an.«

»Und wenn nicht?«

»Werden sie Einzelgänger. Aber in der Gruppe ist das Überleben leichter für sie.«

Sanne hatte die Seehunde draußen eine Weile schweigend beobachtet, aber als ihr das zu langweilig wurde, begann sie, kleine Steine nach den Tieren zu werfen. Ein harter Griff eines Tierpflegers fing ihre Hand ab.

»Das wirst du augenblicklich bleiben lassen, Mädchen«, sagte er und zog sie vom Rand des Beckens fort. Sanne versuchte sich loszureißen, aber der Mann hielt sie weiter fest. Hilke ließ Peter stehen und wandte sich ihr zu.

»Sanne wird sich entschuldigen. Nicht wahr?«

»Die blöden Seehunde …«

»Sanne?«

»Alles verbietest du mir immer!«

»Sanne!«

»Ist doch wahr, Mann.«

»Sie muss sich nicht entschuldigen, die Seehunde

können sie ja doch nicht verstehen. Aber Steine werden nicht mehr nach ihnen geworfen. Achten Sie darauf.«

»Versprochen«, sagte Hilke. »Und wir gehen jetzt in das Museum hier. Da kannst du noch etwas über das Meer lernen.«

Es war eine unterhaltsam aufbereitete Ausstellung mit Aquarien, Schaukästen mit Muscheln und Korallen, Bildern, die das Werden und Vergehen des Landes durch Wasser und Wind zeigten. Hilke versuchte, den Kindern die Sammlungen schmackhaft zu machen, aber Peter blieb versonnen vor einer Vitrine mit Muscheln stehen, und Sanne schmollte weiter. Hilke entschied sich, sie zu ignorieren, und widmete sich dem Museum. Als sie alle Abteilungen durchwandert hatte, sammelte sie die Kinder wieder ein und fuhr mit ihnen zur Pension zurück. Peter und Sanne schwiegen.

»Es ist doch ein hübsches Museum. Warum seid ihr nur so muffelig?«

»Es war langweilig«, nuschelte Sanne. »Ich bin jetzt müde.«

Peter sagte: »Die Robben haben nicht geheult.«

»Nein. Sie sind ja auch in guten Händen.«

»Aber sie haben keine Mutter.«

»Sie haben einander. Wie ihr auch. Den Robben scheint das zu helfen.«

»Denen schon.«

Es klang unendlich traurig, aber Hilke wusste nichts Tröstendes zu sagen. Als sie in der Pension waren, lief Sanne gleich in ihr Zimmer und knallte die Tür hinter sich zu. Peter setzte sich zu Melle und betrachtete das Bild mit den Muscheln, das sie gemalt hatte. Es freute Hilke, dass er ihr dann doch von den Seehunden und den Robben erzählte.

Doch der Frieden hielt nur kurze Zeit an.

Elf

Panikanfall

Schreie gellten durch das Haus. Schreie höchster Panik. Frauke und Hilke rasten die Stiegen hoch und rissen die Tür zu Sannes Zimmer auf. Diese saß auf ihrem Bett und hielt die Decke umklammert. Ihre Augen waren weit aufgerissen, und sie stammelte immer wieder: »Festhalten! Festhalten! Warum hältst du dich nicht fest? Nein! Nein!«

»Ruhig, Sanne. Ruhig! Was ist denn mit dir?«

»Halt dich fest! Mama! Nein, nein, nein!«

»Ich rufe Doktor Lennart«, sagte Frauke. »Sie ist ja völlig außer sich.«

»Tun Sie das, schnell.«

Hilke legte sich zu Sanne ins Bett und umfing sie mit ihren Armen. Doch das Mädchen keuchte nur entsetzt auf und wehrte sich. Immer wieder rief sie nach ihrer Mutter.

Der Arzt kam schnell, und er setzte sich ebenfalls zu Sanne auf das Bett. Doch auch gegen seine vorsichtige Untersuchung wehrte sie sich mit Händen und Füßen.

»Eine Panikattacke. Bevor ich ihr ein Beruhigungsmittel gebe, sagen Sie mir, was der Auslöser gewesen sein kann.«

»Vor einem Jahr hat Sanne bei einem Segelunglück ihre Eltern verloren. Sie hat miterleben müssen, wie ihre Mutter vor ihren Augen ertrank. Es scheint, dass sie diese Situation gerade wieder durchlebt.«

»Das ist furchtbar. Ist das schon häufiger aufgetreten?«

»Nein, sie hat bisher nur wenig davon erzählt.«

»Ist heute etwas geschehen, das sie daran erinnert hat?«

»Mein Mann wollte sie mit dem Kutter zu den Robbenbänken hinaus mitnehmen. Vielleicht die Vorstellung, wieder auf ein Boot zu müssen …«

»Vielleicht. Aber warum dann jetzt?«

»Hat sie Alkohol getrunken?«, fragte der Arzt unvermittelt.

»Nein. Nein, gewiss nicht. Wir waren heute in der Robbenauffangstation und im Museum. Ich hätte es bemerkt«, sagte Hilke. »Aber ich hatte ihr heute Vormittag erlaubt, alleine einen Einkaufsbummel durch den Ort zu machen. Mag sein, dass sie sich etwas gekauft hat.«

»Sehen Sie sich im Zimmer um. Vielleicht finden Sie eine Flasche.«

Hilke durchsuchte Sannes Rucksack, ihre Schubladen und den Schrank, fand aber nichts.

»Sie hat sich Kekse gekauft, aber die sind doch harmlos.«

»Das kommt auf die Kekse an. Geben Sie mal her.«

Der Arzt zerbröselte einen der runden Kekse, schnupperte daran und zerrieb die Krümel mit den Fingern.

»Da haben wir die Ursache. Eine Zutat in diesem Gebäck ist Haschisch.«

»Großer Gott.«

»Die Dinger sind seit einiger Zeit hier im Umlauf. Meist werden die Konsumenten nur höchst albern oder müde. Aber mit der Disposition dieses armen Kindes ist natürlich auch ein echter Horrortrip möglich. Trotzdem, beruhigen Sie sich, in ein, zwei Stunden ist der Spuk vorbei. Halten Sie das Mädchen warm, versuchen Sie ihr Tee einzuflößen und vernichten Sie die Kekse. Wenn sie wieder bei klarem Verstand ist, sollten Sie unbedingt herausfinden, von wem sie die Dinger erstanden hat.«

»Derjenige wird sich kaum mit Vor- und Zunamen vorgestellt haben«, meinte Hilke grimmig und zog die Decke über Sanne, die inzwischen in eine Art Starre gefallen war.

»Das vielleicht nicht, aber die Polizei kann auch mit einer Personenbeschreibung sicher etwas anfangen.«

»Polizei?«

»Natürlich. Oder wollen Sie den Dealer laufen lassen?«

»Fiete wird sich darum kümmern, Hilke. Er kennt den Dienststellenleiter.«

»Ja, ist gut.« Hilke legte sich wieder zu dem Mädchen. »Frauke, reden Sie auch mit Peter. Ich hoffe, die beiden haben sich die Kekse nicht geteilt.«

»Das mache ich. Danke, dass Sie so schnell gekommen sind, Doktor Lennart.«

Frauke begleitete den Arzt aus dem Zimmer und kam kurz darauf zurück.

»Die beiden anderen Kinder haben von den Keksen nichts gegessen. So, und ich ziehe jetzt die Vorhänge zu. Vielleicht schläft Sanne dann ja ein.«

»Und muss sich mit Albträumen herumschlagen. Ich bleibe bei ihr.«

»Dann bringe ich Ihnen später Ihr Abendessen hoch.«

Friederike hatte, nachdem sie Sanne gekratzt hatte, den Garten so schnell wie möglich verlassen. Es war nicht recht, die zarte Haut der Zweibeiner kaputtzumachen. Sie waren so ganz ohne Fell und schrecklich empfindlich. Vor allem, wenn sie noch ganz jung waren. Bei den älteren unter ihnen gab es Unterschiede. Zum Beispiel Ronne. Der lag in seinem Garten auf der Liege in der Sonne. Zwar hatte er seinen Tippkasten neben sich stehen, mit dem er sich vorhin noch beschäftigt hatte, aber jetzt war er eingeschlafen. Verständlich, seit dem Morgengrauen war er auf den Beinen. Das wusste Friederike, schließlich hatte sie ja ihr Frühmahl bei ihm eingenommen. Ronne hatte ein Fell auf der Brust, und das zog Friederike an. Es war nicht so dicht und flauschig wie ein Katzenfell, aber es war Fell. Und auf Fell schlief es sich besonders angenehm. Mit einem federleichten Sprung landete sie auf der Armlehne der Liege und tapste dann vorsichtig auf die sich sacht hebende und senkende Männerbrust. Ronne gab einen leisen Grunzer von sich, aber als Friederike sich ausstreckte und leise zu schnurren begann, atmete er ruhig weiter. Zufrieden schnüffelte sie und sog den feinen Duft von Matjes und Räucheraal ein, der noch an ihrem Freund haftete. Darüber döste auch sie ein und schwelgte in kulinarischen Träumen.

»Na, ihr habt es aber gemütlich hier!«

Mit diesen Worten weckte Frauke Ronne und Friederike.

»Oh, Damenbesuch!«, sagte Ronne und umfasste Friederikes Hinterteil. »Was bringt dich zu mir, Mudder? Brauchst du was zum Abendessen?«

»Daran hat's keine Not. Nein, wir haben ein Problem, Ronne. Jemand hat dem Mädchen, der Sanne, Haschischkekse verkauft. Sie hat einen schrecklichen Anfall gehabt.«

Ronne richtete sich auf, Friederike sprang zu Boden, blieb aber neben der Liege sitzen.

»Kann ich helfen?«

»Möglich. Wir haben Doktor Lennart geholt, der hat das Malheur entdeckt. Es ist aber auch zu dumm gelaufen. Heute Morgen hat Vadder vorgeschlagen, zu den Robbenbänken hinauszufahren, und da hat schon die Kleine angefangen zu schreien. Und auch Sanne muss sich wieder an das Unglück erinnert haben.«

»Du wirst mir schon mehr erzählen müssen, Mudder.«

»Ich weiß ja auch nur, was Hilke mir berichtet hat. Aber es war wohl so, dass ihr Bruder ein recht leichtsinniger Kerl war. Es hat sich im vergangenen Jahr von einem Freund ein Segelboot ausgeliehen und ist mit seiner Familie rausgefahren. Er hatte keinen Segelschein, war nur ein paarmal mit dem Freund segeln gewesen. Er dachte wohl, das Mittelmeer sei eine Badewanne.«

»Das Wetter schlug um, nehme ich an.«

»Wie es genau zu dem Unfall kam, hat man nicht ermitteln können. Sie kenterten, und die Eltern ertranken. Die Kinder hatten zum Glück Schwimmwesten an. Aber sie mussten mit ansehen, wie ihre Eltern umkamen.«

»Was für ein Idiot«, knurrte Ronne.

»Ja, sicher. Aber nun ist er tot, und die Kinder haben das Unglück noch immer nicht verwunden. Die arme kleine Melle schweigt seither, und Sanne ist vorhin durch die Hölle gegangen. Hilke macht sich große Sorgen. Hast du von jemandem gehört, der dieses Rauschgift in Kekse backt und Kindern verkauft?«

»Ich kann mich umhören. Aber ihr solltet die Polizei verständigen.«

»Vadder wird das machen.«

»Und wieder mit diesem vertrottelten Kommissar sprechen, der seinen Hintern nicht in der Hose findet.«

»Deswegen habe ich ja dich gefragt.«

»Schon gut, ich sehe zu, was sich ergibt.« Ronne stand auf, und Friederike strich ihm um die Beine. Die hatten auch ein bisschen Fell drauf. Aber er ignorierte ihr Maunzen, schnappte sich den Tippkasten und ging ins Haus.

Das war langweilig und eine Beleidigung für eine höfliche Katze.

Unten am Strandrestaurant duftete es nach gebratenem Fisch, und Friederike versorgte sich. Und da die Nacht schön war, blieb sie in den Dünen und lauschte den heranrollenden Wellen. Als dann die Morgensonne ihre ersten wärmenden Strahlen auf den Sand warf, traf Mina mit ihrem Kleinen ein, und gemeinsam spielten sie eine Weile Haschen. Danach teilten sie sich das Futter, das Rita für sie bereitstellte. Ermattet von diesem aufreibenden Tun rollte sich Friederike wieder in ihrer Strandgraskuhle zusammen und schloss die Augen.

Zwölf

Planwagentour

»Nein, Igor, ich werde auf gar keinen Fall meinen Urlaub abbrechen, nur weil du die Unterlagen nicht findest«, hörte Friederike später dann Hilke sagen. Die Frau hatte sich ganz in ihrer Nähe niedergesetzt und sprach in das Ding hinein, das sie diesmal Igor nannte. Ihr Ton war leicht amüsiert, als sie erklärte: »Ich verstehe ja, dass du so früh am Morgen Schwierigkeiten hast, aus den Augen zu schauen. Aber du musst nur den Ordner neben meinem Schreibtisch aufschlagen, mein Lieber. Alle Belege sind darin abgeheftet.«

Die Antwort klang hektisch, und Hilkes Stimme troff vor Spott.

»Komm, Igor, du bist ein großer Junge. Du musst keine Angst vor der Steuerberaterin haben. Sie wird erst gegen Mitternacht zur Blutsaugerin.«

Das Ding namens Igor quengelte.

»Gut, wenn du in eine derartige Panik gerätst, dann überlass es doch Gernot, sich mit ihr zu unterhalten. Was? Der ist weggefahren? Wohin denn?«

Die Antwort klang todtraurig.

»In die Pyrenäen. Ja, da soll es sehr schöne Fotomotive geben.« Hilke kicherte.

Igor gab ein paar hässliche Geräusche von sich, die Hilke mit einem weiteren Kichern quittierte.

»Soso, ein vermutlich vollbusiges, leicht gewandetes Motiv. Aber Igor, wir kennen ihn doch. Sie wird sich prachtvoll auf diesen Hochglanzmagazinen machen.«

Es grummelte bedrohlich.

»Du bist doch wieder nur neidisch, Igor. Aber deine Bilder von dem Kindergeburtstag werden dazu führen, dass dir alle Mütter zu Füßen liegen.«

Ein weinerlicher Aufschrei war die Antwort, und Hilkes Stimme wurde ärgerlich.

»Dann schlage ich vor, du bittest Ina um Fristverlängerung und machst ebenfalls Urlaub, Igor. Und jetzt werdet ihr euer Chaos zwei weitere Wochen alleine verwalten müssen, ich bin in Ferien.«

Sie knipste Igor aus und stopfte das Ding in ihre Hosentasche.

»Huch, Friederike! Hast du gelauscht?«

Mirrr!

Aufgebrachte Menschen konnten gefährlich werden, und so blieb Friederike ein paar Schritte von Hilke entfernt stehen, hob aber grüßend den Schwanz.

»Schon gut, Süße. Komm her. Alles gut.«

Vorsichtiges Gurren, langsam zur ausgestreckten Hand tigern.

Ah ja, die Kraulefinger. Alles gut.

»Weißt du, eigentlich sind sie ja wirklich gutmütig, die beiden. Wunderbare Fotografen, aber sie haben so überhaupt keinen Sinn für Ordnung und Arbeitsorganisation. Wenn ich nicht die verkrumpelten Schmierzettel, auf denen sie ihre Aufträge notieren, in vernünftige Verträge verwandeln und ihre Honorare einfordern würde, dann wären sie schon lange untergegangen. Aber was soll's. Sie lassen mir alle Freiräume, die ich brauche. Und nur darum habe ich ja die Kinder zu mir nehmen können.«

Friederike schmiegte sich an ihren Oberschenkel und rieb ihren Kopf an der glatten Haut. Kein Fell, aber auch schön. Roch auch nicht nach Matjes, sondern nach Blumen. Ebenfalls schön. Und ihre Stimme klang jetzt auch wieder ganz sanft und ein bisschen belustigt.

»Du hast dir hier ein besonders schönes Plätzchen ausgesucht, Friederike. Und du weißt bestimmt ganz genau, dass man dich nie entdecken würde, wenn du es nicht wolltest. Dein Fell hat genau die gleiche Farbe wie der Sand. Und wenn die Sonne Gräserschatten über dich wirft, bist du ganz und gar unsichtbar. Ah, würdest du gestatten, dass ich dich mal fotografiere?«

Friederike schnurrte und drehte sich auf den Rücken, sodass ihr weißes Bauchfell zum Himmel zeigte. Hilkes Finger kraulten himmlisch.

»Ich nehme das als Einverständnis. Nachher hole ich meinen Fotoapparat, und wir sehen mal, ob ich nicht auch ein paar schöne Motive erwische. Die Möwen, die gefallen mir auch recht gut. Schau nur, mit welchen Kapriolen sie im Wind tanzen.«

Möwen waren blöd. Gar kein Vergleich zu einer Katze. Empört drehte Friederike sich wieder um und starrte den hässlich lachenden Vögeln nach.

»Du magst sie nicht, was? Ist aber auch ein unangenehmes Lachen, das sie haben. So hämisch, nicht?«

Sie spotten über mich. Und sie haben scharfe Schnäbel. Sie sind hinter meinem Futter her.

Verstand Hilke das?

»Schon gut, sie werden dir nichts tun.«

Nein, jetzt nicht.

Friederike faltete sich zu einem Müffchen zusammen und schnurrte zufrieden. Es wurde Zeit, dass Hilke auch mal zur Ruhe kam. Ihre Gedanken machten sie so aufgeregt. Und jetzt seufzte sie auch noch.

»Igor und Gernots Chaos habe ich ganz gut im Griff«, sagte sie leise. »Darum dachte ich ja, ich kriege das mit den Kindern auch hin. Mit Geduld und Verständnis, mit Zuneigung und Mitgefühl. Es sind gute Kinder, Friederike. Kluge Kinder. Ich hatte gehofft, dass ich ihnen hier, wenn wir viel Zeit miteinander verbringen, näher komme. Aber manchmal ... Sie sind einfacher zu behandeln, wenn sie Unterricht haben. Peter ist kein schlechter Schüler, wenn etwas sein Interesse weckt, ist er für eine Weile aufmerksam. Aber leider wandern seine Gedanken so oft ab, und er wirkt so geistesabwesend. Sanne zeigt auch gute Leistungen, aber sie verdirbt sich alles mit ihrer Aufsässigkeit und Frechheit. Und Melle … Sie hat ein sagenhaftes Zeichentalent, das habe ich nicht gewusst. Das müssen wir unbedingt fördern. Und wie sie neulich in das Damespiel eingegriffen hat! Ich glaube, sie hat Spaß an logischen Aufgaben.«

Hilke verstummte, und Friederike schnurrte weiter. Es musste doch langsam Wirkung zeigen.

Hilke legte die Arme um ihre Knie und starrte auf das Wasser. Ja, jetzt wurde es richtig. Das gleichmäßige Rauschen der Wellen, die über den Sand strichen, das sanfte Wispern des trockenen Grases, der Gesang einer Lerche hoch oben … Friederike spürte, wie die Menschenfrau allmählich ruhig wurde. Nur kleine Fetzen von Gedanken zerflatterten im Wind, der wie Streichelhände über sie wehte. Es roch nach Algen und Tang, ein klein wenig schmeckte die Luft nach Salz. Noch war der Strand wenig belebt. Die kleinen Sandpicker stoben in einer Wolke auf und ließen sich dann gemeinsam nieder, um weiterzupicken. Norge stapfte an der Wasserlinie entlang und stöberte in dem, was die Flut hinterlassen hatte. Eine rote Kugel war angeschwemmt worden, aber ihr versetzte er nur einen derben Tritt. Der Mann war ein Unhold, wie die Gestalten in seinem Garten, das war Friederikes feste Meinung. Aber zum Glück beachtete er sie und Hilke nicht.

Hufschlag näherte sich, donnernd preschten ein Reiter und zwei weitere Pferde heran. Wasser spritzte auf, und Norge hob drohend die Faust, als die drei an ihm vorbeistoben. Sein Protest wurde mit einem wilden Juchzen beantwortet. Pferdemähnen und Schweife flatterten wie die langen Haare des Reiters im wilden Lauf.

»Was für ein schönes Bild«, flüsterte Hilke.

Wenn sie meinte. Obwohl – so eine Pferdeherde mal so richtig aufmischen, das hätte was. Friederike erinnerte sich plötzlich an ihre wahre Gestalt. Eine weiße Tigerin steckte in ihr, und die hatte einst auf den Steppen gejagt. Ein Grummeln durchbrach ihr Schnurren.

»Nanu, was für Töne kommen denn aus deiner Kehle, Friederike? Das hört sich ja gefährlich an.«

Frrrrau, ich bin gefährlich!

»So ein süßes Müffchen und so böse Worte.«

Äh, Entschuldigung. Da ging etwas mit mir durch. Schon gut. Alles gut.

Es herrschte wieder Ruhe, und Hilke summte versonnen vor sich hin. Menschenschnurren – sie taten das manchmal, wenn sie zufrieden waren. Friederike untermalte die leisen Töne mit Lauten aus ihrer Kehle. Gurren und Miepen, Maunzen und Mirrpseln. Es klang hübsch zusammen.

Bis dieses Gekläff begann. Die Spaziergängerin hatte ihre beiden Dackel losgelassen, und die mussten die Möwen jagen. Nicht, dass die jemals Erfolg dabei gehabt hätten. Aber sie mussten einen ohrenbetäubenden Krawall dabei machen.

»Komm, Friederike, wir gehen Kaffee trinken. Das Restaurant hat ja schon aufgemacht.«

Guter Vorschlag. Ich komme dann mal mit.

Friederike schlich hinter Hilke her, blieb aber am Fuß der Treppe stehen. Nach oben, da wo die Menschen saßen, hatte sie sich noch nie getraut. Rita stellte ihr den Teller mit den Fischköpfen immer unten an die Pfähle.

Ob sie es heute mal wagen sollte? Vielleicht beschützte Hilke sie ja, wenn jemand sie wegtreten wollte.

Aber dann traute sie sich doch nicht. Außerdem war die Sonne weitergewandert, und es wurde Zeit, die Runde zu drehen. Nicht, dass Geert sich an ihrem Revier vergriff.

Als Sanne ausgeschlafen hatte, war sie gewillt, Kommissar Horst Grothes Fragen zu beantworten. Frauke und Hilke saßen bei ihr, und als das Mädchen mit der Beschreibung des Mannes fertig war, der ihr die Kekse verkauft hatte, nickte Frauke.

»Boris, den Jungen kenne ich.«

»Nicht nur du, Frauke. Der junge Kerl ist uns schon mehrmals aufgefallen. Aber ich glaube, er ist nur ein kleiner Fisch, ein Dealer, der auf schnelles Geld aus ist. Dahinter steckt mehr. Ich versuche schon eine ganze Weile herauszufinden, woher die das Zeug haben. Mal sehen, ob ich etwas aus dem Jungen herausbekomme. Danke, Sanne. Du hast mir sehr geholfen.«

75

»Wird dieser Boris jetzt ins Gefängnis gesteckt? Bin ich daran schuld?«

»Nein, erst mal muss ich nur mit ihm reden. Aber du, Mädchen, mach so etwas nicht wieder.«

Sanne schüttelte den Kopf. Offenbar war die Panikattacke ihr eine Lehre.

»Kommt, wir machen die Planwagentour über die Insel«, schlug Hilke vor. »Das wird uns auf andere Gedanken bringen.«

»Uns mit ein paar Kalkleichen durchschütteln lassen«, murrte Peter. »Sehr lustig.«

»Mit klappernden Gebissen und morschen Knochen? Mann, Hilke, das ist eine Rentnertour.«

»Dann senken wir eben das Durchschnittsalter. Auf geht's!«

Die Kinder murrten und maulten, aber als sich das Gefährt in Bewegung setzte, verhielten sie sich zunächst ruhig. Ja, es waren nur ältere Leute, die sich von den beiden kräftigen Pferden kutschieren ließen, und was der Kutscher in seinem breiten Platt erzählte, verstand auch Hilke kaum. Peter und Sanne fingen an, sich leise zu zanken. Mehrmals versuchte Hilke einzugreifen, aber die gezischelten Beleidigungen wurden immer giftiger.

Bis eine der Frauen plötzlich zu singen begann. Es war eine schwermütige Ballade von Liebe und Leid, die sie mit klarer Stimme vortrug, und der Rhythmus des Liedes verschmolz mit dem Klappern der Hufe. Der

76

Streit war vergessen, alle lauschten andächtig. Und als sie das winzige Fischerdorf erreicht hatten, bestellte Hilke frischen Backfisch für sich und die Kinder. Er war so köstlich, dass auch Peter und Sanne nicht protestierten.

Hilke kam mit der Sängerin ins Gespräch, und als sie über Balladen und Folklore sprachen, sagte diese: »Es gibt hier eine Kneipe, in der beinahe jeden Abend musiziert wird. Manchmal singen sie Seemannslieder oder Countrysongs, an anderen Tagen irische Folksongs. Je nachdem, wer sich dort einfindet.«

»Das hört sich interessant an. Vielleicht gehe ich da mal hin.«

Die Rückfahrt verlief einigermaßen friedlich, und als sie wieder in der Pension war, erwartete Hilke eine Überraschung. Melle zeigte ihr ein neues Bild, und das war höchst ungewöhnlich. Es zeigte auf den ersten Blick einen Baumstumpf, sehr sorgfältig gezeichnet mit den Wurzelenden und bemoosten Stellen, aber dann entdeckte Hilke die Augen darin. Verschmitzt lächelnde Augen, die aus dem Baumstumpf ein lebendiges Wesen machten.

»Wie ist dir das denn eingefallen? Das ist ja wunderbar!«

Melle zupfte Hilke am Ärmel und zog sie zu Fraukes Schlafzimmer.

»Nein, Melle. Das dürfen wir nicht.«

»Doch, das dürfen Sie. Ich habe es dem Kind erlaubt. Aus dem Fenster kann man in Norges Garten schauen – das ist ein ganz besonderes Erlebnis. Und da die Lütte ja nicht vor die Tür will, habe ich gedacht, sie kann sich das mal von hier aus ansehen.«

Mit Staunen betrachtete Hilke den Anblick, der sich ihr bot. Der Garten des Nachbarn war ähnlich sorgfältig gepflegt wie Hilkes. Blühende Büsche, hohe Gräser, uralte Obstbäume, Rosen und Lavendelbüsche wuchsen dort, und überall dazwischen lauerten Unholde. Vorwitzige Unholde, grimmige Unholde, lustige Unholde und traurige. Schwemmholz hatte der Besitzer bearbeitet, sorgfältig die Formen herausgearbeitet, manche ausgehöhlt und mit Farnen und Ringelblumen, Stiefmütterchen oder Büschelgras bepflanzt. Und sie alle hatten Augen. Überaus lebendige Augen.

»Er hat mal eine Kiste mit Glasaugen am Strand gefunden, seither macht er diese Figuren.«

»Die müsste man ausstellen. Das sind ja Kunstwerke.«

»Schon möglich. Aber unser Norge ist ein Einsiedler. Immerhin, ich freu mich, dass Melle so ein Vergnügen daran hatte, den Wurzelkerl zu malen. Viele der Kinder haben Angst vor den Gestalten und machen einen weiten Bogen um den Garten.«

»Ich entdecke immer neue Seiten an Melle. Wenn sie doch nur endlich wieder anfangen würde zu sprechen.«

»Haben Sie Geduld mit ihr. Sie drückt sich in den Zeichnungen aus. Von Friederike hat sie auch wieder ein

Bild gemalt. Sie mag die Katze. Sie hat sie eine halbe Stunde lang gestreichelt.«

»Das ist gut zu wissen. Ach, Frauke, kann ich die Kinder heute Abend Ihnen überlassen? Ich würde so gerne in den ›Anker‹ gehen. Dort wird Musik gemacht.«

»Machen Sie nur, Fiete kann mit den Kindern sein Seemannsgarn spinnen. Das kann er gut.«

Dreizehn

Irish Folk

Es war laut und nur halbdunkel in der Kneipe. Fast alle Tische waren besetzt, und an der Theke stand eine dichte Reihe von Leuten. Zwei Frauen zapften gemächlich Bier, ein Junge stellte Wein und Wasser auf ein Tablett, ein dicker Mann schmierte Stullen. Hilke sah sich ein wenig hilflos um, dann entdeckte sie einen Tisch, an dem eine einzelne Frau saß.

»Darf ich mich zu Ihnen setzen?«

»Nur zu. Mich hat man wohl sitzen lassen. Aber was soll's, heute kommen die Irish Pipers, und da lohnt es sich allemal, zu bleiben.«

Ein mageres Mädchen nahm ihre Bestellung auf, und als der Wein vor ihr stand, verstummten plötzlich alle Anwesenden. Zwei Frauen und zwei Männer betraten die kleine Bühne. Die Jüngere nahm eine Geige auf, die Ältere ein Akkordeon. Einer der Männer hob die große Rahmentrommel auf, der andere setzte die Querflöte an die Lippen.

Ein silbriger Lauf vibrierte durch die Luft, dann setzte er die Flöte ab. Donnernder Applaus begrüßte die Musiker, als sie sich vorstellten. Und dann geriet Hilke, wie alle anderen auch, in grenzenlose Verzückung.

Die Musik war zunächst stimmungsvoll, der Sänger mit der Reibeisenstimme sang von der Liebe zum Land und dem vergossenen Blut der Rebellen, von Feldern im Nebel und der wogenden See. Aber dann erhob die Fiedel ihre Stimme, und es zuckte den Zuhörern in den Beinen. Dass ausgerechnet Ronne, der Tölpel, mit unbewegtem Gesicht und den Händen an den Hosennähten wie ein Irrer die Füße bewegte, verblüffte Hilke.

»Der kann aber den irischen Stepptanz, was?«, sagte Hilkes Gegenüber, völlig gefesselt von der Darbietung.

»Erstaunlich. Ich hatte ihn für ziemlich ungeschickt gehalten.«

»Ronne? Ungeschickt?«

»Na ja, er ist doch etwas zurückgeblieben. Entschuldigen Sie, ich wohne derzeit bei seinen Eltern in der Pension.«

»Ach so. Nun ja.« Die Frau lächelte in sich hinein, und Hilke schüttelte leicht den Kopf. Vielleicht war es mit Ronne ähnlich wie mit Melle, deren Begabung auch recht einseitig schien. Vermutlich hatte dieser Mann eine kleine musikalische Begabung. Immerhin beherrschte er ziemlich komplizierte Bewegungen und blieb auch im Takt, obwohl die Musik immer schneller wurde. Dann brach sie plötzlich ab, und er bekam seinen Anteil am Applaus.

Es folgte wieder eine Gesangsnummer, die von einem geläuterten Taugenichts handelte und in deren Refrain das ganze Lokal mit einstimmte. Auch Hilke besang den

»Wild Rover« bald mit. Aber an der Theke wurde es mit einem Mal unruhig, und als der letzte Ton verklungen war, sah Hilke, dass ein vierschrötiger Mann und Ronne einander mit geballten Fäusten gegenüberstanden. Was gesagt wurde, verstand sie nicht, doch plötzlich holte der Mann aus. Ronne machte einen Schritt zur Seite, fing den zuschlagenden Arm ab und zerrte kurz daran, der Mann ging mit einem Jaulen in die Knie. Er versuchte, Ronne einen weiteren Schlag zu versetzen, aber ein kurzer, trockener Faustschlag traf seinen Kopf, und er sackte weiter zusammen. Ronne brüllte ihn an.

»Nein!«, schrie Hilke und wollte sich in die Schlacht werfen. Die Frau an ihrem Tisch packte sie am Arm und riss sie zurück.

»Das lassen Sie die beiden unter sich ausmachen.«

»Aber …«

Ungerührt von dem Geschehen stimmten die Musikanten ihr nächstes Stück an, und der vierschrötige Mann schlich sich, den Arm fest umklammert, aus dem Lokal. Ronne grinste breit in Hilkes Richtung, verbeugte sich und hielt ihr einladend die Hand zum Tanz hin. Entsetzt wandte sie sich ab. Er zuckte mit den Schultern, machte ein dummes Gesicht und ging zur Theke, um sich aus einer Flasche ein großes Glas voll einzuschenken.

»Oh mein Gott«, murmelte Hilke. »Jetzt betrinkt sich der Tropf auch noch.«

»Ach was, ein Whiskey schadet dem nicht.«

»Ich geh besser und hole Fiete.«

»Hören Sie auf, sich ständig einzumischen. Ronne ist ein erwachsener Mann.«

»Betrunken und gewalttätig.«

»Sagen Sie, haben Sie irgendwie ein Helfersyndrom?«

Beleidigt trank Hilke ihren Wein aus und winkte der Bedienung, um zu zahlen. Höchst missgestimmt verließ sie das Lokal.

Friederike saß auf dem Zaunpfosten am Tor und umgab sich mit einer majestätischen Aura.

»Was für ein bescheuerter Abend«, sagte Hilke zu ihr, und Friederike fauchte.

»Du auch? Na, hoffentlich haben sich wenigstens die Kinder gut benommen.«

Sie hatten es und gingen sogar einigermaßen klaglos zu Bett.

Als Hilke am nächsten Vormittag mit Peter und Sanne in den Ort ging, blieben sie überrascht stehen, weil vor der Gärtnerei zwei Polizeifahrzeuge standen. Kommissar Grothe unterhielt sich mit dem vierschrötigen Mann, den Ronne am Vorabend so derb zusammengeschlagen hatte. Ein dunkelblaues Auge zeugte noch von der Auseinandersetzung. Vermutlich hatte er Anzeige erstattet, ging es Hilke durch den Kopf. Das geschah dem Tölpel recht.

Obwohl … Jetzt fing der Mann an zu gestikulieren. Ein Uniformierter hielt einen Blumentopf mit einer fedrigen Grünpflanze in den Händen. Und plötzlich setzte sich der Mann in Bewegung. Es war eine kurze Verfolgungsjagd. Zwei Polizisten brachten ihn zu Boden und legten ihm Handschellen an. Hilke ging auf den Kommissar zu.

»Was ist hier passiert?«

»Eine Festnahme, wie Sie sehen. Boris hat uns auf den Gärtner aufmerksam gemacht, und Ronne hat ihn heute Morgen angezeigt. Wir haben endlich die Cannabis-Plantage gefunden.«

Hilke schluckte trocken. Sollte der Tölpel so viel Verstand gehabt haben?

Vierzehn

Katzenlektion und der Klabauter

Frauke hatte sie ins Haus gelassen, und Friederike rollte sich zufrieden auf ihrem Sessel zusammen. Eigentlich hatte sie den Vormittag verschlafen wollen. Aber dann kam das Mädchen. Das stille Mädchen mit den sanften Händen. Friederike rückte ein Stück zur Seite und ließ es sich gefallen, sanft und zärtlich gestreichelt zu werden. Schnurren grollte durch ihre Kehle, vibrierte durch ihren Bauch und durchbebte schließlich ihren ganzen Körper. Leider hörte das Streicheln nach einer Weile auf, und ein Stift raschelte über Papier. Die Kleine malte wieder. Das machte sie oft. Und auch wenn hinterher auf dem Papier eine wunderschöne Katze abgebildet war, so langweilte Friederike sich doch dabei. Sie stand auf und gab ein leises »Murrr?« von sich. Melle schaute sie fragend an. Oh, das war vielversprechend. Wollte sie etwa ihre Sprache lernen? Es kam auf einen Versuch an. Friederike hob den Kopf und sah dem Mädchen sehr fest in die Augen. Ihr Blick war eine Herausforderung, und so sagte sie vernehmlich: »Brmmmm!«

»Brmm«, antwortete Melle korrekt.

Also ein neues Wort.

»Mirrr!«

»Mirrr!«

Sehr gut. Versuchen wir es hiermit: »Mauuunz!«

»Maunz.«

Gut, an der Betonung musste man noch etwas arbeiten. Also noch mal: »Mauuunz!«

»Mauauaunz.«

Ganz falsch. Aber vielleicht noch etwas schwer für
den Anfang. Versuchen wir es hiermit:

»Mirrip!«

»Mirrip!«

Exakt. Geht doch. Und das hier: »Murrr!«

»Murrrrrrr!«

Ah, ein schöner, kehliger Laut. Jetzt also doch die
Meisterklasse: »Miauuuu!«

»Miauuu!«

Wunderbar, und nun zur Krönung das Schnurren.

Friederike schnurrte, und Melle schnurrte auch. Und
zwar völlig korrekt hoch und runter, einatmen und aus-
atmen und schnurrrauf und schnurrrunter. Eine Weile
schnurrten sie sich an, dann kicherte Melle, Friederike
sagte zufrieden »Mrmm!« und rollte sich erschöpft zusammen. So eine Unterrichtsstunde kostete viel Kraft,
und eigentlich hätte sie zur Stärkung jetzt ein Lecker-
häppchen verdient. Sie legte diesen Wunsch in ihre Augen, und Melle stand auf und ging in die Küche. Als sie
zurückkam, trug sie einen Teller mit einem Stück Kuchen und stellte ihn auf dem Tisch ab. Sahnekuchen.

Und die Sahne gab sie ihr. Vom Finger, mit einem höflichen »Brrips!«

Dieses Menschenmädchen zeichnete sich doch wirklich durch Spracheleganz und hohe Intelligenz aus.

Zufrieden schlief Friederike ein.

»Was machst du denn da, Melle?« Hilke war in das Wohnzimmer gekommen und Friederike erwachte aus ihrem Schlummer. Melle hatte über der Zeitung gesessen und darin mit ihrem Stift herumgekritzelt. »Du hast die Sudoku gelöst?« Hilke klang überrascht. »Du kannst diese Zahlenrätsel lösen?«

Melle hob nachlässig die Schultern und nickte. Dann huschte ihr Stift wieder über das Blatt und Hilke bekam den Mund nicht zu.

»Das ist dir zu einfach, was?«

Wieder hob Melle die Schultern, zog eine Schnute und nickte.

»Na, dann werde ich dir mal ein Heft mit schwierigeren Sudoku besorgen. Vermutlich nicht unter Kamikaze-Klasse.«

»Mirrip!«, antwortete Melle.

»Bitte?«

Melle wies auf Friederike. Die sagte auch: »Mirrip.«

»Also, in Katzensprache kannst du sprechen.«

Melle nickte, griff dann aber wieder zu ihrem Zeichenblock und vertiefte sich in ein neues Bild.

Friederike verließ ihren Sessel und strebte zum Terrassenfenster. Hilke öffnete ihr zuvorkommend, und sie stromerte zufrieden durch den Garten. Die Rosen dufteten so schön, und über dem Lavendel tanzten kleine weiße Falter. Die konnte man haschen. Dieses Spiel unterhielt sie eine Weile, dann hörte sie die Stimmen von Frauke und den Kindern.

»Ich habe dem alten Norge gesagt, dass ihr ihn besuchen kommt. Aber seid höflich zu ihm, er ist ein arger Kauz. Und fasst nur nicht seine Figuren an.«

»Warum müssen wir dann zu ihm?«

»Weil ich denke, dass er euch recht viel über unser Meer erzählen kann. Kinder, Norge ist früher zur See gefahren. Aber nicht auf einem der modernen Schiffe, sondern auf einem alten Segelschiff. Einem Zweimaster – der *Seuten Deern*.«

»Wie doof!«, sagte Sanne.

»Das lass ihn lieber nicht hören.«

Friederike trottete zum Zaun. Da standen Frauke, Hilke und die Geschwister. Melle nicht, aber die traute sich ja nicht raus. Und nun kam der alte Gnom zum Gartentörchen geschlurft.

»Wen bringst du mir da, Frauke?«, knurrte er.

Wenn Menschen knurrten, ärgerten sie sich meistens. Aber dieses Knurren war nicht ganz echt. Friederike schlich näher. Der Alte machte das Törchen auf und musterte Hilke von oben bis unten. Das war ausgesucht unhöflich, und unter Katzen hätte es jetzt Dresche gegeben. Aber Hilke blieb ganz ruhig.

»Wir haben gehofft, uns Ihren Garten ansehen zu dürfen, Herr Nordström. Und die Kinder würden furchtbar gerne etwas über diese geheimnisvollen Wesen erfahren, die ihn bevölkern.«

»Soso. Und ihr habt keine Angst vor den Unholden?«

»Sie sind ja nicht echt«, fauchte Sanne. »Bloß alte Holzstücke.«

»Meinst du, Deern? Denn kommt man rin.«

Friederike betrachtete die Einladung als auch auf sie bezogen und trabte hinter Hilke in den gefährlichen Garten. Immerhin würden die Unholde nicht gleich über diese vielen Menschen herfallen.

»Das sind keine bloßen Holzstücke, Kinners, das ist Treibholz. Und jedes Stück hat seine eigene Geschichte. Aber fasst die nur nicht an, sonst holt euch der Klabautermann und haut euch mit seinem Hammer.«

»Wer?«, fragte Peter entsetzt.

Friederike zuckte zusammen. Der Klabauter war hier? Das hätte sie sich ja denken können. Vorsichtig schnüffelnd hob sie die Nase und fürchtete schon den Geruch von Teer wahrzunehmen. Aber da war nichts. Oder?

»Wie? Du kennst unseren Klabauter nicht?«, fragte der alte Norge ernst.

»N… nein.«

»Soso. Dann sollt ihr ihn kennenlernen. Wisst ihr, ich bin ja einst zur See gefahren. Op de *Seuten Deern*.

Ein Zweimaster, noch ganz aus Holz gebaut. Wir schipperten über die Ostsee und die Nordsee und wachten über die Grenzen. Der Dienst war nicht so schwer für einen Bootsmann, aber manchmal mussten wir Jagd auf Schmuggler machen oder flüchtende Verbrecher. War ein schnelles Schiff, die Seute Deern, und so manchen Bambusen haben wir auch erwischt. Und wir hatten auch immer Glück, wenn das Wetter umschlug, denn unser Kaptain war ein kluger Mann. Wenn wir das Klopfen und Klabautern hörten, dann ließ er die Segel einholen und alles stehende Gut festmachen. Er achtete darauf, dass die Ladung nicht herumrutschte, und ließ die Wanten und die Takelage prüfen. Denn er wusste, dass der kleine Mann mit dem Hammer das Schiff untersuchte, weil ein furchtbarer Sturm drohte. Und so kam es dann auch immer wieder. Und wenn das Wasser brausend über das Deck krachte und der Wind in den Tauen heulte, wenn das Elmsfeuer über die Masten huschte, dann kämpfte sich die *Seute Deern* immer tapfer durch die Wellen, und kein Mann ging verloren. Obwohl unsere Männer Angst vor dem Klabauter hatten, der Kaptain achtete immer auf sein Klopfen.«

»Haben Sie den Klabauter gesehen?«

»Nein, aber ich bin sicher, der Kaptain hat ihn gesehen. Er hat mich mal zur Seite genommen, nach einem furchtbaren Unwetter. Und da hat er gesagt: ›Hör, Norge, wir haben einen blinden Passagier. Einen kleinen alten Mann mit einem verbeulten Hut und in alten Matrosenkleidern. Er raucht eine lange, dünne Pfeife und hat einen Kalfathammer bei sich. Pass auf, dass ihm niemand was tut, Norge.‹ Und das hab ich getan, auch wenn ich ihn nie zu Gesicht bekam. Aber seine Pfeife habe ich manchmal gerochen, und sein Klopfen habe ich immer gehört.«

»Ja, aber warum sollte ihm jemand was tun?«, fragte Sanne.

»Na, weil die Mannschaft eben Angst vor dem Klabauter hatte. Er hat manchem einen bösen Streich gespielt. Er ließ Sachen verschwinden und wühlte in den Seekisten und hat schon mal einem verschlafenen Steuermann die Hosenbeine an die Planken genagelt. Aber Kinners, wenn der Klabauter das Schiff verlässt, dann ist es sicher, dass es auf seine letzte Fahrt geht.«

»Auf unserem Schiff war aber kein Klabauter!«, schrillte Peter plötzlich und klammerte sich an Hilke.

»Kann er auch gar nicht, euer Schiff war aus Eisen, nicht aus Holz. So eins betritt der Klabautermann nicht. Da gibt es ja nix zu klopfen.«

»Und deswegen ist es untergegangen!«

Norge setzte sich auf einen Hackklotz und sah die Kinder ernst an.

»Ist das so? Ihr habt einen Schiffbruch überlebt?«

»Wir und Melle, unsere kleine Schwester. Aber die Eltern, die sind ertrunken«, sagte Peter leise.

»Das tut mir leid.« Er ergriff mit seinen knorrigen

Händen die der Kinder und zog sie zu sich. »Da seid ihr traurig, nicht? Und das ist richtig. Trauert um eure Eltern. Aber auch wenn ihr Grab in der tiefen See liegt, die Erinnerung an sie wird immer bei euch sein.«

»Ich bin sicher, eure Eltern waren gute Menschen und hatten euch sehr lieb«, sagte auch Frauke sanft. »Aber was geschehen ist, ist geschehen, und ihr seid jetzt hier in diesem wunderbaren Garten.«

»Ich will diese blöden Figuren nicht sehen. Sie sind hässlich.« Sanne trat nach einem Baumstumpf.

Friederike zuckte vor Schreck zusammen. Was würde der böse Mann jetzt tun? Sie hatte er mal mit sehr lauten Worten und einem Schwall Wasser vertrieben, als sie nur ein ganz kleines bisschen ihre Krallen an einem Holzstamm geschärft hatte. Aber diesmal blieb er ruhig. Er haute auch Sanne nicht, sondern zog nur gemächlich an seiner Pfeife.

»Das da ist ein Wurzelstück einer alten Eibe. Einer sehr großen, sehr alten Eibe, so wie sie vielleicht an der britischen oder irischen Küste wachsen. Das Meer hat die Rinde abgelöst und das Kernholz übrig gelassen. Seht, in der Mitte ist es ausgehöhlt. Das geschieht bei uralten Bäumen. Es mag sein, das dieser hier über tausend Jahre alt geworden ist.«

Vorsichtig schlich sich Friederike heran. Ein so altes Stück Holz. Ob man da noch etwas von den früheren Zeiten dran roch? Ob da noch eine Erinnerung zu spüren war? Normales Schnüffeln war nicht angebracht, da musste geflehmt werden.

»Guck mal, was macht denn Friederike da?«, fragte Peter.

»Sie untersucht das Holz auf ihre Art. Mit dem offenen Mäulchen kann sie noch ganz feine Reste von Gerüchen wahrnehmen«, erklärte Hilke. »Sie scheint ein sehr neugieriges Tier zu sein.«

»Sie schärft ihre Krallen an meinen Figuren«, grollte Norge, aber er blieb auf seinem Hackklotz sitzen.

Friederike flehmte weiter. Meer nahm sie wahr, dann dunkle, reiche Erde. Und dann Blut. Menschen hatten gekämpft, wo dieser Baum gestanden hatte, waren verwundet und verblutet unter ihrem Geäst geblieben. Aber auch Blumen waren um ihre Wurzeln herum gewachsen, und Vögel hatten in ihren Zweigen genistet. Manch eine wilde Katze hatte ihre Krallen am Stamm geschärft, und Hunde hatten die buschigschwänzigen Eichhörnchen in ihre Krone gejagt. Ein guter Baum, ein Holzstück mit vielen Geschichten. Und nun stand es hier in Norges Garten, und aus dem Holz war ein Wesen gewachsen, knorrig und weise. Norge hatte es erkannt und es lebendig werden lassen. Nein, es war kein Unhold, der hier vor ihr stand, sondern ein alter, lebenskluger Geist mit verschmitzten Augen. Aufgeräumt setzte sich Friederike auf ihre Hinterpfoten und gab einen winzigen, hauchzarten Laut von sich. Aber nicht das Holz, sondern ein ganz anderes Wesen antwortete ihr.

»Sie scheint zufrieden mit ihrer Untersuchung zu sein«, meinte Hilke.

»Dann wollen wir sie in Ruhe lassen. Seht, neben der Eibe liegt ein Stück von einem Teakbaum. Weiß Neptun, wie das in die Nordsee kam. Aber ich habe es eines Tages gefunden und lange darüber nachgedacht, was es mir sagen will.«

»Das ist ein Elb, wie Legolas. Mit spitzen Ohren, ist doch ganz klar«, sagte Peter lebhaft.

»Gut erkannt, min Jong. Und das hier?«

»Ein Zauberer?«

»Vielleicht. Ich habe ihn Merlin genannt.«

Friederike hatte ihre Unterhaltung mit dem Klabautermann beendet und rieb noch einmal besitzergreifend ihr Mäulchen an dem alten Holz. Sie würde wiederkommen und seinen Geschichten lauschen. Geschichten von Langbögen und Weberschiffchen, von Heilkräften und Vergiftungen. Aber nun näherte sie sich vorsichtig einer weiteren Figur und fand in ihr ein ähnlich freundliches Entgegenkommen. Oh ja, der Garten war voller Wunder, und der alte Norge voller Geschichten. Die Menschen lauschten ihnen, und Friederike tat es auch.

»Tja, Kinners, so ist das, wenn man mit offenen Augen am Strand langgeht. Tut das auch, und wenn ihr was Interessantes findet, dann bringt es mir.«

»Machen wir, Herr Norge. Hilke, können wir an den Strand?«

»Lauft los«, sagte Hilke. Doch Frauke schüttelte den Kopf und sagte: »Aber zuerst gibt es Johannisbeerkuchen. Ich bring dir ein Stück rüber, Norge.«

»Mutt nich!«

»Mutt.«

»Danke für diese wundervolle Führung durch Ihren Garten, Norge«, sagte auch Hilke, aber der Alte wedelte mit der Hand und meinte nur: »Da nich für!«

Wenn Frauke Kuchen verteilte, gab es auch Sahne. Friederike schoss hinter den Kindern her.

Fünfzehn

Bauchweh

»Wir radeln zum Strand am Leuchtturm«, sagte Hilke und führte die Kinder zum Fahrradverleih. Das schien ihnen zu gefallen, und mit wehenden Jacken strampelten die beiden vor ihr her. Der Fahrradweg war glatt und eben, der Wind wehte von hinten und gab ihnen zusätzlichen Anschub. Hin und wieder zog ein Wölkchen vor die Sonne, aber es war warm, und in der Luft lag der Geruch von Tang. Es war Ebbzeit, als sie den roten Leuchtturm erreichten und ihre Räder auf dem Parkplatz abstellten. Eifrig rannten die Kinder zum Flutsaum, wo sich Muscheln, Algen und kleines Strandgut zusammengefunden hatten. Hilke folgte den Kindern langsamer. Aber auch sie hatte sich anstecken lassen und begutachtete mit aufmerksamen Blicken, was das Wasser angespült hatte. Aber schon bald war ihr klar, dass das Sammeln von Treibholz eine langwierige Angelegenheit war. Zwar fand sich allerlei Kleinkram im Sand – sie hatte mehrere Glasscherben aufgehoben, einen alten Schuh umgedreht, ein grünes Nylonseil weggeschoben und ein rotes Spielzeugauto ausgegraben –, aber Holz gab es nur in kleinen Stückchen oder in hässlichen Planken. So etwas wie eine alte

Eibenwurzel war ganz sicher ein seltener und geradezu sensationeller Fund. Auch die Kinder waren nicht erfolgreicher, aber sie hatten ihre Freude daran, Muscheln und bunte Steine aufzulesen. Die Taschen ihrer Hosen beulten sich bereits bedenklich.

»Ich bleibe eine Weile am Leuchtturm sitzen«, rief Hilke den Kindern zu. »Geht nicht zu weit. Kommt in einer halben Stunde hierher zurück.«

Sie würden sich schon nicht verlaufen, und bis die Flut kam, dauerte es noch gut vier Stunden. Hilke wanderte zum Leuchtturm zurück, ließ sich dort in dem warmen Sand der Düne nieder und schaute auf das weite Sandwatt hinaus. Sonne glitzerte in Prielen und Pfützen, unzählige Vögel kreisten in der Luft oder hetzten über den Strand, pickend, laufend, im Schwarm aufsteigend und wie eine Wolke niederkommend. Ein Hund jagte ihnen mit hängender Zunge hinterher, immer knapp seine hämisch lachende Beute verfehlend. Ein roter Drachen erhob sich in die Luft, mit knatterndem Schwanz im Wind tänzelnd.

Es war heute etwas besser geworden mit den Kindern. Peter war bei Norge die ganze Zeit aufmerksam gewesen, und das Radfahren schien ihm wirklich Spaß zu machen. Auch Sanne war weniger schlecht gelaunt, bei Norge sogar fast ein wenig höflich. Und das Muschelsammeln gefiel ihr ganz offensichtlich. Ja, sogar Melle hatte heute einen Laut von sich gegeben. Wenn auch in Katzensprache. Dieses schöne, sandfarbene

Tier schien den Kindern überhaupt gutzutun. Vielleicht wären auch zu Hause eine Katze oder zwei hilfreich. Das wäre etwas, um das sich die Kinder kümmern mussten. Und wenn sie die richtige Katze fand, dann würde auch die sich um die Kinder kümmern. Ja, das war eine richtig gute Idee. Wenn sie zurück waren, würde sie ins Tierheim gehen und sich dort mal umschauen.

Hilke vertrieb sich die Zeit, indem sie versuchte, ein paar Möwen im Flug zu fotografieren. Die Kinder kamen dann auch beinahe pünktlich zurück, und Peter wies tatsächlich ein bemerkenswertes Fundstück vor. Sie hatten einen alten Ast gefunden, gewunden und vom Wasser ausgezehrt, mit Seepocken und kleinen Muscheln besetzt, aber ganz sicher etwas, was dem alten Norge gefallen würde.

»Legen wir es in den Korb an meinem Fahrrad.«

»Nein, ich behalte den bei mir. Das geht schon.«

»Sei aber vorsichtig damit. Ich glaube, dieses Holz ist ziemlich morsch.«

»Passiert schon nix.«

Sanne klemmte den Ast auf ihrem Gepäckträger fest und schwang sich auf den Sattel. Der Rückweg gestaltete sich etwas anstrengender, denn jetzt blies ihnen der Wind recht streng von vorne ins Gesicht. Manche Böen fegten auch von der Seite über das flache Land. Hilke musste die Ausdauer der Kinder bewundern, die ungerührt gegen den Wind anstrampelten. Doch dann wurde Sanne leichtsinnig. Sie ließ den Lenker los und hob die Arme nach oben.

»Sanne, lass das!«, rief Hilke noch, da pfiff eine Böe heran, und Sanne schlitterte mit einem Aufschrei über den Asphalt. Ein weiterer Radfahrer konnte ihr eben noch ausweichen, hielt aber sofort an. Er kniete noch vor Hilke bei Sanne nieder.

»Was ist dir, Kind?«, fragte er und drehte Sanne vorsichtig auf die Seite.

»Ist nicht schlimm. Nehmen Sie ihre Pfoten weg, Mann!« Sie rappelte sich auf und schüttelte auch Hilkes Hand ab. »Geht weg, ich will zu meinem Rad. Oh, Scheiße!«

Dem Rad war nichts geschehen, aber der alte Ast war zerbrochen, geradezu zerbröselt.

»Wie doof ist das denn?«, sagte Sanne und klaubte die beiden größten Stücke auf. Sie waren kaum mehr fingerlang.

»Wär besser in Hilkes Korb aufgehoben gewesen«, bemerkte Peter und erntete einen bösen Blick von seiner Schwester.

»Sanne, deine Knie sind aufgeschürft.«

»Na und? Kommt ihr mal langsam, oder muss ich alleine nach Hause fahren?«

Hilke biss sich auf die Lippe. Sanne hatte ja recht, sie konnte hier nichts machen. Verbandszeug hatte sie nicht mitgenommen. Vielleicht, wenn sie einen Autofahrer anhielt?

Aber Sanne radelte schon weiter, und es blieb ihr überlassen, sich bei dem hilfsbereiten Herrn zu bedanken.

Die Schürfwunden mussten ziemlich wehtun, aber es kam kein Schmerzenslaut über Sannes Lippen. Auch nicht, als sie die Wunden reinigte und mit Pflaster versorgte. Aber die Gelassenheit hatte Sanne verlassen, und beim Abendessen nörgelte sie wieder hemmungslos herum. Sie lehnte jeden Bissen von Fraukes Hackfleischauflauf ab und wollte nur Obst essen.

»Dann geh in den Garten und hol dir ein paar Beeren. Die Himbeeren sind reif, die roten Johannisbeeren auch. Von den schwarzen lass die Finger, die kann man nicht roh essen. Aber vielleicht findest du noch ein paar Blaubeeren im Beet hinter dem Apfelbaum«, riet ihr Frauke. Mürrisch nickend marschierte Sanne nach draußen.

Friederike hatte sich nach dem Besuch in Norges Garten zur Düne begeben, um die Karnickel zu belauern, die dort ihre unterirdischen Behausungen hatten. Manchmal träumte sie davon, eines der Hoppelviecher zu jagen, und einmal hatte sie sogar schon ein Junges zu fassen bekommen. Dann war es ihr doch wieder entwischt, weil so eine blöde Möwe im Sturzflug auf sie zugekommen war, um ihr die Beute abspenstig zu machen. Dummerweise hatte sie den Biss gelockert, und das Tier war in einem der Schlupflöcher verschwunden. Aber man durfte die Hoffnung nicht aufgeben. Auch in diesem Jahr hatte es wieder eine Reihe junger Karnickel gegeben, die leichtsinnig in den Dünen spielten. Vielleicht ergab sich ja heute eine Gelegenheit. Landtier wäre mal eine Abwechslung zu Fisch.

Es wurde nichts daraus, und als der Hunger das Vergnügen am Jagen überwog, trottete Friederike zum Restaurant und fand unten an den Pfählen von der verlässlichen Rita serviert einen Teller mit Fischköpfen. Eine annehmbare Abwechslung zu Landtier, fand Friederike und verschlang sie. Dann wanderte sie zurück zu Fraukes Haus und fand im Garten das Mädchen. Sanne saß unter dem Apfelbaum und benagte eine grüne Frucht.

Sie näherte sich ihr vorsichtig – schon einmal hatte sie einen Tritt von ihr erhalten, und in die Reichweite ihrer Beine wollte sie nicht kommen. Aber sie betrachtete das Mädchen. Ein Schleier dumpfer Trauer umwehte sie, wie sie da so saß und an dem Apfel knabberte. Sie schien ihre Umgebung nicht wahrzunehmen – und auch nicht die Katze in ihrer Nähe. Friederike setzte sich, legte säuberlich ihren Schwanz um ihr Hinterteil und machte sich unsichtbar. Sanne war ein mitteljunges Menschenkind, schon schien sich die Frau aus ihr entwickeln zu wollen, aber der traurige Schleier erwürgte das, was erwachsen werden wollte. Es gab so Welpen, die man nicht loswerden konnte. Katzenmütter vertrieben ihre Kinder, wenn sie ihnen alles beigebracht hatten, was sie zu einem selbstständigen Leben brauchten, und die meisten Kitten nahmen diese Herausforderung willig an. Nur manchmal, da blieb eins hängen und wollte nicht weg von der Mutter.

Sanne hatte keine Mutter mehr, das hatte Friederike schon mitbekommen. Also lag hier der Fall wohl anders. Sie, und auch ihr Bruder und Melle, waren zu früh aus der Obhut der Mama gestoßen worden. Vielleicht kam sie deshalb nicht aus ihrer Welpenform heraus. Ja, das musste es sein. Wahrscheinlich müsste man sie mal gründlich durchputzen und ablecken, ihr die notwendigen Geheimnisse ins Ohr schnurren und ihr ein paar Mäuse zum Spielen bringen.

Aber da war ja keine passend große Katze da, die das tun konnte. Diese Hilke müsste sich darum kümmern, aber die sorgte ja nur für oberflächliche Abwechslung. Sie stellte die Kinder nicht vor Aufgaben oder forderte sie zum Raufen auf. Und kuscheln und streicheln tat sie sie auch nicht. Geschweige denn, sie mit Schnurren zu beruhigen.

Friederikes Muttergefühle wallten auf, und sie schlich näher an die stille Gestalt. Ganz leise begann sie zu schnurren, wurde dann lauter und lauter, und als sich nichts tat, wagte sie es, dem Mädchen vorsichtig die Pfote auf das Bein zu legen.

»Ihh!«, schrie Sanne auf und zog das Bein an.

Friederike hüpfte rückwärts aus der Reichweite der Füße.

»Ach du bist das, Friederike. Du …«

Und dann krümmte sie sich plötzlich zusammen und stöhnte.

»Au, mein Magen. Au!«

Mühsam zog sie sich an dem Baumstamm hoch, blieb dann gekrümmt stehen und drückte sich die Hände auf ihre Körpermitte.

Das konnte nicht von ihrem Schnurren gekommen sein, da stimmte etwas anderes nicht. Krämpfe, ja, Krämpfe hatte das Mädchen. Und Krämpfe bekam man, wenn man Gift gefressen hatte.

Entsetzt schoss Friederike davon.

»Um Himmels willen, Sanne, was hast du denn?«

»Nichts«, fauchte Sanne und schob sich an Hilke vorbei.

»Bleib hier. Bleib sofort stehen!«

Sanne hörte nicht, sie versuchte, die Treppe zu ihrem Zimmer zu erklimmen. Hilke folgte ihr. Das Mädchen schaffte es gerade noch bis ins Badezimmer.

»Was hast du gegessen?«, fragte Hilke vor verschlossener Tür. Sie bekam keine Antwort. Eine Weile wartete sie, dann ging sie zu Frauke in die Küche.

»Was habt ihr im Garten? Was kann sie gegessen haben, Frauke? Ich habe den Eindruck, dass es ihr entsetzlich schlecht geht.«

»Nichts, was giftig ist. Nein. Aber vielleicht hat sie von den unreifen Äpfeln gegessen. Die können schon

103

mal einen Durchmarsch verursachen. Machen Sie sich nicht so viele Gedanken. Ich koche eine Kanne von meinem Kräutertee, der sollte ihr helfen.«

Mit zwei Tassen und dem Tee gingen Hilke und Frauke nach oben. Sanne lag auf ihrem Bett und starrte an die Decke. Frauke näherte sich ihr, stellte das Tablett auf den Nachttisch und setzte sich auf die Bettkante. Hilke hielt sich an der Tür im Hintergrund.

»Ich hab hier einen schönen Tee für dich, der deinen Magen beruhigen wird. Waren es die Äpfel, Sanne?«

»Ist doch egal.«

»Na ja, wenn es Kröten gewesen wären, die du geschluckt hast, dann würde der Tee nicht helfen. Hast du Kröten geschluckt?«

Sanne drehte ihren Kopf zu Frauke und sah sie verwundert an.

»Ich schlucke ständig Kröten. Merkt nur keiner.«

»Welches ist denn die größte und schlimmste Kröte, Liebes?«

»Wollen Sie das wirklich wissen?«

»Natürlich. Wir brauchen doch ein Heilmittel dagegen. Sag es mir, Sanne. Was quält dich?«

»Dass ich nie was machen darf. Ich meine, was Richtiges.«

»Was würdest du denn gerne machen?«

»Zum Beispiel das Essen.«

»Oh, das sagst du erst jetzt? Ich wäre für eine Unterstützung in der Küche ausgesprochen dankbar. Es ist ein Haufen Arbeit, drei Mahlzeiten am Tag für so viele Leute zu richten. Kannst du kochen?«

»Ja. Sicher. Ich habe mit … mit …«

»Mit deiner Mama zusammen hast du immer gekocht. Ist es das?«

Sanne nickte.

»Na, dann bin ich mal gespannt. Morgen Mittag gibt es Kartoffelsalat, den will ich heute Abend schon vorbereiten. Kommst du mit in die Küche?«

»Darf ich?«

»Auf, trink deinen Tee, dann geht es los.«

Hilke verzog sich leise nach unten und staunte. Frauke hatte in kürzester Zeit etwas erreicht, von dem sie nicht zu träumen wagte. Sanne hatte an etwas Interesse gefunden. Warum hatte sie nie gesagt … Nein, das hatte sie nicht tun können, dann hätte sie ja von ihrer Mutter sprechen müssen. Und das fiel ihr viel zu schwer.

Hilke ging zu Peter, der auf einem Terrassenstuhl saß und Friederike ein Stück Schnur haschen ließ.

»Ich habe gerade erfahren, dass Sanne gerne in der Küche arbeitet, Peter. Ich glaube, es war sehr dumm von mir, dass ich das nicht selbst herausgefunden habe. Sag mal, was hast du denn gerne gemacht?«

»Nichts.«

»Mh, ja, ich verstehe. Das ist ein schönes Spiel, das

105

ihr hier treibt. Ich habe früher immer lange Leder-
bändchen genommen, wenn ich mit meiner Katze
spielen wollte. Sie hat furchtbar gerne darauf herumge-
kaut, wenn sie es mal erwischt hat.«

»Kann sein.«

»Habt ihr eigentlich ein Haustier gehabt?«

»Nein.«

»Eigentlich schade. Ich hatte immer ein oder zwei
Katzen, nachdem ich von meinen Eltern ausgezogen
war.«

»Jetzt hast du keine mehr.«

»Nein, sie sind von mir gegangen.«

»Weggelaufen, was? Aus deiner blöden Wohnung.«

»Nein, Peter, sie waren alt und sind gestorben.«

Peter schwieg, ließ Friederike aber weiter das Bändchen haschen. Dann flüsterte er plötzlich: »Alle sterben.«

»Alles, was lebt, muss vergehen. So ist das nun mal.
Aber manche sterben vor ihrer Zeit, und die betrauern
wir.«

»Idioten nicht.«

»Peter?«

»Mein Vater war ein Idiot. Da hilft auch das ganze
dumme Gewäsch nicht drüber weg.«

Damit warf Peter Friederike die Schnur hin und lief
weg.

Hilke seufzte. Ja, ihr Bruder war ein Idiot gewesen.
Nach allem, was sie von dem Unfall wusste, trug er

Schuld daran, dass sie gekentert waren. Und die Kinder wussten das wohl. Es machte die Sache nicht eben leichter.

Das Spiel mit der Schnur hatte Friederike gut gefallen, aber dann hatte Peter einfach damit aufgehört. Ein wenig beleidigt schlich sie noch einmal zu Norges Garten hin und betrachtete die Unholde. Seit ihrer näheren Bekanntschaft mit den Gesellen dort war ihre Angst verflogen. Und in der Dämmerung drückte sie sich noch einmal unter dem Gatterzaun durch, um sich an den wunderbaren Gerüchen der Treibholzfiguren zu laben. Hinreißende Geschichten lauerten dort, und selig träumte sie eine Weile vor sich hin. Aber dann zog es an ihr, zog sie in das Haus, dorthin, wo ihre Hilfe benötigt wurde.

Sanne lag in ihrem Bett, die dicke Daunendecke bis zu den Ohren hochgezogen, den Kopf tief in das Kopfkissen gewühlt. Der Pferdeschwanz, den sie tagsüber trug, war gelöst, und ihre blonden Haare flossen in sanften Wellen um ihr Gesicht. Ein Gesicht, in dem es zuckte. Hatte sie noch immer Krämpfe?

Sehr, sehr vorsichtig näherte sich Friederike ihr, stemmte die Vorderpfoten auf die Bettkante und schnüffelte. Zahnpasta, Seife, eine Spur Minze und Lavendel, sauberer Mensch, kein Gift. Sie hopste hinauf und versank im Daunenbett. Göttlich! Lustvoll tretelte sie sich eine Kuhle neben dem Mädchen und rollte sich dann hinein. Das Schnurren musste fortgesetzt werden, damit das Menschenkind in glückliche Träume sank.

Anfangs schien es, als hätte diese Maßnahme Erfolg. Das Gesicht wurde glatt und friedlich, die Lider flatterten nicht mehr, der Atem ging ruhig. Beinahe wäre Friederike auch in den Schlummer geglitten, doch plötzlich packte sie etwas wie ein kalter Strudel. Ein Sog, der sie in die Bilderwelt von Sannes Schlaf zerrte. Wasser war da, eine gewaltige Menge Wasser. Es schlug über ihrem Kopf zusammen. Schreie ertönten und ein Krachen. Und Wasser, Wasser überall. Es nahm die Luft zum Atmen, es biss in den Augen, es wirbelte den Körper hilflos hin und her.

Mit ganzer Kraft ruderte Friederike mit den Pfoten, versuchte an die Oberfläche zu kommen, hielt die Nase endlich über das Wasser und zerrte dann Sanne mit sich nach oben. Mit Nachdruck stieß sie ihr den Kopf ins Gesicht, und das Mädchen wachte mit einem Schrei auf.

»Du schon wieder!«, fauchte sie, aber dann blieb sie ruhig, und eine Hand strich zaghaft über Friederikes Rücken. »Du hast mich geweckt. Aus einem schrecklichen Traum.«

»Maumau!«

»Ist schon gut. Ist alles gut.«

Und so war es dann auch.

Erst als das graue Tageslicht durch die Vorhänge kroch, schlich sich Friederike aus dem Zimmer.

Sechzehn

Freddy kommt

Sanne rührte in einer Schüssel den Eierteig, Frauke spülte Beeren ab. Die Kaffeemaschine gurgelte, Brotscheiben sprangen aus dem Toaster, Peter deckte mit Melle den Tisch und ein junger Mann trank, an den Kühlschrank gelehnt, ein Glas Milch aus.

Hilke sah ihn überrascht an.

»Freddy? Freddy, was machst du denn hier?«

»Meine Nichten und Neffen besuchen.«

»Ja, aber …«

»Er ist eben angekommen«, sagte Frauke. »Ich dachte, es ist Ihnen recht, wenn er zum Frühstück bleibt.«

»Keine Angst, Hilke, ich falle euch hier nicht lästig. Ich habe mein Zelt unten in der Düne aufgeschlagen.«

»Zelt, okay.«

»Er ist mit dem Motorrad gekommen«, sagte Peter, und es klang so etwas wie Bewunderung in seiner Stimme.

Die konnte Hilke mit Leichtigkeit unterdrücken. Freddy war der jüngere Bruder der Mutter der Kinder, gerade mal dreiundzwanzig Jahre alt und von großer Abenteuerlust beseelt. Sie traute ihm nicht ganz, er reiste seit drei Jahren durch die Welt, hielt sich mit Gelegenheitsjobs über Wasser und kümmerte sich um nichts und niemanden. Und ganz sicherlich nicht um seine Nichten und Neffen. Aber er sah verdammt gut aus. Er hatte das Gesicht eines gefallenen Engels, die schwarzen Locken reichten ihm bis auf die Schultern – die breit und derzeit von schwarzem Leder bedeckt waren. Mit seinem Lächeln verlockte und verführte er, seine dunklen Augen konnten bannen, man sah ihm nach, wenn er mit seinen geschmeidigen Bewegungen vorüberging. Selbst Hilke konnte sich seines freundlichen Lächelns nicht erwehren.

»Schön, dann frühstücke mit uns. Es scheint, dass es Pfannkuchen geben wird.«

»Du zeltest unten in der Düne? Geil!« Peter schien auch davon beeindruckt.

»Ja, ist klasse dort. Nichts als Möwengeschrei und Windrauschen. Hast du einen Schlafsack? Dann kannst du auch mal bei mir übernachten.«

»Peter hat sein Bett hier«, sagte Hilke kühl.

»Aber es …«

»Es fehlen noch die Gläser, und die Toasts müssen auch in den Korb.«

»Mann, Hilke!«

Sanne arbeitete jetzt am Herd; der Duft frisch gebackener Pfannkuchen erfüllte die Luft. Hilke sah ihr mit einiger Achtung zu, wie sie die Pfannkuchen in der Pfanne wendete.

»Das machst du nicht zum ersten Mal«, sagte sie anerkennend. »Ich bin beeindruckt.«

»Quatsch nicht. Gib mir deinen Teller.«

Hilke reichte ihr einen und stellte ihn dann vor Melle ab. Frauke schob das Marmeladenglas zu dem Mädchen.

»Der war nicht für Melle. Die kriegt zuletzt.«

»Quatsch nicht, hier ist mein Teller«, sagte Freddy und strahlte Sanne an.

Er bekam den nächsten, klatschte sich eine reichliche Portion Erdbeermarmelade darauf und goss Vanillesoße darüber.

Sanne maulte nicht, sondern goss die nächste Portion Teig in die Pfanne.

»Was wollen wir heute unternehmen?«, fragte Hilke später in die schmatzende Runde. »Es gibt eine Beerenplantage, in der man selbst ernten kann. Das Strandgut-Museum könnten wir besuchen, oder wir könnten auf den Leuchtturm steigen.«

»Was für öde Veranstaltungen«, sagte Freddy. »Am besten macht ihr dann auch noch diese Inseltour mit dem Leiterwagen.«

»Hatten wir schon, Freddy. War fantastisch mit all diesen Krüppeln aus dem Altersheim«, sagte Sanne.

»Okay, ich geh Fallschirmspringen. Wer kommt mit?«

»Cool! Ich.«

»Ich auch.«

»Einer nur, mehr Platz ist nicht auf dem Hobel!«

»Freddy, du nimmst keines der Kinder auf dem Motorrad mit.«

»Hey, warum denn nicht? Ich habe einen zweiten Helm dabei.«

»Nein. Aber wenn ihr wollt, dann fahre ich mit euch zum Flugplatz. Wir können den Fallschirmspringern zusehen.«

»Und selber springen?«

»Auf gar keinen Fall.«

»Mann, was bist du für eine Spaßbremse«, sagte Freddy.

»Bin ich hauptberuflich. Also? Fahren wir?«

An ihrem Lieblingsplatz in den Dünen hatte es eine Veränderung gegeben. Friederike war erbost. Da stand was rum, wie ein kleiner, grüner Hügel. Das hatte da nichts zu suchen. Ob das gefährlich war? Sie näherte sich geduckt – nicht, dass da plötzlich ein blöder Hund rauskam oder so was. Aber es rührte sich zunächst nichts. Sie streckte ihre Pfote aus und berührte ganz leicht das Grüne. Es war weich und wehrte sich nicht. Noch drei-, viermal tupfte sie es an, dann versuchte sie es mit der Kralle. Auch nichts. Also noch näher ran und schnüffeln. Nach Kunstzeug, dann nach Mensch. Durchdringend nach Mensch. Sollte sich einer darin aufhalten? Zunächst machte das Ding den Eindruck, als sei es völlig geschlossen, aber dann bemerkte Friederike einen kleinen Zipfel, der lose schien. Sie bohrte ihre Nase unter diesen Zipfel. Er wurde ein Stückchen größer und führte zu einem Loch in dem Grünen. Ein weiterer Vorstoß vergrößerte das Loch, und Friederike konnte ihren Kopf hindurchstrecken. Dämmerig war es da, aber ihre Augen hatten sich schnell daran gewöhnt und erkannten nun menschlichen Kram. Kleidungsstücke, etwas streng riechend, eine Tasche, ein weicher Untergrund, eine leere Bierdose, ein fettiges Papier mit Krümeln. Kurzum ein Menschenlager, aber nicht sehr einladend.

Friederike zog den Kopf zurück und schüttelte sich, dann begann sie hektisch, ihr Fell zu putzen. Als sie sich sauber fühlte, trottete sie missgestimmt von dem Zelt fort und suchte sich einen anderen, ungestörten Platz in den Dünen. Hier versank sie in Gedanken über gedankenlose Menschen, die sich einfach mit ihrem Müll an Plätzen niederließen, die anderen gehörten.

Gegen Mittag weckte sie das Knattern in der Luft, und müßig schielte sie nach oben. Ja, da waren sie wieder, diese Blumen am Himmel. Sie entfalteten sich und schwebten dann zu Boden. So ähnlich wie Löwenzahnsamen. Der Knattervogel legte solche seltsamen Eier. Das gab es wohl, und das Einzige, was Friederike wunderte, war, dass sie nie eine solche bunte Eierblume auf dem Boden entdeckte. Die schnappten wohl andere Tiere vor ihr weg. Brauchte sie auch nicht. Gab ja Rita mit den Fischköpfen. Oder Ronne mit den Krabbenpfännchen. Oder Fiete mit den Heringen. Oder Frauke mit dem Sahneschüsselchen.

Oder dieses Möwenei hier. Ha!

Friederike stromerte zu den Häusern. Ronne musste unbedingt wieder besucht werden. Vielleicht wusste er etwas über das grüne Menschending.

Ein leises Maunzen am Küchenfenster genügte, und der nette Mann machte auf.

»Na, Friederike, auf Betteltour?«

Ich bettele nicht, ich fordere allenfalls meinen Tribut ein. Aber wenn du nichts hast …

»Entschuldigt, Majestät, natürlich bettelt Ihr nicht. Darf ich Euer Majestät einen Leckerbissen kredenzen?«

Darfst du. Mach schon!

Schillerlocken, weiß, fett, saftig.

Besänftigt putzte sich Friederike die letzten, köstlichen Krümchen aus dem Bart, und da Ronne ein so aufmerksamer Mensch war, legte sie ihm auch eines ihrer weißen Barthaare zum Geschenk auf die Fensterbank.

»Danke, Friederike. Das kommt in meine Sammlung. Und, was gibt es Neues im Revier?«

Friederike heftete ihren Blick an seine Augen und ließ das Bild von dem grünen Ding aufsteigen.

»Der Onkel von Sanne und Peter ist eingetroffen, sagt meine Mutter. Ein junger Draufgänger mit Motorrad, der in den Dünen sein Zelt aufgeschlagen hat. Das wird dir nicht gefallen, Friederike, und ich bin sicher, Vadder wird ihn schon von dort verscheuchen. Nur heute noch nicht. Er ist wieder mit dem Kutter raus und kommt erst in der Nacht zurück. Aber morgen haben wir dann Rotbarsch und Kabeljau und Scholle. Da werden wir auch für dich den einen oder anderen Happen finden. In Aspik vielleicht? Oder in Sahne-Dill-Tunke?

Friederike leckte sich die Lippen und schnurrte Ronne in Vorfreude beglückt an. Der kraulte ihren Nacken.

»Und, hast du Melle ein paar neue Wörter beigebracht?«

»Mirrz.«

»Das solltest du aber. Die Kleine muss wieder lernen, ihre Zunge zu gebrauchen.«

Ja, ja, ja, sowie ich Zeit dafür habe. Aber ich musste mich um Sanne kümmern. Die träumt so schlecht.

»Aber du hast natürlich auch noch andere Aufgaben, meine Süße. Wie mir Mudder sagte, hast du in Sannes Bett geschlafen. Fein hast du das gemacht.«

Fein war auch das Streicheln mit der großen, rauen Hand. So ganz lang vom Kopf über den Nacken bis zur Schwanzspitze. Und Süße? Sahne?

Wurde gereicht.

War ein netter Kerl, dieser Ronne. Sie würde mal wieder einen Kontrollgang durch die Vorratsräume machen, um darauf zu achten, dass sich hier keine Mäuse einnisteten.

Diese Arbeit nahm einige Zeit in Anspruch, verursachte Appetit, der mit zwei würzigen Krabben gestillt wurde, und dann machte Friederike sich auf, um nach Melle zu sehen.

Siebzehn

Ein Fallschirmsprung

Hilke hatte Peter und Sanne im Auto und fuhr gemächlich Richtung Flugplatz. Auf halbem Weg donnerte von hinten ein Motorrad heran und überholte sie in halsbrecherischer Geschwindigkeit.

»Wow! Cool!«

»Zu schnell!«

»Spaßbremse.«

»Da hat Freddy euch ja ein schönes neues Wort geschenkt.«

»Aber er hat doch recht. Alles verbietest du uns.«

»Tatsächlich? Alles? Habe ich dir verboten, grüne Äpfel zu essen?«

»Wenn du es gewusst hättest, bestimmt.«

»Und du hättest keine Bauchschmerzen bekommen. Ich versuche doch nur, euch vor Schaden zu bewahren.«

»Weshalb ich nicht mit Freddy auf dem Motorrad fahren darf«, giftete Peter Hilke an.

»Und wenn wir ihn gleich mit gebrochenem Hals im Graben wiederfinden?«

»Du erwartest immer nur das Schlimmste. Da, da vorne auf dem Parkplatz steht er schon. Nix mit gebrochenem Hals.«

Hilke zuckte mit den Schultern. Ja, sie war vielleicht übervorsichtig. Sie biss die Zähne zusammen und schluckte jede weitere Bemerkung hinunter. Kaum hatte sie den Wagen eingeparkt, liefen die Kinder auch schon auf Freddy zu. Der strebte zum Gebäude des Para-Centrums, von dem aus die Flugzeuge mit den Fallschirmspringern starteten.

Hilke folgte ihm und sah zu, wie er bei der Crew einen Ausweis vorlegte und bezahlte. Dann drehte er sich zu den Kindern um und sagte: »Okay, ich werde in einer halben Stunde springen.«

»Lassen die das einfach so zu?«, fragte Hilke.

»Klar. Ich habe eine Springer-Ausbildung. Hab ich letztes Jahr in Spanien gemacht. Kommt, ich muss die Ausrüstung anlegen.«

Hilke folgte ihm mit Sanne und Peter zu dem großen Hangar, in dem an langen Stangen Overalls und Gurtzeug hingen. Er hatte es wohl wirklich schon häufiger gemacht, so routiniert, wie er die Sachen anlegte. Ein Helfer reichte ihm den Schirm, und auch den befestigte er ohne Zögern an den Gurten.

»Ich will auch springen«, sagte Sanne.

»Geht nicht, du hast keine Springerausbildung«, sagte Freddy.

»Aber ich könnte diesen Tandemsprung machen. Mit einem anderen zusammen.«

»Au ja, Hilke. Das machen wir. Du kommst auch mit.«

»Euch ist schon klar, dass jeder dieser Tandemsprünge zweihundert Euro kostet?«

»Ja, und?«

»Und ihr glaubt wirklich, dass Geld auf den Bäumen wächst? Tut mir leid, aber so viel habe ich nicht übrig. Außer ihr wollt die nächsten zwei Wochen nur am Strand oder im Haus verbringen.«

»Du bist eine widerliche Spaßbremse«, kreischte Sanne und stampfte mit dem Fuß auf.

»Ja, das bin ich nun mal.«

Sanne stapfte zu den Overalls und suchte einen in ihrer Größe heraus. Eine der Aufsicht führenden Frauen hielt sie zurück und teilte ihr eindrücklich und bestimmt mit, dass für sie keine Anmeldung zum Sprung vorlag.

»Ich hab mein Taschengeld«, fauchte Sanne und kramte ein paar Scheine aus der Hosentasche.

»Reicht nicht, Fräulein. Und alt genug bist du auch noch nicht. Komm, schau deinem Freund zu. Er wird gleich in die Maschine steigen.«

Sanne riss sich los und lief zu Freddy.

»Nimm mich mit!«, forderte sie.

»Geht nicht, Kleine.«

»Nenn mich nicht Kleine!«, schrie sie und boxte ihn in den Leib.

»Meine Güte, was bist du für eine aufdringliche Furie.« Er schüttelte sie ab und schob sie zu Hilke. »Pass auf das Kind auf. Das ist doch deine Aufgabe.«

»Okay. Sanne, gib Ruhe, oder wir fahren gleich wieder nach Hause.«

Überraschenderweise stellte sich Peter vor sie hin und sagte leise: »Jetzt halt endlich die Klappe, Sanne.«

Das Mädchen sackte zusammen, trottete zu einer Bank und ließ sich nieder. Hilke wollte ihr folgen, aber Peter hielt sie zurück.

»Lass sie schmollen. Dann wird das schon wieder.«

»Na gut. Setzen wir uns auf die andere Bank und schauen Freddy zu, wie er aus dem Himmel fällt.«

Hilke machte ihre Kamera bereit und fotografierte das Flugzeug und Freddy, der einstieg. Sie warteten gemeinsam, bis die Maschine in knatternden Schleifen nach oben stieg. Und dann sprangen sie, sechs Männer und Frauen, und ihre bunten Schirme blühten am Himmel auf.

»Der Blaue, das ist Freddy. Er hat gesagt, sein Schirm wäre blau.«

Sie kreisten und tanzten im Sonnenschein, und mit einem Seufzer folgte Hilke ihnen mit der Linse. Sie verstand Sanne ja. Sie selbst wäre auch gerne gesprungen. Aber sie konnte es den Kindern nicht verbieten und sich dann selbst das Vergnügen gönnen.

Die Fallschirmspringer kamen auf dem Landeplatz an, einer nach dem anderen. Freddy mit einer spektakulären Rolle. Dann stand er auf und streckte die Daumen nach oben. Ein Helfer nahm ihm den Schirm ab, und er trat zu Sanne.

»Komm, hilf mir aus dem Overall, und dann machst du mit deinem Bruder einen Rundflug. Ich habe mit dem Piloten gesprochen, das ist okay.«

»In echt?«

»Jau. Also grummel nicht mehr.«

Die nächsten Springer warteten schon, und einer von ihnen nahm Peter und Sanne mit zum Flugzeug. Freddy setzte sich zu Hilke.

»Schöner Blick von da oben. Solltest du auch mal machen.«

»Dann grillen mich die Kinder.«

»Und davor hast du Angst, was? Du lässt dir ganz schön auf der Nase herumtanzen.«

»Freddy, sie haben Furchtbares erlebt.«

»Das ist deine Entschuldigung? Mann, du bist eine überfürsorgliche Glucke und schneidest ihnen die Flügel ab. Lass sie doch mal auf die Schnauze fallen. Das lehrt sie etwas fürs Leben.«

»Eben mal dem Tod von der Schippe gesprungen zu sein, fürchte ich, tat das schon. Melle hat seit einem Jahr kein Wort mehr gesagt und traut sich nicht, aus dem Haus zu gehen.«

»Schon möglich, sie ist noch sehr klein. Aber die beiden anderen scheinen mir ziemlich normal.«

»Außer dass Sanne permanent ungezogen ist und Peter meist in seinen eigenen Welten brütet.«

»Gib ihnen was zu tun. Stell sie vor Herausforderungen.«

»Soll ich sie im Watt aussetzen, wenn die Flut kommt, und warten, ob sie sich retten können? Oder ohne Schirm aus dem Flugzeug werfen lassen?«

»Es gibt hier in der Nähe einen Abenteuerpark. Ich nehme sie mit.«

»Nur über meine Leiche.«

»Wär schade drum«, sagte Freddy und legte ihr den Arm um die Schultern. Hilke machte sich frei.

»Lass das. Ich bin nicht interessiert.«

»Schade, die Polizei findet selten schöne Tote am Strand. Aber gut, dann erlaub den Kindern wenigstens, heute Abend mit mir am Strand zu grillen. Ich versichere dir, ich kann ein Lagerfeuer beaufsichtigen.«

»Und ihnen Schauergeschichten erzählen?«

»Na klar. Sonst macht es keinen Spaß.«

»Na gut, dann macht eure Abenteuerromantik. Aber jetzt fahren wir erst mal zurück. Sanne hat Pflichten bei Frauke übernommen, und die muss sie erfüllen.«

»Pflichten? Wie grässlich.«

»Sie kocht.«

»Oh!«

»Und ob du Frauke und Sanne beschwatzen kannst, mit uns zu essen, das überlasse ich deinem überwältigenden Charme.«

Achtzehn

Noch eine Katzenlektion

Friederike fand das Mädchen wieder im Wohnzimmer sitzen. Die Sonne fiel hell durch die offene Terrassentür und ließ ihre blonden Locken schimmern. Sie war in die Arbeit an ihrem neuesten Gemälde versunken, schaute aber sofort auf, als Friederike sie ansprach.

»Mirzel?«

»Mirr.«

Da sie es in der Sonne ebenfalls schön fand, legte sich Friederike um ihre Füße und schnurrte.

»Mirrirrip?«, fragte Melle und legte ihr Malzeug zur Seite.

Erfreut antwortete Friederike mit dem zustimmenden »Mirr!« und drehte sich auf den Rücken. Melle kicherte und begann, das flauschige Fell auf dem Katzenbauch zu streicheln. Beide versanken in milde Ekstase. Die Glückseligkeit hielt eine gute Weile an, dann aber sprang Friederike auf und sagte vernehmlich: »Mieps!«

»Mau!«, erwiderte Melle.

»Mieps! Mieps!«

Ein Katzenkind hätte gewusst, dass es sich um einen kategorischen Befehl handelte, aber dieses Menschenkind widersetzte sich.

Noch einmal versuchte es Friederike im Guten.

»Mieps! Kchch!«

»Maumau«, jammerte Melle.

Und Friederike griff zum Äußersten. Ihre Tatze flog hoch, und leicht kratzten die Krallen über Melles bloße Wade.

»Mau. Au!«

»Mieps?«

»Mirr.«

Zögernd erhob Melle sich. Friederike streckte erfreut den Schwanz nach oben und schritt voraus durch die Tür in den sonnenbeschienenen Garten. An der Schwelle drehte sie sich um und fixierte Melle noch einmal mit einem befehlenden Blick.

Das Mädchen folgte ihr gehorsam. Auf die Terrasse, zu den Rosenbeeten. Hier durfte sie verharren, befand Friederike und setzte sich unter den duftenden Sträuchern nieder. Melle blieb stehen und betrachtete die Blüten. Dann schnupperte sie, und ein kleines Lächeln huschte über ihr Gesicht.

»Mirzel«, sagte sie schüchtern.

»Mirrrips«, schnurrte Friederike.

»Mäuschen«, sagte Frauke und kniete sich vor Melle nieder. »Mäuschen, du hast dich aus dem Haus gewagt. In meinen Garten. Zu den Rosen. Ach, sind sie nicht schön, Mäuschen? Dieses Jahr blühen sie besonders üppig.«

»Mirr«, sagte Melle leise.

»Das freut mich zu hören. Was meinst du, sollen wir ein paar besonders schöne für einen Strauß schneiden?«

»Mirr.«

»Gut, dann hole ich die Schere.«

Friederike war erfreut. Frauke hatte Melle verstanden und würde sich jetzt zusammen mit ihr um sie kümmern. Als die Frau mit Korb und Schere zurückkam, strich sie ihr anerkennend um die Beine.

»Na, Friederike, dir gefallen die Rosen auch, nicht wahr? Aber warte mal, ich habe noch etwas viel Besseres für dich. Komm mit, Melle, wir wollen der Katze zeigen, wo ein besonderes Kraut wächst.«

Melle folgte der älteren Frau zu dem Kräuterbeet. Hier bückte Frauke sich, zupfte ein Blättchen ab und zerrieb es zwischen den Fingern. Die reichte sie dann Friederike, die zunächst vorsichtig, dann begeistert daran schnüffelte.

»Katzenminze. Du darfst dein Kräuterschaumbad darin nehmen.«

»Mirrrips! Schnurrrr!«

Mit den Vorderpfoten trampelte Friederike in dem flach wuchernden Kraut und schnurrte aus Leibeskräften. Der Duft war so herrlich, so überwältigend, so köstlich. Sie begann an einigen Blättchen zu knabbern und fand sie ebenso wohlschmeckend wie duftend.

Nur ganz am Rande bemerkte sie, dass Melle Frauke half, ein paar besonders schöne Rosen auszusuchen, zu schneiden und in den Korb zu legen.

»Da hinten blühen auch noch hübsche weiße Margeriten. Die passen gut in den Strauß«, hörte sie Frauke sagen, und in ihrem Kräuterrausch sah sie zufrieden, wie Melle ihr folgte. Dann fiel sie in einen beglückten Schlummer inmitten der blühenden süßen Katzenminze.

»Miep!«

Mit einem Schrecken zuckte Friederike hoch.

»Mamama?« Melle kicherte.

Nein, das war nicht Mama. Was hatte sie dem Kind da nur wieder beigebracht!

»Miepsel!«

Das war ja unerhört! Kein Mensch befahl einer Katze so etwas.

Friederike drehte Melle demonstrativ ihr Hinterteil zu. Schwanz peitschend, höchste Warnstufe!

Und was tat dieses hinterhältige Gör? Sie packte sie – die majestätische Friederike – einfach um den Bauch, hob sie hoch und schleppte sie ab.

Empört ruderte sie mit allen vier Pfoten in der Luft und fauchte in allen Tonlagen: »Meck! Meck! Meck!«

»Melle, Friederike schätzt das nicht.«

»Mieps!«

»Na, wenn du meinst.«

Melle setzte Friederike auf dem Sessel ab und wurde von einem bitterbösen Blick durchbohrt. Als sie ihre Hand ausstreckte, um ihr den Rücken zu streicheln, hob die Katze drohend eine Pfote. Melle hob die Schultern und wandte sich ab. Mit dem Finger zeigte sie auf die Rosen, und Frauke nickte.

»Dann hilf mir mal, einen Strauß zu binden.«

Melle stellte sich recht geschickt dabei an, und bald stand ein üppiger Rosenstrauß auf dem Tisch. Friederike beäugte ihn, rollte sich dann aber wieder zu einem Kringel zusammen und sank in Schlaf.

Neunzehn

Der Tölpel

»Da seid ihr ja wieder!«, sagte Frauke. »Und, hat es euch am Flugplatz gefallen?«

»Es war doof. Ich durfte nicht springen«, sagte Sanne.

»Aber wir haben einen Rundflug gemacht«, fügte Peter hinzu und klang etwas begeisterter.

»Na also. Sanne, wir müssen das Gemüse vorbereiten. Kommst du mit in die Küche?«

»Was gibt es denn?«

»Eine Rindfleischsuppe. Das Suppenfleisch kocht schon.«

»Wie jetzt?«

»Na, sieh es dir an. Beinfleisch und Suppengemüse müssen zwei Stunden kochen. Du kannst mir auch gleich helfen, das Fleisch klein zu schneiden.«

Frauke schob Sanne Richtung Küche, trat dann noch mal an Hilke heran und sagte leise: »Die Katze hat Melle in den Garten gelockt. Wir haben Rosen geschnitten.«

»Was? Wirklich?«

»Melle spricht weiter Kätzisch mit Friederike. Stören Sie diese zarten Bande nicht.«

»Niemals!«

Peter hatte sich zu Melle gesetzt und begonnen, ihr von den Fallschirmspringern und dem Rundflug zu erzählen. Das Mädchen hörte schweigend zu. Hilke trat auf die Terrasse und hing ihren Gedanken nach. Melle schien allmählich aus ihrer Stummheit aufzuwachen. Irgendwie verrückt jedoch, dass sie mit der Katze sprach. Doch Katzen hatten viele Laute, die sie zwar untereinander nicht verwendeten, Menschen gegenüber aber gelegentlich höchst nachdrücklich einsetzten. Sie meinte, einmal gelesen zu haben, dass Katzenmütter mit ihren Kindern über Laute kommunizierten. Das war sicher sinnvoll, denn die Kleinen öffneten erst in der dritten Woche ihre Augen.

»Du hältst uns Menschen wohl für ebenso hilflos wie Katzenkinder, was, Friederike?«

Die öffnete träge ein Auge und schloss es wieder.

»Okay, schon verstanden. Ich bin eine blöde Kuh.«

Friederike öffnete beide Augen und sah Hilke anerkennend an.

»Ja, ja. Du hingegen bist hier die Chefin, und ich bin dir sehr dankbar, dass du dich um Melle kümmerst.«

Friederike schnurrte leise.

»Wie gut man sich mit dir unterhalten kann«, sagte Hilke und kraulte den Nacken der Katze. Das Schnurren wurde lauter. Und ein weiches Gefühl legte sich um Hilkes arg gezaustes Gemüt. Sie sah plötzlich ihr Dasein aus einer Distanz, erkannte ihre

Rolle im Leben der Kinder – ja, sie war eine Spaßbremse, nüchtern und ordentlich. Sie sorgte für ihre
körperlichen Bedürfnisse, aber sie hatte zum Beispiel
nicht herausfinden können, warum Sanne so aufsässig geworden war. Immerhin, dass sie freiwillig in der
Küche half, war ein Fortschritt. Und es hatte etwas
mit ihrer Mutter zu tun. Frauke war geschickter als
sie im Umgang mit dem Mädchen. Aber auf ihr lag
auch nicht die Last des Wissens um das Unglück.
Kaum ein Wort hatten die Kinder bislang zu dem
Unfall gesagt. Und sie hatte dieses Schweigen akzep-
tiert.

Es würde schwer werden und wehtun, mit ihnen
über ihre Eltern zu sprechen. Hilke hegte einen tief
sitzenden Groll gegen ihren Bruder. Florian hatte zeit
seines Lebens viel Schaden angerichtet. Ihre Eltern
hatten sich vor einigen Jahren von ihm losgesagt,
wollten von ihm nichts mehr hören und hatten ihn
sogar aus ihrem Testament gestrichen. Nicht, dass es
viel zu erben gab. Er war verantwortungslos, arro-
gant, wortgewandt und leider außerordentlich gut
aussehend. Monika hatte es geschafft, ihn zu heira-
ten, auch sie kannte Tricks und Listen, um ihn an sich
zu binden. Aber der Preis war hoch. Einmal hatte sie
sich Hilke anvertraut. Sie duldete Florians Affären,
sie machte seine finanziellen Abenteuer mit, hinderte
ihn nicht an seinen gefährlichen Unternehmungen.
Mal war es Bergsteigen, dann Tiefseetauchen, Kitebo-

ard-Surfen. Dank seiner Geschicklichkeit hatte er es nach und nach zum Marketing-Chef einer kleinen Sportartikelfirma gebracht. Aber sicher war dieser Posten nicht, und das war der Grund, warum Monika mit den Nerven am Ende war. Ausgerechnet sie, Hilke, hatte sie zu einem gemeinsamen Urlaub überredet. Sie hatte nicht vorhersehen können, dass Florian sich die Yacht von einem Bekannten ausleihen würde. Und sie hatte wohl auch keinen Einspruch dagegen erhoben, obwohl sie hätte wissen müssen, dass er keinen Segelschein hatte. Hilke wusste selbst, wie schwer es war, ihren Bruder von einem Vorhaben abzubringen, das er sich in den Kopf gesetzt hatte. Dass er sein und das Leben seiner Familie mit solchen Abenteuern aufs Spiel setzte, war ihm vermutlich nie in den Sinn gekommen. Er war ein selbstsüchtiger Mann, der seine Fähigkeiten ständig überschätzte. Oft genug hatte sie seine Eskapaden beobachtet, sich immer wieder um ihn gesorgt. Einst hatte sie versucht, ihn zu bremsen, doch er, zwei Jahre älter als sie, hatte sie immer ausgelacht. Sie hatte es schließlich aufgegeben, auf ihn einzuwirken. Und so mochte es Monika auch gegangen sein. Und ja, genau aus diesem Grund war Hilke wohl jetzt so übervorsichtig mit den Kindern.

Freddy war auch nicht viel besser als Florian, aber zumindest hatte er auf dem Flugplatz so viel Einsicht gezeigt, den Kindern das Fallschirmspringen zu untersagen. Ein Abend am Lagerfeuer mochte vertretbar sein, und eine Nacht im Freien an einem warmen Sommertag würde Peter und Sanne nicht schaden.

Ein Schatten fiel auf Hilke, und überrascht sah sie auf. Der trottelige Sohn von Frauke stand neben ihr und reichte ihr eine kleine Schale mit Sushi.

»Lachs, Garnele und Butterfisch. Mögen Sie?«

»Woher haben Sie die?«, fragte Hilke misstrauisch.

»Captain's Best. Können Sie unbesorgt essen, ist ganz frisch.«

»O ja, danke.«

Sie nahm die hübsche, mit einem blauen Wellenmuster dekorierte Schale an sich und packte die beigefügten Stäbchen aus. Nett von dem Tölpel, ihr Sushi zu bringen. Vermutlich hatte Frauke ihn damit zu ihr geschickt.

Ronne setzte sich neben sie auf einen Sessel und fragte, als sie das letzte Fischröllchen in den Mund steckte: »Machen Sie sich Sorgen wegen des Motorradfahrers?«

»Wie kommen Sie darauf?«

»Mudder glaubt das. Aber der Junge beherrscht seine Maschine.«

»Und das können Sie beurteilen.«

»Schon.«

Er grinste dümmlich und knetete seine großen Hände. Dann stand er auf, rupfte eine Margerite ab und reichte sie ihr.

Hilke nahm sie entgegen und tat erfreut. Das war wohl ein Ausdruck seines kindlichen Gemüts.

»Das ist ganz lieb, Ronne. Wirklich.«

»Lieb? Nein, Hilke, lieb bin ich nicht.«

»Nein? Sind Sie ein böser Junge? Dann habe ich aber Angst vor Ihnen.«

»Brauchen Sie nicht. Ich bin nur realistisch. Ich habe mir gedacht, dass Sie Blumen mögen. Aber für eine Rose kennen wir uns noch nicht gut genug.«

»Ah ja, Rosen sind etwas Besonderes.«

»Möchten Sie eine?«

»Lassen Sie mal. Die sind schöner hier im Garten und sollten nicht abgerissen werden.«

Hilke fühlte sich unwohl in Ronnes Gegenwart. Sie wusste nicht recht, wie sie mit diesem geistig behinderten Mann umgehen sollte. Seine dümmliche Anbetung war ihr unangenehm, aber sie wollte ihn auch nicht brüsk abweisen.

»Ich guck heute Abend nach Freddy und den Kindern, okay?«

»Vielleicht stören Sie?«

»Ach, ich glaube nicht. Ich treff mich nachher mit Freddy. Ist ein feiner Kumpel.«

Lieber Himmel, was würde das werden … Irritiert betrachtete Hilke die Margerite. Wie würde Freddy mit dem Trottel klarkommen?

»Sie müssen die Blättchen abzupfen. Sie wissen schon: ‚Er liebt mich, er liebt mich nicht, er liebt mich …‘«

Und schon wieder grinste Ronne sie albern an.

»Ja, ja, das mache ich später.«

»Und Sie sagen mir dann, was dabei rauskam?«

»Wobei?«

»Ob die Blume Ihnen sagt, ob ich Sie liebe.«

»Ja, ganz bestimmt, Ronne.«

»Fein. Ich komme drauf zurück. Aber jetzt muss ich.«

»Was müssen Sie?«

»Essen machen.«

»Wollen Sie nicht mit uns essen? Ihre Mutter hat eine schöne Suppe gekocht.«

»Ich koch mein eigenes Süppchen. Tschüs, tschüs.«

Und weg war er.

»Uff!«, sagte Hilke.

Zwanzig

Erkenntnisse

Peter war zum Strand gegangen, und Friederike hatte sich ebenfalls ausgeruht von ihrem Sessel erhoben, um am Meer nach dem Rechten zu sehen. Könnte ja sein, dass das Wasser das grüne Ding weggefressen hatte.

Hatte es aber nicht. Dafür saß Peter ein paar Meter entfernt im Sand und spielte mit einigen Muscheln. An Muschelspielen musste sie sich beteiligen. Angeregt schlich sie sich näher.

Der spielte nicht, der ließ die einfach immer runterfallen und hob sie wieder auf. Und sein Gesicht war ganz traurig. Was hatten diese Kinder nur? Sanne träumte schreckenerregende Szenen, Melle hatte ihre Menschensprache vergessen, und Peter starrte so oft einfach nur ins Leere. Vorsichtig näherte sie sich ihm und schmiegte sich an sein Bein.

»Hallo, Friederike«, sagte er und reichte ihr seine Hand. Roch nach Salz und Sand und klebrigem Bonbon.

»Mirzel?«

Peter antwortete nicht, er nahm nur wieder die Muschel auf – eine weiße, herzförmige – und ließ sie wieder fallen. An einem Gespräch über die höheren Dinge des Lebens war ihm also nicht gelegen. Hier musste man wohl anders vorgehen. Als erstes Schnurren. Schnurren half immer.

Er beachtete es nicht. Aber das machte Friederike nichts aus, sie schnurrte ja auch zu ihrem eigenen Vergnügen. Dabei beobachtete sie die Muschel. Hochnehmen, fallen lassen, hochnehmen, fallen lassen. Die Gleichförmigkeit des Tuns interessierte sie. Der Junge merkte gar nicht, was er hier tat. Er war mit seinen Gedanken ganz woanders. Aber wo? Es gab viele Möglichkeiten für eine Katze, herauszufinden, was im Kopf eines Menschen vor sich ging. Die einfachste war, ihm in die Augen zu sehen. Und das versuchte Friederike nun. Dazu musste sie aufstehen und sich vor ihn hinsetzen. Noch bemerkte er sie nicht, aber das konnte man auf einfache Weise ändern. Friederike hob ihr majestätisches Haupt und starrte ihn an. Starren an sich war eigentlich eine Bedrohung, und kein Lebewesen war gefeit vor den durchdringenden Blicken einer Katze. Es dauerte zwar eine Weile, aber plötzlich behielt Peter die Muschel in der Hand und sah zu ihr hin. Friederike fixierte seine Augen.

Kaltes Entsetzen packte sie. Wellen schlugen ihr entgegen, Schreie aus höchster Not. Dann kam das Wasser. Es nahm ihr den Atem, strudelte sie nach unten in die blaue Tiefe.

»Urrgs!«, konnte sie nur noch sagen, dann setzte der Fluchtreflex ein. In weiten Sprüngen schoss sie die

136

Düne entlang, blind vor Angst und Grauen. Erst da, wo die kleinen rot gestrichenen Hütten aufgereiht standen, fing sie sich wieder und versteckte sich umgehend hinter einem Grasbüschel. Nur nicht gesehen werden. Nur nicht wieder von diesen Augen voller Schrecken betrachtet werden. Am liebsten hätte sie sich tief in den Sand eingegraben. Es dauerte lange Zeit, bis sie in der Lage war, sich mit einem winzigen Schnurren zu trösten.

Es donnerte vor dem Haus am frühen Nachmittag. Hilke sah aus dem Küchenfenster und erkannte Freddys Maschine. Eine große, schwere, wie sie wusste. Zu ihrer Überraschung donnerte ein zweites, ebenfalls schweres Motorrad heran, und Freddy hob grüßend die Hand. Der Fahrer war in schwarzes Leder gekleidet und trug einen schwarzen Helm. Als er das Visier hochschob, blieb Hilke die Luft weg.

Ronne, der Trottel, fuhr ein solches Gerät?

»Was ist, Hilke?«, fragte Frauke und trat ebenfalls ans Fenster. »Oh, Ronne macht mit Freddy eine Tour. Da haben sich zwei gesucht und gefunden.«

»Ronne fährt Motorrad?«

»Schon lange. Er hat mit sechzehn den Führerschein bestanden und mit seinem Roller die Insel unsicher gemacht. Wir hatten Verständnis dafür, es ist nicht einfach, hier irgendwo mit dem Bus hinzufahren. Mit achtzehn hat er dann den Führerschein für kleine Ma-

schinen gemacht und zwei Jahre später den für große.
Von seinem ersten Geld hat er sich die Harley gekauft.
Sie ist schon ein bisschen protzig, aber was soll's. Er ist
ein vernünftiger Fahrer.«

»Von seinem ersten Geld … Ich verstehe nicht viel
davon, aber ist eine Harley nicht recht kostspielig?«

»Na ja, ein kleines Auto hätte er auch dafür kaufen
können. Aber er wollte nun mal das Motorrad. Ansonsten nutzt er die Firmenwagen.«

»Firmenwagen? Wessen?«

»Na, seine. Hilke, haben Sie es noch nicht bemerkt?
Ronne betreibt das Captain's Best.«

Großer Gott, der Tölpel war gar kein Tölpel, sondern einer der erfolgreichsten Geschäftsmänner der
Insel. Hilke schluckte trocken und bekam nur heiser
heraus: »Nein, das wusste ich nicht.«

»Na ja, er macht wenig Aufhebens darum, und
Frauen gegenüber ist er leider immer sehr schüchtern.«

»Ja, das habe ich bemerkt«, sagte Hilke leise.

»Und ihn vermutlich für einen Dummkopf gehalten. Das ist er aber nicht. Ich glaube aber, er mag Sie.
Und wenn Sie sich mit einem wirklich klugen Mann
unterhalten mögen, dann gehen Sie ein wenig auf ihn
zu.«

Es war wohl der Tag der schmerzlichen Einsichten.
Hilke nickte nur und ging zu Melle ins Wohnzimmer.
Das Mädchen war nicht in dem Raum, sondern saß
mit einem Sudoku-Heft der Kamikaze-Klasse draußen

auf der Terrasse und löste in Windeseile die Zahlen-
quadrate.

»Das macht dir Spaß, nicht wahr?«

»Mau.«

»Das bedeutet vermutlich in Menschensprache ‚Ja‘?«

»Mau.«

»Du hast von Friederike viele Wörter gelernt. Kannst
du mir noch ein paar beibringen?«

Melle nickte, sagte: »Mirzel!« und wies auf die Rosen.

»Das bedeutet Rosen?«

»Mirr.«

»Also nicht. Sonnenschein?«

»Mirr.«

»Dann vielleicht schöne Aussicht?«

»Mau.«

»Stimmt, es ist sehr schön hier. Magst du mir den
Garten zeigen?«

»Mieps!«, sagte Melle und erhob sich. Hilke folgte
ihr und erriet weitere Bedeutungen von Melles Lauten.
Sie konnte höchst eindrucksvoll die kätzischen Töne
nachmachen, aber ein normales Wort kam nicht über
ihre Lippen. Als sie nach ihrem Rundgang wieder auf
der Terrasse angekommen waren, kniete Hilke sich vor
dem Mädchen nieder und fasste ihre Hände.

»Du sprichst ein schönes und elegantes Kätzisch,
Melle. Warum magst du nicht unsere Menschensprache verwenden?«

Alle Farbe wich aus Melles Gesicht, und ihre Miene erstarrte.

»Ach, Mäuschen. Euch ist Furchtbares geschehen. Aber du musst darüber sprechen, sonst wird die Erinnerung dich immer plagen. Ich würde dir so gerne zuhören.«

Melle zog ihre Hände zurück und starrte blicklos in die Rosen.

»Kind, du bist gerettet worden. Du lebst noch. Und Sanne und Peter auch.«

Aber Melle war verstummt, geradezu versteinert.

Und wieder hatte sie wohl alles falsch gemacht. Hilke erhob sich frustriert und ging zu Frauke in die Küche.

»Melle spricht nicht mit mir. Wie komme ich nur an dieses arme, verstörte Kind heran, Frauke?«

»Sie hat wohl auf ihre Art das Unglück verdrängt. Sie haben es doch schon mit einer Therapie versucht?«

»Ja, natürlich. Aber auch die Psychologin scheiterte an ihrem Schweigen.«

»Nun, Friederike nicht.«

»Nein. Aber mein Kätzisch reicht nicht für eine Unterhaltung mit Melle.«

»Betrachten Sie es doch als Fortschritt, dass sie überhaupt schon mal den Mund aufmacht. Und das Haus verlassen hat, Hilke. Erwarten Sie nicht zu große Schritte. Und jetzt fahren Sie mit Sanne in den Supermarkt. Sie möchte morgen Mittag Pizza machen, und dazu brauchen wir noch einige Zutaten. Tomaten habe ich zwar im Garten, alle möglichen Kräuter auch, aber Käse und Oliven und was immer Sie als Belag sonst mögen, sollten Sie gemeinsam besorgen.«

»Gute Idee. Wo ist das Mädchen?«

»Oben in ihrem Zimmer. Ich habe ihr eines meiner Kochbücher gegeben.«

»Auch eine gute Idee.«

Sanne saß auf ihrem Bett, das aufgeschlagene Buch auf ihren Knien, und las eifrig.

»Na, neue Vorschläge für unsere Mahlzeiten gefunden?«

»Irre Sachen. Aber unheimlich aufwendig. Hier, guck mal, so ein Fisch in der Salzkruste. Oder diese gefüllte Ente.«

»Bestimmt lecker.«

»Ja, aber damit legt man die Küche für einen halben Tag lahm.«

»Also dann doch lieber Pizza? Wenn du magst, fahr ich dich zum Einkaufen in den Ort.«

Sanne sah sie etwas ungläubig an. »Ich darf aussuchen?«

»Und ich bezahle. Auf geht's!«

Es war tatsächlich eine gute Idee. Hilke war erstaunt, wie umsichtig Sanne aussuchte und wählte. Ja, manchmal fragte sie Hilke sogar um Rat. Es gab kein Maulen, keine Widerworte, kein Zanken. Mit einem wohlgefüllten Einkaufskorb fuhren sie zurück, und Hilke sagte, als sie vor dem Gartentürchen hielten: »Als Nächstes solltest du Frauke bitten, ihre Beete plündern zu dürfen.«

»Warum? Willst du deine Pizza mit Rosenblättern bestreut haben?«

»Nein, aber mit frischem Oregano gewürzt.«

»Das hätte wirklich was.«

»Dann schau mal, was du noch so alles findest. Du weißt ja, Frauke ist eine gute Köchin. Und ich glaube, ein noch besserer Koch ist ihr Sohn Ronne. Dem gehört nämlich das blöde Deli.«

»Echt jetzt? Mann!«

»Ich habe es auch eben gerade erfahren. Sprich ihn darauf an, Sanne. Vielleicht verrät er dir einige seiner Rezepte.«

»Meinst du wirklich?«

»Meine ich wirklich. Aber im Augenblick ist er mit Freddy unterwegs. Er scheint genau so ein Motorradfan zu sein wie sein Onkel.«

»Wow!«

Hilke lachte, und Sanne stimmte mit ein.

»Kann sein, dass Ronne heute zu eurem Grillabend am Strand dazukommt. Betrachte es als eine Gelegenheit, ihn auszufragen.«

»Sicher. Aber kommst du nicht auch?«

»Nein, auf eine Spaßbremse wie mich könnt ihr gut verzichten. Ich lass mich lieber von Melle im Schach schlagen.«

»Melle ist gut in so was, nicht? War sie früher auch schon. Eigentlich sollte sie auf eine besondere Schule gehen. Aber jetzt sagt sie ja nichts mehr.«

»Davon wusste ich gar nichts. Aber wenn ich es recht bedenke, liegt das nahe. Eure Eltern haben ihre Begabung sicher auch bemerkt. Ach, Mist …«

Todtraurig kam es von Sanne: »Ja, Mist.«

Doch als Hilke den Arm um ihre Schultern legen wollte, zuckte sie zurück und floh aus dem Auto.

Einundzwanzig

Lagerfeuer

Die Gräser warfen schon lange Schatten über den Dünensand, als Friederike endlich wieder zu ihrem ausgeglichenen Selbst gefunden hatte. Nach dem Abendimbiss – bloß noch ein paar abgenagte Gräten, Geert hatte ihre Abwesenheit schändlich ausgenutzt und die besten Teile von Ritas großzügigen Gaben verzehrt – schlenderte sie in Richtung des grünen Dings, von wo aus der verlockende Geruch brennender Holzkohle wehte. Aus langer Erfahrung wusste Friederike, was das meistens bedeutete: Die Menschen brieten gut gewürzte Fleischstücke. Das Schwarze aßen sie dann, aber manchmal waren sie klug genug, das Rohe einer Katze zu überlassen. Mehr oder weniger freiwillig. Sie tigerte näher und fand zu ihrer Freude Ronne am Feuer sitzen. Bei ihm waren der Neue, dieser Freddy, und die beiden Kinder. Vielversprechend. Noch vielversprechender waren die Aluschalen, in denen klein geschnittene Fleischstücke und Würstchen lagen. Weniger interessant waren die Holzstäbe, die mit so einem zähen Teig umwickelt waren. Und noch weniger interessierten sie die weißen und rosa Ballen, die nur süß rochen.

Die Menschen hielten schon Holzstäbe in den Händen, mit denen sie Würstchen verbrannten. Neben dem Feuer steckten einige andere Stöcke, mit Teig umwickelt, im Sand. Es roch überaus köstlich. Ronne war Friederike als der Herr aller Genüsse bekannt, und an ihn schlich sie sich als Erstes heran. Er bemerkte sie nicht, denn er unterhielt sich intensiv mit Sanne über die Herstellung einer Gemüsecreme. Peter hingegen fragte Freddy nach seinen Erfahrungen im Fallschirmspringen aus, die er offenbar gerne mit dem Jungen teilte. Leider stand die Schale mit dem Fleisch ziemlich dicht an Freddys Beinen. Er hatte einen viel zu guten Blick darauf. Man würde ihn wohl ablenken müssen. Friederike erwog kurz, alarmierend zu kreischen, aber dann würden sich alle auf sie konzentrieren, und damit war ein Überraschungsangriff auf die Schale nicht möglich. Das Gleiche galt für wildes Sandscharren in die Flammen. Sie betrachtete die Bierflasche, die neben Ronne stand. Man könnte sie umkippen und verschwinden. Aber ob das reichte? Er würde es bemerken, darüber schimpfen und sich eine neue aus dem Kasten hinter sich holen. Freddys Aufmerksamkeit war damit noch lange nicht von dem Fleisch abgelenkt.

Friederike umrundete die Gruppe in gehörigem Abstand, und als sie auf den nassen Sand trat, sah sie etwas von sich weghuschen.

Jau, das war es! Ein Krebs, handtellergroß. Die kamen nachts heraus, um ebenfalls zu jagen. Aber sie zu fangen war Friederikes leichteste Übung, und mit dem kühnen Biss – von hinten, versteht sich, um nicht von den Scheren gezwickt zu werden – hatte sie ihn in den Fängen. Der Krebs strampelte hilflos und wedelte mit seinen Scheren, aber sie hielt ihn fest zwischen den Zähnen und lief zurück zum Lagerfeuer. Mal sehen, wer die größte Angst hatte! Bestimmt nicht Ronne. Der verarbeitete diese Viecher zu leckeren Krabbenpfännchen. Und Freddy auch nicht, der hatte schon ganz andere Tiere gesehen, vermutete sie. Aber Peter, der war ein Angsthase. Und er saß nahe an der Fleischschale. Hinter ihm ließ Friederike den Krebs los und gab ihm einen Schubs in die richtige Richtung.

Es klappte! Peter sah das Tier, schrie auf und sprang hoch. Freddy und Ronne fragten, was passiert sei, und als sie die arme Krabbe entdeckten, griff Freddy mutig zu und schleuderte sie zum Wasser hin.

Die Fleischstücke waren unbeaufsichtigt, und Friederike ergatterte das erste Stück. Hinter einem Grasbüschel verzehrte sie es schmatzend. Dummerweise hatte sich die Aufregung gelegt, und die Schale lag wieder unter der Aufsicht von Freddy. Allerdings gab es jetzt eine andere Ablenkung. Ronne griff nach einem der Brotstöcke und zog den gebräunten Teig ab.

»Bedient euch, das Stockbrot ist fertig. Und zumindest mein Würstchen auch.«

Während die Menschen aßen, ergatterte Friederike das nächste Stück Fleisch. Und dann auch noch ein Würstchen. Wirklich alles eine schöne Abwechslung zu den Meerestieren.

»Sagt mal, isst einer von euch rohes Fleisch?«, fragte Freddy kritisch.

»Nein, warum?«, fragte Sanne zurück.

»Ich wollte mir gerade ein Stück aufspießen, aber es sind statt acht nur noch sechs Portionen da. Huch, und ein Würstchen fehlt auch.«

»Die hat bestimmt dieser fiese Krebs gefressen«, sagte Peter.

»Kaum, Junge. Das hätte ich bemerkt. Der Krebs kam von hinten, er war gar nicht in der Nähe der Schale.«

»Aber solche Tiere fressen doch Fleisch?«

»Tun sie, aber sie scheuen auch die Nähe der Menschen. Was mich, wenn ich es recht betrachte, wundert. Was hatte der hier zu suchen? Das Feuer hätte ihn abschrecken müssen«, überlegte Ronne laut.

»Graben die Krebse sich bei Ebbe nicht ein?«

»Im Watt vielleicht, ganz bestimmt nicht in der trockenen Düne. Hey, Sanne, hast du uns diesen Krebs auf den Hals gehetzt?«

»Ich? Ich hab doch die ganze Zeit hier gesessen.«

»Mmh«, brummte Ronne. »Vadder denkt sich manchmal solche Streiche aus.« Er sah sich suchend um. »Er wird nicht wollen, dass du hier zeltest, Freddy.«

147

»Ich weiß, ich weiß. Ich ziehe ja morgen in deinen Garten um.«

Sie kümmerten sich nicht weiter um den Krebs und steckten die Fleischstücke auf ihre Spieße. Der Geruch des bratenden Fleisches war einfach wunderbar, fand Friederike, und um sich an ihm zu laben, kroch sie wieder näher an das Lagerfeuer heran.

Leider war Sanne aufmerksam. Sie suchte mit ihren Blicken die von dem Feuerschein beleuchtete Gegend ab und quiekte plötzlich auf.

»Da ist was! Guckt mal, da, hinter Ronne.«

Der drehte sich um, und Friederike konnte sich nicht schnell genug unsichtbar machen.

»Hah, ich habe unseren Räuber entdeckt! Eine Katze, ich glaube fast, es ist Friederike.«

Die duckte sich, aber Sanne hatte sie auch schon entdeckt und rief sie leise.

Offenbar war sie ihr nicht böse. Vorsichtig schlich Friederike näher.

»Ja, komm doch zu uns!«, forderte Ronne sie auf und klemmte seinen Stab in die Steine der Umrandung des Feuers. »Verdient hast du es dir nicht, aber mein Würstchen kannst du haben.«

Mit seinem Messer schnitt er es klein und reichte ihr ein Stückchen mit den Fingern.

Guter Ronne. Zufrieden mit der zuvorkommenden Bewirtung ließ Friederike sich an seiner Seite nieder und begann, sich den Bart zu putzen. Darüber verlor sie etwas die Übersicht über die Gespräche, aber als sie fertig war, erzählte Ronne eben, wie er einst als Junge auf dem Kutter seines Vaters unbefugt in das Nebelhorn geblasen hatte.

»Zwei andere Kutter kamen angetuckert, weil sie dachten, er hätte Probleme. Wisst ihr, es bringt die Netze ganz schön in Unordnung, wenn man den Kurs wechselt. Die beiden hatten an dem Tag keinen guten Fang. Vadder war sauer auf mich und drohte, dass er meine Untat dem Klabauter mitteilen würde. Ich hatte damals noch ziemliche Angst vor dem Klabautermann. Er war für mich ein böser Geist, der mich kielholen würde, sollte ich mich schlecht benommen haben. Erst mal passierte zwar nichts, und wir kamen gut in den Hafen. Aber in der Nacht dann geschah es. Ich war eben eingeschlafen, da klopfte es an meinem Fenster. Knarrend gingen die Läden auf, und ein Gesicht mit knorriger Nase unter einem Wust grauer Haare erschien. Ein alter Dreispitz bedeckte den Kopf, und zwei böse glitzernde Augen starrten mich an. Und dann hob der Klabauter seine Hand und schlug mit dem Hammer auf den Fensterrahmen, dass das Glas nur so klirrte. Ich war ein solcher Schisser, Leute! Ich zog die Bettdecke über mich und zitterte vor Angst.«

»Und, hat er dich gekielholt?«, fragte Freddy.

»Ich habe es ernsthaft befürchtet. Aber dann ging das Licht in meinem Zimmer an, und Mudder zog mir die Decke weg. Sie schloss die Läden wieder und tröstete mich, der Klabauter sei weg.« Ronne lachte leise auf. »Heute denke ich, Vadder hatte Norge beschwatzt, den alten Klabauter zu geben. Es war eine sehr lebensnahe Aufführung!«

Friederike wollte dieser Deutung nicht zustimmen. Der Klabautermann war sehr wohl in Norges Garten anwesend. Aber Menschen waren ja oft blind gegen derartige Wesen. Kinder allerdings sahen sie häufig.

»Du bist schon als Junge auf dem Kutter gefahren?«, fragte Freddy jetzt.

»Oft genug. Vadder wollte eigentlich, dass ich mal Fischer werde, so wie Großvadder. Aber ich fand es immer interessanter, was mit den Fischen und Krabben anschließend passierte. Mudder ließ mich oft in der Küche werkeln, und so bin ich später dann Koch geworden.«

»Einfach so?«, fragte Sanne.

»Nein, ich habe natürlich erst eine Lehre gemacht und dann ein paar Jahre als Sous-Chef, später als Küchenchef gearbeitet. Erst als ich meinte, dass ich genug Erfahrung hatte, habe ich mein Catering-Geschäft aufgemacht.«

»Das offensichtlich nicht schlecht läuft. Überall hier sehe ich die Leute mit den Tüten von Captain's Best herumlaufen.«

»Nein, Freddy, ich kann nicht klagen. Nur manchmal mache ich Verluste. Wenn sich nämlich diese gefräßige Katze hier an meinen Krabbenpfännchen vergreift.«

»Tut sie das? Dann wäre das doch die richtige Aufgabe für den Klabauter, sie mal kielzuholen«, höhnte Freddy, und Friederike wollte sich verziehen. Aber Ronnes Streichelhand blieb in ihrem Nacken, und so bedeuteten seine Worte nicht das, was sein Körper sagte. Der, und das wusste sie ganz genau, würde ihr nie etwas Böses antun. Und schon gar nicht den Klabauter auf sie hetzen.

Das Feuer bekam noch einen Scheit zu fressen und loderte hell auf. Dann sank die Flamme aber zusammen, und es glühte friedlich in seinem Steinkreis. Peter starrte wieder versonnen in das flackernde Licht, Sanne röstete einen von diesen rosa Süßballen, und es roch jetzt nach heißem Zucker. Ronnes Finger kraulten weiter ihren Nacken, und darüber döste Friederike ein.

Zweiundzwanzig

Kind verschwunden

»Wir nehmen heute die Räder und fahren zur Beeren-plantage«, sagte Hilke beim Frühstück.

»Wieso das denn?«

»Weil man da selbst ernten kann.«

»Was für ein Blödsinn. In Fraukes Garten wachsen doch alle Beeren.«

»Nicht alle«, sagte Frauke. »Ich würde gerne einen Stachelbeerkuchen backen. Und Stachelbeeren habe ich nicht. Außerdem sind die Johannisbeeren von den Vögeln geplündert worden, und von denen brauche ich welche, um Rote Grütze zu machen. Ihr mögt doch Rote Grütze mit Vanillesoße?«

Sanne war überzeugt, und Peter schloss sich ihr an. Zu dritt radelten sie über die glatten Fahrradwege zu der Plantage. Bis zur Mittagszeit verlief die Ernte fried-lich, und als ihre Körbe gut gefüllt waren, besuchten sie den großen Spielplatz, dessen besondere Attraktion ein großes Piratenschiff war. Hilke setzte sich auf eine Bank und beobachtete, wie sich aus dem knatternden Flugzeug über ihr eine Reihe Fallschirme entfalteten. Dann sah sie zu, wie eine wilde Horde Kinder auf dem Schiff herumturnte. Von Entern und Plündern tönte das Geschrei, von über die Planke gehen und von Kielholen. Macheten und Degen wurden geschwungen, ein einbeiniger Seebär führte das Kommando, ein völlig durchgeknallter Papagei gab seine frechen Bemerkungen von sich. Peter und Sanne waren mit vollem Einsatz dabei, und erst als ein Hurrikan das Schiff zu vernichten drohte, rannte Sanne schreiend davon. Hilke machte sich auf die Suche nach ihr und fand sie zitternd zwischen den Obstspalieren sitzen.

»Ist gut, mein Mädchen. Es war doch nur ein Spiel.«

»B…Blitze. Papa schreit. Mama schreit auch. Sie wirft uns die Schwimmwesten zu. Sie stößt uns ins Wasser. Ich ertrinke …«

Mit blankem Entsetzen hörte Hilke dem Gestammel zu. Das also war geschehen. Aber warum waren sie in ein Unwetter geraten? Wieso war die Yacht gekentert? Warum hatten sich ihr Bruder und Monika nicht auch retten können?

Die Ermittlungen hatten darauf keine schlüssige Antwort erbracht, und die Kinder hatten bislang nicht dazu befragt werden können.

Auch Hilke traute sich nicht, weiter in Sanne zu dringen, sondern nahm das zitternde Mädchen nur in ihre Arme und wiegte sie sanft. Langsam hörte das Schluchzen auf, und Sanne befreite sich aus der Umarmung.

»So ein blödes Spiel. Können wir nach Hause fahren?«

»Ja, das können wir. Bring du schon mal unsere Körbe zu den Rädern, ich versuche Peter aus der Gewalt der Piraten zu befreien.«

Doch hier erlebte Hilke ihren nächsten Schock.

Peter war verschwunden, und keines der anderen Kinder hatte gesehen, wohin er gegangen war. Hilke rief nach ihm, suchte ihn bei den Fahrrädern und fragte Sanne, wo er sein könnte. Sein Rad stand noch dort, wo sie die ihren abgestellt hatten.

Sanne schüttelte auch nur den Kopf.

»Er war unter Deck, wollte einen Gefangenen aus der Bilge befreien. Und dann schrie jemand: ›Wir kentern!‹«

Mühsam riss Sanne sich zusammen.

»Suchen wir ihn auf der Plantage. Vielleicht hat er sich, ähnlich wie du, zwischen den Büschen versteckt. Rufen wir ihn.«

Sie riefen und suchten über eine Stunde, fragten jeden, den sie trafen, nach dem Jungen, aber der schien wie vom Erdboden verschluckt.

»Es hat keinen Zweck mehr, Sanne. Fahren wir nach Hause. Wir werden die Polizei verständigen.«

»Vielleicht ist er nach Hause gelaufen?«

»Vielleicht. Aber warum steht dann sein Rad noch hier?«

»Fahren wir zurück, Sanne. Hören wir mal, welche Vorschläge Fiete hat. Oder Ronne und Freddy. Kann sein, dass die eher wissen, wohin der Junge gelaufen sein könnte.«

Jeder der drei hatte seine eigene Theorie. Ronne und Freddy wollten ihre auf die Probe stellen und fuhren mit ihren Motorrädern los, um die Straßen abzusuchen. Fiete rief seinen Freund, den Kommissar, an und wurde sehr laut, als der sich offensichtlich nicht geneigt zeigte, schon nach zwei Stunden eine Suche zu organisieren.

Fraukes Mittagessen blieb unangerührt, Melle hatte sich in ihrem Zimmer im Bett verkrochen, Sanne verlas Beeren in stoischem Schweigen. Hilke tigerte eine Weile im Garten auf und ab, dann packte sie ihre Tasche und sagte zu Frauke: »Ich halte das nicht aus. Ich fahre noch mal zur Plantage. Vielleicht wartet Peter dort auf mich.«

»Machen Sie nur, Hilke. Soll Fiete Sie begleiten?«

»Nein, der sollte sich lieber um diesen dösigen Kommissar kümmern. Möglicherweise kriegen die ja heute noch ihre Hundestaffel zusammen«, sagte sie bissig.

Noch einmal suchte Hilke die ganze Plantage ab, fragte jedes Kind auf dem Spielplatz nach Peter. Aber er blieb verschwunden. Erschöpft und ausgelaugt, heiser vom Rufen, fuhr sie schließlich nach Stunden zurück. Ihre Hoffnung, dass Freddy oder Ronne den Jungen gefunden hatte, zerschlug sich, als sie ankam.

»Keine Spur von ihm. Jetzt kann es eigentlich nur sein, dass er sich verlaufen hat. Aber warum ruft er dich nicht an?«, fragte Freddy.

»Weil ich dämliche Kuh den Kindern ihre Handys

weggenommen habe, damit sie ihre Zeit hier nicht mit ihren Spielchen verbringen. Dass so etwas passieren könnte, habe ich natürlich nicht bedacht.«

»Ich habe die Krankenstation und das Krankenhaus angerufen«, sagte Frauke. »Immerhin, dort ist er nicht eingeliefert worden.«

»O mein Gott, wenn ihm etwas passiert ist? Wenn er angefahren wurde oder entführt …«

»Hilke, hör auf!«

Friederike hatte die Aufregung im Haus natürlich auch bemerkt und sich schutzsuchend im hintersten Winkel des Gartens verzogen. Hier, nahe bei dem Komposthaufen, wucherte der Efeu wild und bildete grüne Höhlen. Auch die Abendessenszeit verbrachte sie hier. Die Versorgung war ja nicht schlecht, ein ganzes Mäusenest hatte sie gefunden und geplündert. War mal eine Abwechslung zu Fisch. Als es dunkel wurde, schlenderte sie wieder Richtung Haus. Alle Fenster waren erleuchtet, aber die Menschen schienen ihre Sprache verloren zu haben. Sogar das viereckige Dings schwieg, obwohl aus dem oft Geplapper und Musik klangen. Manchmal sogar Knallen und Schreie. Jetzt war es dunkel und still. Friederike sprang auf das Fensterbrett und sah sich weiter um. Fiete saß bei Hilke und hatte ihre Hand in seine beiden Pranken genommen. Frauke hatte ihren Arm um Melle gelegt, und Sanne saß zu ihren Füßen. Ronne und Freddy brüteten am Tisch über einem großen Papier.

Friederike beschloss, die Runde durch ihre Anwesenheit zu bereichern, und maunzte vernehmlich. Frauke hörte sie, öffnete das Fenster und ließ sie ein.

»Schön, dass du kommst, Friederike. Wir können jeden Trost brauchen.«

»Was soll das denn? Die Katze bringt meinen Bruder auch nicht zurück«, giftete Sanne.

»Nein, sicher nicht. Aber Melle freut sich bestimmt, sie zu sehen.«

»Mirr«, sagte das Mädchen leise, und Friederike begab sich zu ihr. Mit ihrem Kopf stieß sie an Melles Beine und maunzte fragend.

Melle hob sie hoch und setzte sie auf ihren Schoß. Eigentlich mochte Friederike das gar nicht, einfach so gepackt zu werden, aber Melle löste gleich ihre Hände aus ihrem Fell und streichelte ihr sacht über den Rücken. Also richtete sie sich auf Melles Knien auf und sah ihr ins Gesicht. Traueraugen, Angstaugen. Verloren und verlassen war dieser Menschenwelpe. Friederike senkte die Lider, bevor das Grauen sie übermannte. Melle brauchte ihre Hilfe, und Hilfe gab man durch gründliches Schnurren. Also sortierte sie ihre Glieder zu einem anmutigen Kringel auf Melles Schoß und schnurrte.

»Mein Gott, es ist schon nach zehn«, sagte Hilke leise. »Warum melden die sich nicht?«

»Weil sie Peter noch nicht gefunden haben«, antwortete Ronne ruhig. »Er kann so weit nicht gekommen sein. Wir haben gerade die Karte geprüft. Selbst wenn er gelaufen ist, mehr als zehn Kilometer wird er sich nicht von dieser Plantage entfernt haben.«

»Allerdings ist ein Teil in diesem Umkreis ein Waldgebiet, und darin könnte er sich verlaufen haben«, meinte Freddy.

»Und da er erschöpft und müde gewesen sein dürfte, liegt er jetzt vermutlich unter einem Baum und schläft.«

»Aber die Suchtrupps …«

»Hilke, das Wäldchen endet an der Düne. Und wenn Peter aufwacht und weiterwandert, wird er irgendwann ans Meer kommen. Und so schlau wird er sein, dass er dem Strand folgt und hierher zurückfindet.«

Wieder senkte sich Schweigen über die Gruppe, dann stand Ronne auf.

»Was soll's, ich fahre die Straßen noch mal ab. Ich hab da so eine Idee.«

»Was für eine …«, setzte Hilke an, aber Ronne war schon zur Tür hinaus. Gleich darauf war das dunkle Röhren seines Motorrads zu hören. Es verklang in der Ferne.

»Und ich gehe zum Strand hinunter. Vielleicht treffe ich ihn ja dort«, meinte Freddy und griff nach seiner Jacke.

»Kommen Sie, trinken Sie noch einen Tee, Hilke.

Sie sind mit Ihren Nerven am Ende«, sagte Frauke und drückte Hilke die Tasse in die Hand.

»Warum komme ich nicht dahinter, was damals geschehen ist?«, flüsterte sie so leise, dass Friederike die Ohren spitzen musste. Wahrscheinlich war das eine gute Frage. Das Grauen, das sie selbst in den Augen der Kinder wahrgenommen hatte, hatte einen Grund. Sie hatten ihre Mama verloren, viel zu früh und unter schlimmen Bedingungen. Line, die alte Streunerin, war vor Jahren unter ein Auto geraten. Sie hatte anschließend entsetzlich ausgesehen, ganz blutig und mit zerfetztem Fell. Friederike hatte es gesehen und sich anschließend drei Tage lang versteckt und große Mühe gehabt, den Anblick zu vergessen.

Das Motorengeräusch näherte sich wieder dem Haus, und mit ihm auch das eines Autos. Die Tür ging auf, und Ronne sagte: »Ich habe ihn!«

Melle sprang auf, und Friederike konnte sich kaum auf den Boden retten. Und dann begann eine gewaltige Unordnung. Sicherheitshalber floh sie auf die Fensterbank und beobachtete das Treiben aus der Entfernung. Ronne brachte Peter hinein. Der Junge war von oben bis unten verschmutzt und hatte eine graue Decke über den Schultern, die streng nach Pferd roch. Es war etwas Aufregendes passiert, vermutete Friederike und schob sich hinter die blättrige Pflanze, die aus einem blauen Topf wucherte, damit ja keiner auf die Idee kam, sie aus dem Zimmer zu scheuchen.

»Ich kam gerade an der Stelle vorbei, wo ein freundlicher Herr Peter aus dem Graben zog. Was er darin suchte, das wird er euch selbst erzählen müssen. Aber zuvor, schlage ich vor, braucht er eine heiße Dusche und einen Teller Suppe.«

»Ich geh in die Küche«, sagte Frauke.

»Ich geh zum Strand, Freddy Bescheid sagen«, sagte Fiete.

»Und ich nehme ihn mit nach oben. Komm, Peter. Es ist alles gut. Wir sind froh, dass du gefunden wurdest.«

Hilke nahm Peter die Decke ab und wollte das Zimmer verlassen. Aber der Junge flüsterte: »Hilf mir, Hilke.«

Er zitterte erbärmlich, und so half sie ihm, seine Kleider abzulegen, drehte die Dusche auf und schloss die Badezimmertür hinter ihm. Die völlig verdreckten Sachen legte sie vor die Tür, um später Frauke zu bitten, sie in ihre Waschmaschine tun zu dürfen.

Es war das Spiel auf dem Piratenschiff gewesen, das die Kinder so sehr verstört hatte. Ein Schiff in Seenot – das musste ja Erinnerungen wecken. Vielleicht würde sie heute oder in den nächsten Tagen die beiden zum Reden bringen. Aber jetzt galt es erst mal, den Jungen zu wärmen und zu trösten. Sie legte den Pyjama heraus und ein dickes Sweatshirt. Als das Rauschen der Dusche aufhörte, klopfte sie an die Tür und sagte Peter, dass sie ihm seine Kleider hineinreichen würde. In das Duschtuch gewickelt nahm er ihr die Sachen ab, und kurz darauf trat er in das Zimmer.

»Ist dir etwas wärmer geworden?«

»Ja, danke.«

»Magst du mit nach unten kommen und die Suppe essen, die Frauke für dich gekocht hat?«

»Ich mag keine Suppe.«

»Na, dann bekommst du vielleicht einen Pfannkuchen. Oder was immer du magst.«

»Ist gut.« Und dann kam ganz verzagt: »Ihr seid mir nicht böse?«

»Nein, Peter. Wir sind dir nicht böse. Wir haben uns nur gefragt, was dir passiert sein könnte. Wenn du möchtest, kannst du es uns ja erzählen.«

»Mhm.«

Peter trottete hinter ihr her, und als er im Wohnzimmer angekommen war, stellte Frauke ihm einen Teller mit einer schwarzen Suppe hin, in der etwas Helles schwamm.

Leicht belustigt stellte Hilke fest, dass Peter mit nur geringem Erfolg seinen Ekel unterdrückte.

»Fliederbeerensuppe mit Äpfeln, Junge. Süß und heiß und macht von innen warm.«

»Holunderbeeren, Peter. Glaub mir, sie wird dir schmecken.«

Fiete kam herein und sagte: »Freddy ist in sein Zelt gekrochen. Ich soll dich Dummerjan grüßen. Und nun iss, Junge. Die Suppe ist aus Fraukes selbst gemachtem Saft.«

Mit höchstem Widerwillen stippte Peter die Löffelspitze in den Teller, probierte zaghaft und bekam dann große Augen. »Boah! Lecker!«

Das war das Letzte, was sie für geraume Zeit von ihm zu hören bekamen. Währenddessen berichtete Ronne, wie er ihn gefunden hatte.

»Ich fuhr langsam am Waldrand, als ich in der Höhe des alten Schafunterstands das Nebelhorn hörte. Fiete, ich musste sofort an meine Jugendsünde denken. Nur dass es hier auf dem Land keine Nebelhörner gibt. Also bog ich in den Feldweg ein, scheuchte eine Schafherde auf und sah im Dunkeln einen Mann über den Zaun springen. Ich bin hinterher und bekam den alten Krischan am Kragen zu packen. Wie üblich stank der Trunkenbold aus allen Knopflöchern nach Schnaps, weshalb seine Abwehr nicht besonders erfolgreich war. Er blieb ein wenig benommen im Gras liegen, als wieder das Nebelhorn ertönte. Ich fand es in dem Schafstall mitsamt Peter, dem es gelungen war, das rostige Ding in Bewegung zu setzen. So viel bekam ich aus dem Jungen heraus, dass der alte Trottel ihn mitgeschleift hatte, weil sie sich vor der Polizei verstecken sollten.«

Fiete wiegte bedächtig seinen Kopf und grummelte: »Der alte Krischan. Ein Strolch, der dann und wann im Hafen aushilft. Und immer, wenn er ein paar Cent

Lohn zusammen hat, versäuft er die. Und weil er zu faul ist, zu Fuß nach Hause zu gehen, fährt er dann auch noch auf seinem klapprigen Roller durch die Gegend. Kein Wunder, dass der nicht von der Polizei erwischt werden will.«

»Das aber erklärt nicht, wie er und Peter zusammenkamen.«

»Das wird uns der Junge gleich sagen. Was Peter? Hat dir geschmeckt, die schwarze Suppe.«

Sichtlich belebt leckte sich Peter noch einmal über die Lippen.

»So, jetzt dein Bekenntnis, Peter. Was ist passiert, nachdem du von dem Piratenschiff geflohen bist?«

»Bin ich doch gar nicht. Ich … ich wollte zum Flughafen.«

»Zum Flughafen? Was …«

Ronne unterbrach Hilke.

»Du wolltest zu den Fallschirmspringern, nicht wahr? Woher hattest du das Geld für den Sprung?«

Ronnes Stimme war sanft, aber Peter hörte wohl die Unerbittlichkeit in der Frage. Er druckste einen Moment lang herum, denn stammelte er: »Hab ich mir genommen. Aus der roten Dose.«

Von Fiete kam ein leises Grummeln. Frauke nahm eine starre Haltung an. Ronne hingegen blieb ruhig und erklärte leise: »In Fietes Dose liegt das Geld für die Geburtstagsgeschenke meiner Nichten und Neffen, Peter. Meine beiden Schwestern leben in Kiel und in

Lübeck, sie haben beide zwei Kinder. Ich denke, du wirst das Geld zurücklegen, nicht wahr?«

»Ja. Ja, natürlich.«

»Gut. Und du wirst nie wieder etwas klauen, nehme ich an.«

»Nein. Nein, ganz bestimmt nicht. Großes Ehrenwort.«

»Schön. Und nun – was passierte, als du dich auf den Weg zum Flugfeld gemacht hast?«

»Ich dachte, es sei ganz in der Nähe. Bei dem Rundflug sah es so aus, und ich sah die Fallschirme runterkommen. Die landen doch immer da.«

»Gut gedacht, aber die Entfernung hast du falsch eingeschätzt, nicht wahr?«

»Ja, und der Weg endete an einer Schafweide, darum bin ich umgekehrt. An der Straße habe ich versucht, ein Auto anzuhalten, und eine Frau hat mich dann mitgenommen. Ich … ich habe ihr gesagt, dass mich mein Bruder bei den Flugzeugen erwartet. Ich habe gelogen.«

»Ja, das hast du. Und was geschah auf dem Flugfeld?«

»Ich … ich habe versucht, dem Mann am Schalter mein Geld zu geben, aber der sagte, ich sei zu jung, und wo meine Eltern seien. Aber die sind doch tot.«

Das Schluchzen in Peters Stimme war nicht zu überhören, und Hilke legte ihm den Arm um die starren Schultern. Er wehrte sie ab.

»Tja, auch mit Geld kann man nicht alles kaufen«, sagte Ronne. »Was hast du dann getan?«

»Ich habe zugeguckt. Eine ziemlich lange Zeit. Aber irgendwann habe ich gedacht, ich müsste wohl doch besser nach Hause gehen. Ich bin zur Straße, aber alle Autos fuhren an mir vorbei. Und dann dachte ich, ich finde eine Abkürzung. Durch den Wald. Weil dahinter ja der Strand ist. Aber da habe ich mich verlaufen, und dann wurde es dunkel. Die Straße habe ich dann trotzdem wieder gefunden. Da hielt auch schon dieser alte Mann mit dem Roller an. Er wollte mir helfen, und das fand ich tierisch nett. Er hat mir auch sein Handy gegeben, aber ich wusste deine Nummer nicht auswendig, Hilke, darum habe ich den Notruf gewählt. Als der Alte gemerkt hat, dass ich Kommissar Grothe sprechen wollte, hat er mir das Handy aus der Hand gerissen und mich beschimpft. Ich wollte ihm erklären, dass ich doch nur nach Hause wollte, aber der war so in Panik, dass er mich nicht zu Wort kommen ließ. Er packte mich an den Armen und zerrte mich über die Weide in den alten Schafstall, um sich zu verstecken. Er sagte die ganze Zeit, die Polizei dürfe uns nicht finden. Sie würden uns ins Gefängnis stecken.«

»Der alte Krischan ist ein bisschen einfältig, Peter. Kommissar Grothe hat ihn schon ein paarmal betrunken auf seinem Roller erwischt und ihm jedes Mal eine gehörige Standpauke gehalten. Angst hat er ihm wohl eingejagt, aber vermutlich unterschätzt, welche Wirkung das auf den Trottel hat.«

»Ja, er war völlig verrückt und versuchte, das Tor mit dem Gerümpel zuzustellen. Ich musste ihm helfen, und dabei habe ich das Nebelhorn entdeckt. Du liebe Zeit, was ist der Alte sauer geworden, als ich es zum Tuten brachte. Er wollte mich verprügeln, darum bin ich ausgerissen. Aber ich bin nicht weit gekommen. Ich bin ausgerutscht und in diesen blöden Graben gefallen.«

»Krischan ist dir wohl nachgerannt, wobei er mir dann in die Hände fiel. Peter, das mit dem Nebelhorn war eine gute Idee. Woher wusstest du, wie man es bedient?«

»Sie … Sie haben uns doch die Geschichte erzählt, wie Sie auf dem Kutter …«

»Schlechter Einfluss, Junge«, grollte Fiete und grinste.

»Offenbar nicht, Vadder. Also, Peter?«

»Na ja, ich hab nachgelesen. In diesem alten Buch über Seefahrt und Klabauter und so.«

»Sehr gut. Ein Nebelhorn, so erkennt man, ist recht hilfreich, wenn man kein Handy hat.«

Peter lachte tatsächlich, und Hilke nickte betreten.

»Morgen gebe ich dir dein Handy zurück, Peter. Es war dumm von mir, euch die Dinger wegzunehmen.«

»Ist gut.« Und dann grinste auch er noch einmal.

166

»Ich werde als Klingelton ein Nebelhorntuten einstellen.«

»Das ist eine besonders gute Idee. Aber es ist inzwischen zwei Uhr. Was meinst du, wirst du jetzt schlafen können?«

»Wird schon.«

Dreiundzwanzig

Die Entführung

Friederike hatte auf der Fensterbank gelauscht und so viel verstanden, dass der Junge eine Dummheit begangen hatte, ihm aber verziehen wurde. Ihren Trost benötigte er vermutlich nicht mehr. Sie schlich hinter Ronne her, als der das Haus verließ, und bog zum Strand ab. Nach der ganzen Aufregung brauchte sie einen Platz, wo sie der Ruhe pflegen konnte. Nachts war es in den Dünen schön still. Nur das Gras wisperte leise, und die Wellen flüsterten über den Sand. Die hämischen Möwen schwiegen, und das Licht des Leuchtturms strich lautlos an ihr vorbei. Der lose Sand war noch immer ein wenig warm. Friederike scharrte sich eine Mulde und rollte sich darin zusammen. Alle Gedanken an den aufregenden Abend verschwammen, kätzische Träume führten sie in ein fernes Land, in dem ihre Art die Welt beherrschte. Glücklich schnurrte Friederike im Schlaf.

Weshalb sie nicht bemerkte, wie das flauschige, weiche Tuch sich um sie legte. Erst als sie hochgehoben wurde und versuchte, sich frei zu strampeln, kochte der Ärger in ihr hoch.

»Nicht doch, Schätzelein. Schnuckelchen, hör auf,

dich zu wehren. Ich bringe dich zu mir nach Hause. Da soll es dir endlich richtig gut gehen.«

Die süßliche Stimme gefiel Friederike nicht, und sie kreischte. Aber niemand hörte sie, und als die Klappe zufiel, musste sie sich eingestehen, dass sie entführt worden war. Gefangen in einem Plastikkorb, an dem man sich die Pfoten blutig kratzte, wurde sie von ihrem Lieblingsplatz weggeschleppt, kaum dass die Sonne über die Düne gestiegen war.

Das Auto schlingerte über holprige Wege und hielt zum Glück schließlich an. Aber sofort war die süßliche Stimme wieder da und versicherte ihr, dass sie nun ihr neues Zuhause kennenlernen würde.

»Dein armseliges Streunerleben hat ein Ende, meine Süße. Komm, Schnuckelchen, schau dich um. Hier wirst du jetzt mit mir wohnen. Guck mal, ein hübscher Korb für dich. Und ein Fresserchen bekommst du auch gleich.«

Friederike sah sich nicht um, sondern starrte die Frau an. Diese miese Entführerin war nicht sehr groß für einen Menschen, aber ziemlich rund. Sie hatte weiße Locken, die wie Wellenschaum um ihren Kopf lagen, und ein rosiges Gesicht mit einem spitzen, rosigen Mündchen, aus dem unablässig Worte quollen.

Friederike verabscheute sie. Und starrte sie weiter böse an. Aber das schien überhaupt keinen Eindruck auf die widerwärtige Kriminelle zu machen. Deutlichere Gesten waren also vonnöten. Als die Schurkin sich vorbeugte, um ihr die Hand zu reichen, fuhren die Krallen aus der Pfote und die Pfote fuhr über die Hand.

»Aua! Aua! Das war nicht lieb von dir, Schnuckelchen.«

War auch nicht lieb gemeint. Noch einen?

Friederike starrte.

Die Frevlerin verstand immer noch nicht. Also noch deutlicher.

Sie stand auf, sträubte alles, was sie an Fell hatte, und schoss brennende Blicke aus ihren Augen, die eigentlich Löcher in den Wanst vor ihr hätten sengen müssen. Und dann folgte der Kampfschrei!

Jetzt zuckte das Weib wenigstens zusammen.

»Schnuckelchen, du bist aber böse. Dabei meine ich es doch nur gut mit dir. Du wirst schon merken. Hier ist es viel schöner für dich, als da draußen herumstreunen zu müssen. Warte, ich hole dir ein Fresserchen.«

Dummnudel, die. Als ob Fressen diese Untat wiedergutmachen würde. Immerhin verschwand die blöde Tucke endlich, und Friederike konnte sich nach einem Fluchtweg umsehen. Aber schon ein erster Rundblick zeigte ihr, dass ein Ausbrechen schwierig würde. Der Raum, in dem sie sich befand, war vollgestellt mit Möbeln. Dicht an dicht drängten sich ein geblümtes Sofa, ein passender Sessel, ein Liegesessel, auf allen irgendwelche Decken und Kissen und Läppchen. Ein großer Tisch, viele kleine Tische, auf jedem eine Menge

Krimskrams, standen dazwischen, eine Wand war von einem Schrank verdeckt. Unter dem Fenster stand zwar netterweise eine Truhe, aber etliche Blumentöpfe hinderten Friederike, die Fensterbank zu erklimmen. Die beiden Zimmertüren waren fest verschlossen. Auf einer weiteren Truhe stand ein Fernsehgerät, erkannte sie, und die vielen Teppiche verdeckten einen kalten Fliesenboden. Eben wollte sich Friederike daranmachen, einige der Blumentöpfe von der Fensterbank zu entfernen, als die Entführerin wieder eintrat. Sie hielt eine weiße, mit blauen Blumen bemalte Schüssel in der Hand, aus der es nach Fleisch roch.

»Hier, Schnuckelchen. Von meinem Ragout. Lecker, lecker, lecker!«

Und du glaubst wirklich, ich würde essen, was du gefressen hast?

Angeekelt wandte sich Friederike ab.

»Aber Schnuckelchen, das ist doch viel besser als die mageren Dünenmäuse.«

Und viel schlechter als Ronnes Krabbenpfännchen, du ignorante Tröte.

»Komm schon, ich stelle es dir hier in die Ecke.«

Wo sich die Wollmäuse tummeln? Igitt!

Friederike zog sich in Ermangelung einer schnellen Flucht unter den größten Tisch zurück und gab ein abgrundtiefes Grollen von sich.

»Na, Schnuckelchen, du wirst dich schon noch daran gewöhnen.«

Wie giftig die Stimme plötzlich klang! Und von Gewöhnen war hier keine Rede. Aber so was von gar keine!

Die Giftnudel trollte sich, und Friederike machte sich an die Arbeit, einen oder mehrere Pläne zu erarbeiten. Denn wo eine Katze rauswill, da kam eine Katze raus. Alles nur eine Frage von Timing und Willensstärke!

Vierundzwanzig

Strandspaziergang

Der folgende Tag verlief ausgesprochen ruhig. Sanne war in die große Küche von Captain's Best abgetaucht, Peter begleitete Hilke am Vormittag an den Strand, und während sie Wolken, Wellen und Vögel knipste, knipste er glücklich auf seinem Smartphone herum. Freddy gesellte sich zu ihnen und überredete Hilke zu einem Sprung ins Wasser. Dann begann er sein Zelt abzubauen und verkündete, dass er seine Rundreise fortsetzen wolle. Hilke überredete ihn, noch das Mittagessen bei Frauke einzunehmen. Es gab gebratene Schollen, die von allen ohne Murren – Hilke hatte den Verdacht, sogar mit Genuss – verspeist wurden. Die Rote Grütze fand ebenfalls großen Anklang. Dann schwang sich Freddy auf sein Motorrad und donnerte von dannen, Frauke nahm Sanne mit aufs Festland zu einem Einkaufszentrum, Peter spielte mit Melle im Garten Mühle und erzählte ihr später von seinem Ausflug zum Flugfeld. Hilke genoss die Ruhe in der leise knarzenden Hollywoodschaukel und verdöste die Zeit über einem wenig spannenden Roman. Sie wurde von Melle unterbrochen.

»Mieps. Maumau?«

»Du möchtest wissen, wo Friederike ist? Ich weiß es nicht. Warte – ich habe sie heute noch nicht gesehen. Aber sicher hat sie ihre eigenen Verabredungen.«

»Mieps!«

»Du möchtest etwas. Geht es ein wenig deutlicher?«

»Mieps! Mieps!« Melles Finger zeigte in den Garten.

»Du kannst sie selber suchen, Melle. In den Garten hast du dich doch schon getraut. Schau mal nach, ob die Katze unter den Hortensien liegt. Oder am Zaun zu Norges Grundstück.«

Melle packte Hilkes Hand und zog an ihr.

»Okay, ich soll dich begleiten. Dann suchen wir sie mal. Ich rufe sie, vielleicht hört sie ja auf ihren Namen.«

»Mirr, mirr!«

Sie durchkämmten alle Beete und Büsche, aber Friederike blieb verschwunden.

»Sie sitzt auch gerne in der Düne«, erklärte Peter. »Oder sie hält sich bei Ronne auf.«

»Lassen wir sie ihrer eigenen Wege gehen. Abends taucht sie bestimmt wieder auf. Ich habe den Verdacht, dass sie einen untrüglichen Sinn dafür hat, wenn jemand mit Einkaufskörben ankommt.«

Melle schien nicht ganz zufrieden, aber dann holte sie doch ihre Malsachen und vertiefte sich in ein Bild von einem der Unholde im Nachbargarten.

Frauke und Sanne kamen bald danach zurück, auch Fiete kehrte vom Hafen heim, und es wurde geschäftig im Haus. Frauke verteilte Arbeiten an alle, nur Fiete gelang es, ihr zu entkommen. Hilke sah ihn beim Kräuterverlesen mit Norge schwatzen, beide Männer in den Rauch ihrer kurzen Pfeifen gehüllt.

Es war ein friedlicher Tag, selbst der Abend war noch so warm, dass sie auf der Terrasse essen konnten. Der Wind, der sonst immer recht auffrischte, blieb aus, und als Hilke den letzten Teller in die Küche getragen hatte, fand sie Ronne dort vor.

»Mudder, nun lass mal deine Gäste Ferien machen. Fiete kann dir helfen und anschließend vor den Kindern sein Seemannsgarn spinnen. Ich nehme Hilke jetzt mit zu einem Spaziergang.«

»Vielleicht möchte ich lieber den Abwasch machen?«

»Vielleicht glaube ich Ihnen das nicht? Holen Sie sich einen Pullover. Schuhe brauchen Sie nicht. Wir gehen an den Strand.«

»Ich mag es nicht …«

»Und nehmen Sie Ihren Fotoapparat mit. Dann ist es auch Arbeit.«

»Uh!«

Ronne setzte sich seine Kappe auf die störrischen Haare und wies zur Tür.

Folgsam holte Hilke Kamera und eine Strickjacke und machte sich mit dem nun schweigsamen Ronne auf den Weg zum Strand. Fester Sand war von der Flut zurückgeblieben, auf ihm ging es sich angenehm, auch wenn manchmal kleine Wellen nach ihren Zehen leckten. Die

Sonne stand schon tief, und die kleinen Sandhügel warfen lange Schatten in die Mulden, die die Menschenfüße hinterlassen hatten. Die Gräser auf den Dünen wiegten sich kaum merklich in der Abendbrise, und auch hier bildeten die Schatten blaue Lachen. Hilke blieb stehen und fing melancholische Bilder in ihrer Kamera ein.

»Es sieht zu jeder Tageszeit anders aus. Ich werde es nie leid, die Veränderungen zu beobachten«, sagte Ronne.

»Sie sind hier aufgewachsen und haben Ihr ganzes Leben hier verbracht, nicht wahr?«

»Nun, nicht ganz. Ein bisschen bin ich schon herumgekommen.«

»Mit Ihrer Harley.«

»Ach, nicht nur.« Und dann lachte er. »Ich weiß, Sie halten mich für einen ziemlichen Trottel.«

Hilke schoss das Blut ins Gesicht.

»Macht nichts, ich habe mich auch wie ein Vollpfosten benommen, als ich Sie das erste Mal traf. Ich wusste ja nur, dass eine Dame mit drei Kindern zu Gast sein würde, und stellte mir eine würdige Matrone vor, nicht so einen Modeltyp. Es verschlug mir etwas die Sprache, wissen Sie?«

»Das tat es wohl, und dann kamen Sie mit dieser Plastiktüte an und zogen irgendein öliges Werkzeug heraus, um Fraukes Rad zu reparieren. Gott, war ich blöd.«

»Aber gar nicht. Niemand hatte Ihnen doch gesagt, dass ich das Captain's Best führe.«

»Der ein bemerkenswerter Laden ist.«

»Ich bin auch stolz darauf. Vor drei Jahren habe ich ihn gegründet und bin seither recht erfolgreich.«

»Vor drei Jahren erst?«

»Ich war eben nicht immer auf der Insel.«

»Hören Sie auf zu grinsen und erzählen Sie schon Ihre Räubergeschichte. Ich hoffe, Sie können das so gut wie Ihr Vater.«

»Ich versuche es mal.«

»Dann los.«

»Ich hab die Insel mit zehn verlassen. Vadder wollte, dass ich eine gute Schule besuche, und so kam ich in ein Internat. Mit achtzehn war ich fertig und begann meine Lehre.«

»Internat. – Stipendium?«

»Na ja, das konnte Vadder sich gerade noch leisten.«

»Abitur mit Eins gemacht?«

»Eins Komma fünf.«

»Trottel eben.«

»Nahe am Rand der Verblödung.«

»Weshalb die Lehre bei einem Sternekoch ein reiner Glücksfall war.«

»War es auch. Ich habe viele Bewerbungen geschrieben.«

»Und für wen haben Sie sich entschieden?«

»Ich ging ins Piment in Hamburg und dann ins Midsummer Night in Oxford.«

»Was auch Ihren Englischkenntnissen nicht schadete. Aber die englische Küche?«

»Auch die hat ihre Höhepunkte. Was glauben Sie, was ich alles aus einem einfachen Haferbrei zaubern kann.«

»Ich will es gar nicht wissen. Blieben Sie in England?«

»Aber nein. Ich kochte zwei Jahre im Belle Epoque in Travemünde. Aber das war mir auf Dauer zu langweilig. Sehen Sie, das Meer steckt mir im Blut, und es drängte mich, zur See zu fahren.«

»Kreuzfahrten?«

»Erst auf den ganz großen Pötten als Sous-Chef, dann war ich die unpersönliche Atmosphäre leid, und ich heuerte die letzten drei Jahre als Küchenchef auf der *Amarantha* an. Das ließ mir etwas mehr Spielraum.«

»Eine beeindruckende Karriere. Und Sie müssen ungeheuer viel von der Welt gesehen haben. Ach, Karibik, Südsee, Afrika …!«

»Vierzehn Stunden Dienst, sieben Tage die Woche, Innenkabine – die Sonne haben ich selten gesehen.«

»Aber Sie müssen doch auch mal im Hafen gelegen haben?«

»Vorräte einkaufen, die Lager überprüfen, die Menüplanung anpassen. Man muss ja regionale Gerichte anbieten, nur dürfen sie nicht so exotisch sein, dass die Gäste sich beschweren. Nicht jeder liebt gegrillte Heuschrecken auf seinem Teller.«

»Du liebes bisschen, ich dachte, die Zeit der Galeerensklaven sei vorbei. Gibt es denn für die Crew gar keinen Urlaub?«

»Doch, schon. Am Ende der Vertragszeit hatte ich immer so zwei Monate frei. Dann bin ich hier zu Vadder und Mudder zurückgekommen. Hat sich nicht gelohnt, eine eigene Wohnung zu mieten.«

»Ja, das sehe ich ein.«

Sie hatten das Ende des Sandstrandes erreicht, vor ihnen begann eine Geröllstrecke.

»Drehen wir um.«

»Gerne. Sie haben ganz gründlich mein Bild von zauberhaften Kreuzfahrten zerstört.«

»Ach, für Passagiere ist es schon ein Erlebnis. Man ist ein oder zwei Wochen an Bord, hat Zeit für Landausflüge, Strandaufenthalte, kann das gesamte Programm absolvieren. In so kurzer Zeit ist das alles neu und aufregend. Klar, auch wir hatten einen eigenen Pool, eine Bar, Fitnessräume, es stand uns auch frei, die Kinos oder Diskotheken zu besuchen. Aber die Schicht begann um halb sechs und endete um zehn Uhr abends. Viel Energie blieb da nicht mehr.«

»Dann muss ja wenigstens die Bezahlung gut sein.«

»Die Heuer war gut, und ich wusste ja, dass ich mich selbstständig machen wollte. Es reichte dann auch noch für ein Jahr Reisen. Ich hatte mir vorgenommen, all die Länder wirklich kennenzulernen, die mir gut gefallen hatten. Begonnen habe ich mit dem Klassiker – mit der Harley die Route 66 runterfahren –, dann Hawaii, Thailand, Brasilien, Irland, Schottland, Frankreich, Italien, Marokko, Türkei, Griechenland. Immer der Sonne nach. Es war die große Freiheit.«

»Höre ich Sehnsucht aus diesen Worten?«

»Nein, nur glückliche Erinnerungen. Ich kann Freddy gut verstehen.«

»Ob er noch mal sesshaft wird?«

»Man hat nach einiger Zeit das Bedürfnis.«

»Und die Liebe des Lebens?«

»Fand sich und ging verloren.«

Hilke schwieg. Die letzte Frage war reichlich aufdringlich gewesen. Ronne schien seinen Erinnerungen nachzuhängen.

»Welches Land hat Ihnen besonders gut gefallen?«, fragte sie leise.

»Oh, Hawaii war wundervoll, Irland war es auch, aber Frankreich … Hilke, Frankreich war göttlich. Im Frühling traf ich in Marseille ein. Die Mimosen blühten, die Brasserien stellten die ersten Tische heraus, die Bouillabaisse war köstlich, der Wein rot und schwer. Ich fuhr mit dem Frühling nach Norden, den Duft des Ginsters habe ich noch immer in der Nase. In kleinen Gasthöfen lernte ich die ländliche Küche kennen, einfach manchmal, deftig, aber immer sagenhaft geschmackvoll. Im Sommer war ich in der Bretagne angekommen und verliebte mich in dieses raue Land mit seinen Menhiren, seinen felsigen Küsten und langen, einsamen Stränden.« Er lächelte. »Die Liebe meines Lebens.«

»Hört sich so an.«

»Aber auch sie musste enden. Als ich hier wieder eintraf, hatte Vadder schon das Haus für mich gefunden und dem Makler die Hölle heiß gemacht, damit er es für mich reserviert hielt.«

»Entschuldigen Sie, aber jetzt muss ich doch meine Neugier befriedigen. Ronne, lohnt sich das Geschäft auf dieser kleinen Insel denn wirklich?«

»Mich ernährt es, und für Friederike bleibt auch immer noch ein Krabbenpfännchen übrig.«

»Na dann …«

»Im Ernst, wissen Sie, wie viele Touristen hier jedes Jahr Urlaub machen? Und wie viele Vereine bei ihren Veranstaltungen einen Catering-Service benötigen? Und wie viele Hochzeiten, Taufen, Konfirmationen und andere Familienfeiern hier stattfinden?«

»Die alle ein Büffet von Captain's Best bestellen. Aber immer nur Fisch?«

»Ich arbeite gut mit unserem Metzgermeister Heinz Kuhfuß zusammen. Und wenn Süßkram gewünscht wird, steuert den Konditormeisterin Silke bei.«

»Die Insel birgt viele Talente.«

»Es ist ein gutes Geschäftsklima hier.«

Versonnen schlenderte Hilke neben ihrem Begleiter her, der ihr einiges zum Nachdenken gegeben hatte. Ein Trottel war er ganz gewiss nicht. Und wenn er auch nicht

181

den gängigen Schönheitsbegriffen entsprach, war er doch ein interessanter Mann. Groß, trotz seiner kulinarischen Erfolge schlank, doch mit breiten Schultern … Plötzlich sah sie ihn in seiner weißen Uniform vor sich, den wilden Schopf gebändigt und mit einer Schirmmütze bedeckt. Tatsächlich ein netter Anblick. Aber auch die schwarze Lederkleidung, die er zu seinen Motorradfahrten trug, machte ihn anziehend. Und wahrscheinlich sollte sie ihn auch mal in seiner Küche aufsuchen.

»Hast du noch etwas Zeit, um bei mir einen Sundowner zu trinken? Ich habe einen Balkon, von dem aus man einen herrlichen Blick über die See hat.«

»Ich sollte mich um die Kinder kümmern.«

»Ach was, die sind bei Vadder und Mudder gut aufgehoben.«

Da war was dran. Und selbst wenn Fiete sie wieder auf den Kutter locken wollte, würde Frauke schon einzugreifen wissen. Doch plötzlich fiel Hilke wieder die vermisste Katze ein.

»Friederike hat sich heute noch gar nicht blicken lassen. Hat sie wenigstens von den Leckerbissen im Captain's Best genascht?«

»Jetzt wo du es sagst – nein, Friederike habe ich heute auch noch nicht gesehen. Aber sie ist eine sehr unabhängige Katze mit vielen Futterstellen. Ich habe von Rita, der Kellnerin im Strandrestaurant, gehört, dass sie sich dort auch verköstigen lässt. Und in den Dünen gibt es vermutlich reichlich Jagdwild.«

»Ja, aber sie scheint Freundschaft mit Melle geschlossen zu haben. Die beiden plaudern in Hochkätzisch miteinander. Seltsam, dass sie den ganzen Tag nicht aufgetaucht ist.«

»Wenn sie morgen auch nicht wieder auftaucht, werde ich sie suchen. Hier geht es hinein. Die Treppe hoch.«

Der Balkon war erstaunlich groß, und zwischen Kübelpflanzen stand ein gusseiserner Tisch mit einer weißen Marmorplatte und vier Stühlen. Hilke genoss den wahrhaft spektakulären Ausblick und zückte die Kamera. Als sie sich wieder umdrehte, hatte Ronne zwei hochstielige Gläser mit goldenem Wein gefüllt und einen kleinen Teller mit Fischhäppchen aller Art dazugestellt.

Entspannt nippte Hilke an ihrem Wein und lauschte Ronnes amüsanten Histörchen aus seiner Kreuzfahrtzeit. Er konnte ebenso gut sein Garn spinnen wie sein Vater.

Fünfundzwanzig

Katze auf der Flucht

Friederike war sauer. Richtig sauer. Und wenn eine Katze richtig sauer war, wurde sie gefährlich. Das bekam ihre Entführerin überdeutlich zu spüren. Ein Sofakissen war so weit geschreddert, dass die Füllung hinausquoll, der Sesselbezug hing in Fetzen, und die geraffte Spitzengardine war neu dekoriert worden. Die Rüschen reichten jetzt bis zum Boden, wo sich auch zwei Blumentöpfe, ein Keramikengel, nun flügellos, und die Scherben einer kleinen Vase versammelten.

Die Vorwürfe ob dieser Zerstörungswut gingen in Friederikes eines Ohr hinein und aus dem anderen hinaus. Einzig die giftige Stimme nervte sie, und darum knallte sie ihre Tatze auf die Wade des gackernden Huhns. Das erhöhte jedoch nur dessen Lautstärke, was eine Katze definitiv als störend empfand. Die Gardine musste es ausbaden.

Auf einmal verschwand die dumme Trutsche, und Friederike wollte es sich gerade auf dem noch nicht ramponierten Sofa gemütlich machen und etwas Pediküre an den Holzlehnen betreiben, als das miese Weib wieder auftauchte, auf hinterhältige Weise gurrte und ihr dann plötzlich wieder diese Decke überwarf. Mit allen sechzehn Krallen schlug Friederike um sich, aber der Griff war gnadenlos, und die ausgestoßenen Beleidigungen von gehässiger Natur. Als sie wieder losgelassen wurde, hörte sie noch die Worte: »Du warst ungezogen, Schnuckelchen. Du wirst so lange hier im Keller bleiben und kein Fresserchen bekommen, bis du ein besseres Benehmen zeigst.«

Dann fiel die Tür zu, und Friederike saß im Dunkeln.

Nun ja, nicht ganz. Katzenaugen gewöhnen sich schnell an die Finsternis, eine noch so kleine Lichtquelle ist schon hilfreich. Das Licht fiel durch ein schmales Fenster unter der Decke. Es zeigte Friederike, dass die Wände des Kellerraumes mit Regalen bedeckt waren, und auf den Borden standen alle möglichen Gläser. In Gläsern bewahrten Menschen Futter auf, das war ihr geläufig. Manches davon war ungenießbar. Wie zum Beispiel die Marmelade oder die eingekochten Früchte. Auch Gurken stanken widerlich sauer, wenn man das Glas auf dem Boden zerbersten ließ. Aber dann wurde Friederike fündig. In dem nächsten Glas war Leberwurst, schön mit Majoran gewürzt und mit kleinen Speckstückchen. Man musste nur auf die Glassplitter aufpassen, ansonsten war es ein Festmahl. Wohlig gesättigt und zufrieden mit der Stille in dem Kellerraum suchte Friederike nach einem weichen Plätzchen für ihren Verdauungsschlaf. Allein das Angebot ließ zu wünschen übrig, nur ein paar Plastikhüllen in einer Ecke boten einen wenig komfortablen Untergrund. Eine Weile döste sie vor sich hin, dann öffnete sie wieder die Augen und wandte ihren Blick dem Fenster zu.

Das war ein Fluchtweg, zweifelsohne.

Und wo eine Katze rauswollte, da kam sie auch raus.

Als Erstes galt es, den Weg nach oben zu finden. Über die Regale natürlich. Die Kartons mit den Girlanden und bunten Glaskugeln standen im Weg, störten kurz darauf aber nicht mehr. Hatte darin hübsch geklirrt und gescheppert, als sie auf den Fliesen aufschlugen. Oben angelangt betrachtete Friederike das Fenster. Es war nicht ganz geschlossen, aber der Spalt war zu eng, wie ihr ihre Schnurrhaare meldeten. Aber Menschen bauten ihre Luken so, dass sie gewöhnlich zur Gänze aufgemacht werden konnten. Und die Vorrichtung dazu widersetzte sich bei einigen Modellen auch nicht einer geübten Kralle. Das Prinzip der Türklinke war Friederike geläufig, auch wenn sie selten von ihrer Fähigkeit Gebrauch machte, sich an den Griff zu hängen, um die Tür zu öffnen. Meist reichte ein herrischer Blick auf einen der Menschen, und schon wurde ihr aufgetan. Auch hier gab es zwei Hebel. Das mechanische Prinzip dahinter war Friederike nicht geläufig, aber sie kannte die Methode von Versuch und Irrtum, und da sie in manchen Dingen auch sehr geduldig sein konnte, gelang es ihr nach einer Weile, das Fenster zu öffnen.

Nichts wie raus.

Ein schmaler Asphaltweg führte um das Haus, Gräser und Kräuter hatten ihn schon aufgebrochen, Wurzeln hier und da bersten lassen. Der Garten war wenig ansehnlich, aber die vier geraden Erdhügel, auf denen reich belaubte Pflanzen standen, boten zunächst Sichtschutz. Friederike begab sich unter die Blätter, folgte dem Beet bis zum Ende und verharrte. Sie hatte sich um Orientierung nicht gekümmert, wollte sich zunächst so weit vom Haus entfernen wie möglich.

Nicht einen Moment zu früh!

»Schnuckelchen! Schnuckelchen, wohin bist du ausgerissen?«, schallte es zu ihr hin. Schnuckelchen, komm aus den Kartoffeln! Ich weiß, dass du dich da versteckst.«

Kartoffeln – wenn sie meinte. Aber sicher war es nicht mehr.

Nur weg. Der Jägerzaun war kein Hindernis, wohl aber die Straße. Erst als drei Autos vorübergerauscht waren und die Stimme bedrohlich näher gekommen war, gelang es Friederike, über die Straße zu huschen und sich im Weizenfeld zu verbergen. Hier bot ihr das sandfarbene Fell genug Tarnung, um nicht gleich wieder aufgefunden zu werden. Dennoch stromerte sie langsam weiter durch die raschelnden Halme, bis die giftige Stimme leiser wurde.

Erschöpft ließ Friederike sich im reifen Weizen nieder und verschnaufte. Es war eine arbeitsame Nacht und ein anstrengender Morgen gewesen. Eigentlich hätte sie gerne geschlafen, aber sie befand sich auf fremdem Terrain, und die Gefahr, entdeckt zu werden, war noch nicht gebannt. Sie putzte sich gründlich von Kopf bis Schwanz und döste dann ein wenig mit aufmerksam aufgestellten Ohren.

Die Sonne stand nicht mehr ganz so hoch am dunstigen Himmel, stach aber dennoch, als Friederike ihre Gedanken wieder sammelte. Wo befand sie sich? Im Weizenfeld, sicher, aber Weizenfelder gab es viele. Wo war ihr Zuhause? Der Strand, das Restaurant, Ronnes Haus und das von Frauke und Fiete? Nicht in der Nähe. Also erst mal aus dem Feld raus und sich umsehen. Das asphaltierte Band einer Straße lag vor ihr, dahinter grüne Weiden. Kühe drauf. Keine davon kam ihr bekannt vor. Aber eines sagte ihr ihr Instinkt – sie saß auf der falschen Seite der Insel. Eine weitere Anstrengung half ihr bei der Orientierung – ihr Schatten fiel vor ihren Körper, wenn sie sich von der Sonne wegdrehte. Er würde immer länger werden, das war ihre tägliche Erfahrung. Ihr Zuhause lag in der Richtung, in der die Sonne schließlich unterging. Also war es wohl nicht falsch, deren Stand zu folgen. Was zunächst bedeutete, von der Straße weg über die Weide mit den Kühen zu laufen. Kühe an sich waren ungefährliches Weidevieh und an Katzen nicht interessiert. Friederike machte sich auf den Weg und schlüpfte unter dem Zaun mit dem dünnen Draht durch. In der Ferne hörte sie Hundegebell, aber das schien ihr nicht gefährlich. Doch unglücklicherweise waren es übermütige Jungbullen, die hier grasten, und als der bescheuerte Dackel auf sie zulief, die hektischen Rufe seines Menschen mit erstaunlicher Ignoranz überhörte, setzten sich die Tiere in Bewegung. Eine Woge aus stampfenden Hufen, spitzen Hörnern und massenhaft Fleisch tobte auf sie zu. Staub wirbelte auf, die Luft war erfüllt von wütendem Brüllen, und Friederike sprintete los. Ein knorriger Apfelbaum war ihr Ziel. Hoch, nur hoch. Weg von der wild gewordenen Herde. Sie schaffte es gerade noch bis zur ersten Astgabel, da donnerten die Jungbullen auch schon unter ihr vorbei. Es dauerte lange, bis sie sich wieder auf die Erde traute. Die wilden Viecher standen jetzt wieder grasend herum und beachteten sie nicht. Friederike ließ ihren Schatten hinter sich und stromerte wachsam an ihnen vorbei zum nächsten Zaun. Dahinter lag eine weitere Weide, die aber von wolligen Schafen und herumhoppelnden Lämmern bevölkert war. Von ihnen ging keine Gefahr aus, und unbehelligt überquerte sie auch dieses Stück Land. Doch inzwischen hatte der dunstige Himmel sich weiter zugezogen, und vor ihr begann eine dunkle Wolkenwand Gestalt anzunehmen. Das bedeutete Mistwetter mit Sturm und viel nassem Regen. Einen Unterschlupf sollte sie möglichst bald finden, sagte sich Friederike. Die weiten, flachen Ebenen der Weiden boten wenig Zuflucht, sie würde die Behausung der Menschen aufsuchen müssen. Ein großer Bauernhof lag in der richtigen Richtung, und sie eilte darauf zu. Scheunen boten Schutz und meistens auch eine gemütliche Atmosphäre. Und Mäuse. Ja, Mäuse wären gut. Der Hunger grummelte bereits in ihrem Bauch. Die ersten Windstöße wirbelten schon den Staub auf, als sie das Gebäude erreichte. Die Bretterwand bot eine passende Öffnung, die zwar ein kätzisches Eintrittsverbot trug, aber das war ihr erst einmal gleichgültig.

In dem hohen Raum waren Stroh- und Heuballen gestapelt, Kleeduft erfüllte ihn, das Rascheln von Mäusen klang verlockend. Da konnte man das große, rote und ziemlich rostige Ungeheuer durchaus ignorieren, denn es stand still und leblos nahe dem Tor. Ein dumpfes Grollen klang von draußen herein, und Friederikes Rückenhaare stellten sich auf. Gleich würde der Himmel platzen. Gut, dass sie hier in Sicherheit war. Mit ein paar kühnen Sprüngen erklomm sie die Leiter zum Heuboden und vergrub sich in dem trockenen Gras. Ganz tief unten war es am gemütlichsten. Und mausig.

Das Glück war ihr dann auch hold, ein Mäusenest bescherte ihr einen reichlichen Imbiss, und mit einigermaßen gefülltem Magen rollte sie sich in ihrer weichen Unterlage zusammen. Mochte es über ihr krachen und blitzen, der Sturm heulen und der Regen prasseln, es würde ihr hier nichts geschehen.

Dachte sie und schloss müde die Augen.

Ein infernalischer Donner erschütterte den Boden, und gleich darauf fuhr ein greller Blitz nieder. Ein weiteres Donnern folgte, und mit ihm materialisierte sich ein riesiger schwarzer Kater vor Friederike. Auch aus seiner Kehle drang ein furchterregendes Grollen, das nichts, aber auch gar nichts Gutes verhieß …

Sechsundzwanzig

Hilkes Geschichte

Hilke half Frauke beim Abräumen des Frühstückstisches und musste sich dann dem dringend anstehenden Problem widmen.

Wo war Friederike?

Natürlich war sie nicht für das Tier verantwortlich, aber sie und erst recht die Kinder hatten Friederike so sehr ins Herz geschlossen, dass sie ihnen jetzt schon fehlte. Die Katze hatte sich weder in der Nacht noch am Morgen eingefunden, und vor allem Melle war darüber aufs Äußerste beunruhigt. Sie gab kleine, jämmerliche Maunzer von sich und starrte aus dem Fenster. Auch Peter zeigte sich bedrückt, und sogar Sanne murmelte einmal: »Was ist mit dieser blöden Katze?«

Frauke versuchte die Kinder zu beruhigen und erzählte ihnen die Geschichte von dem großen Revier, das eine Streunerkatze zu beaufsichtigen hatte.

»Aber sie ist doch sonst immer hier vorbeigekommen. Und Melle mag sie sogar sehr. Ich versteh das nicht. Vielleicht hat sie sich verlaufen.«

»Katzen verlaufen sich nicht, Peter«, sagte Frauke beschwichtigend. »Sie kommt schon wieder.«

Aber Hilke mochte diesen Optimismus nicht teilen.

Dennoch empfahl sie den Kindern, in der Düne nach ihr zu rufen, und Melle bat sie, im Garten noch einmal ihre kätzischen Überredungskünste anzuwenden. Mirrzend und maunzend verschwand das Mädchen, die beiden anderen zogen zum Strand los. Hilke hingegen nahm Frauke zur Seite.

»Ich wollte es vor den Kindern nicht sagen, aber es könnte doch sein, dass Friederike angefahren worden ist.«

»Ich weiß. Ja, und ich werde gleich bei der Gemeinde anrufen. Die Straßenkontrollen sammeln überfahrene Tiere auf. Nur – Friederike war wirklich eine von vielen Streunern. Sie hatte weder eine Tätowierung noch war sie gechippt. Ich hoffe nur, man findet nicht eine, die ihr ähnlich sieht.«

»Sollte sie wieder auftauchen, bin ich gerne bereit, den Chip zu bezahlen.«

»Warten wir erst mal ab.«

Frauke telefonierte, und wie es schien, war die Verantwortliche auf der Gemeinde eine gute Bekannte von ihr. Auch wenn sich das Gespräch dadurch etwas in die Länge zog, versprach die Dame doch eine schnelle Aufklärung. Und richtig, schon nach zehn Minuten meldete sie sich wieder, und Frauke erklärte Hilke, dass weder am gestrigen Tag noch in der Früh ein totes Tier gefunden worden war.

»Aber das muss nichts bedeuten. Sie wissen ja, verletzte Katzen verstecken sich.«

»Oder suchen den Weg nach Hause. Ich gehe mal zu Melle. Sie scheint eine sehr innige Beziehung zu Friederike entwickelt zu haben. Mag sein, dass sie instinktiv spürt, wo sie sich aufhält.«

»Tun Sie das. Sie ist ein sehr sensibles Dingelchen.«

Melle stand am Zaun zu Norges Garten und gab ein forderndes »Mieps!« von sich.

»Könnte sie bei den alten Treibholz-Knorzen sein?«

»Mau.«

»Wollen wir Norge fragen, ob wir in seinen Garten dürfen?«

»Maumau.«

»Dann gib mir deine Hand, und wir klopfen an seine Tür.«

Die heißen Finger schlüpften in ihre Hand, und mutig schritt Melle neben ihr zu Norges Haus. Das war ein großer Fortschritt, stellte Hilke fest. Bisher hatte sie Fraukes Garten noch nie verlassen mögen. Aber die Sorge um die Katze schien sie mutig gemacht zu haben.

Der alte Norge öffnete auch sogleich, stieß eine Rauchwolke aus und hörte sich mit grimmiger Miene ihren Wunsch an.

»Katze suchen? In meinem Garten? Na, denn macht man. Die Lütte wird schon nichts kaputt machen. Aber hütet euch vor dem Klabauter!«

»Mirpsel. Mirrip. Gurrruru«, flüsterte Melle, und Hilke musste lächeln.

»Klar, dass dir der Klabauter nichts tut, Melle. Und Friederike auch nicht. Nur Norge mahnt uns zur Vorsicht, weil er nicht möchte, dass seine Kunstwerke beschädigt werden.«

Während Melle also weiter kätzische Lockrufe ausstoßend über die verschlungenen Wege ging, widmete Hilke sich einigen besonders skurrilen Gestalten. Eine ausgewaschene Wurzel, die sich wie ein Stern auf dem Boden ausbreitete, war zu einer halb im Sand vergrabenen Krake geworden, deren meergrüne Augen unter knorrigen Wülsten listig glitzerten. Hier ein Spänchen, da ein Splitter, mit großer Vorsicht hatte Norge das Holz bearbeitet. Noch immer erkannte man die alte Wurzel, doch je genauer man hinsah, umso lebendiger wurde das Tier, das darin verborgen war. Er war wirklich ein großer Künstler. Und dann fand sie unter den ausladenden Blättern des Rhabarbers das runde Stück Holz. Vielleicht war es einmal ein Maserknollen gewesen, jetzt war es eine getigerte Katze, die sich schlafend im Schatten zusammengerollt hatte. Hilke kniete sich nieder und strich ganz vorsichtig mit dem Finger über das seidig glatte Holz.

»Er muss seine Katze sehr geliebt haben, der alte Norge«, sagte sie leise zu dem hölzernen Tier. Ein wenig zuckte sie zusammen, als sie Norge hinter sich sagen hörte: »Es ist ihr Grab. Elli liebte diesen Platz, und hier starb sie auch. Ist jetzt zehn Jahre her.«

»Und sie fehlt Ihnen noch immer.«

»War 'ne alte, räudige Schiffskatze …«

»Mit der Sie jeden Happen Wurst teilten.«

»Ach was.«

Hilke erhob sich.

»Keine Katze könnte sich ein liebevolleres Denkmal wünschen.«

»War ein verrücktes Viech. Was erzählt die Lütte hier?«

»Sie ruft Friederike. In ihrer eigenen Sprache. Norge, Melle spricht seit dem Tod ihrer Eltern nicht mehr. Erst in den letzten Tagen macht sie überhaupt den Mund auf.«

»Kann passieren. Wir haben mal ein paar Schiffbrüchige aufgefischt. Die waren auch völlig verstört. Das legt sich wieder.«

»Ich hoffe es. Und vor allem hoffe ich, dass Friederike wieder zurückkommt. Ich fürchte, wenn nicht …«

»Ich halt nach ihr Ausschau am Strand. Aber nicht heute, heute gibt es ein Gewitter.«

Norge deutete zum Himmel, über den sich inzwischen Dunst gezogen hatte. Es war schwülwarm geworden, und Hilke teilte seine Meinung.

Melle hatte ihren Rundgang beendet und kam mit traurig hängenden Schultern zu ihr zurück. Hilke streichelte ihr über den Kopf.

»Lass uns hören, ob Sanne und Peter etwas gefunden haben, Melle.«

»Maumau. Miaumirps.«

196

Aber leider hatten die beiden auch keine Spur der Katze entdeckt, und das Mittagessen verlief sehr schweigsam. Sanne verschwand anschließend bei Ronne, Peter wollte wieder zum Strand, aber da der Himmel sich weiter zugezogen hatte, bat Hilke ihn, mit Melle Mühle zu spielen.

»Nö. Die gewinnt immer.«

»Na gut, dann zeige ich euch ein neues Spiel. Frauke, darf ich Fietes Schachbrett benutzen?«

»Natürlich. Setzt euch ins Wohnzimmer. Kriegt der Junge das hin?«

»Werden wir gleich sehen.«

Das Spiel fesselte die beiden eine Weile, und Hilke griff zu ihrem Buch. Das allerdings fesselte sie nicht, denn ihre Gedanken wanderten zu dem vergangenen Abend. Dass ihr erster Eindruck von Ronne so völlig verkehrt gewesen war, beschämte sie immer noch. Er war ein anregender, gewandter Unterhalter, ein erfolgreicher Geschäftsmann und ein überragender Koch. Sie fragte sich, ob sie noch mehr Menschen in ihrer Einschätzung Unrecht getan hatte. Fiete, so hatte sie bislang geglaubt, sei ein einfacher Fischer, der täglich mit seinem Kutter hinausfuhr und mit dem Verkauf seines Fangs eine fünfköpfige Familie ernährt hatte. Entweder konnte man mit ein paar Netzen voll Fischen mehr verdienen, als sie geglaubt hatte, oder da gab es auch noch etwas anderes. Sie legte das Buch beiseite und sah zu den beiden Kindern hin, die in ihr

Spiel vertieft waren. Um sie nicht zu stören, stand sie langsam auf und trat an den Kaminsims, auf dem die Fotografien der Familie standen. Bisher hatte sie denen keine Aufmerksamkeit geschenkt, aber als sie nun genauer hinsah, entdeckte sie neben etlichen Bildern von Ronne und seinen Schwestern, den Enkelkindern und dem Haus auch eine Aufnahme von einem jüngeren Fiete in einer schmucken Uniform mit einigem Lametta. Das war aber nicht die Uniform der Bundesmarine, sondern vermutlich die der Handelsmarine. Soso.

»Ich gehe mal rüber zu Ronne und schaue, dass Sanne ihm nicht die Nerven raubt«, sagte Hilke und erntete nur ein desinteressiertes »Mhm«.

Captain's Best hatte geöffnet, aber als sie nach dem Chef fragte, wurde ihr beschieden, er sei nicht da. Sanne jedoch war zu sprechen. Sie stand mit zwei Frauen in der Küche und pulte Krabben.

»Ronne ist oben und macht seine Abrechnungen«, sagte sie, und mit einem unerwarteten Grinsen fügte sie hinzu: »Wahrscheinlich wird er gerne dabei gestört. Du kannst hinten rum nach oben gehen.«

Tatsächlich, Ronne schien erfreut, sie zu sehen. Seine Haare standen noch wirrer um seinen Kopf als sonst, und er wies mit einer Grimasse auf seinen Schreibtisch.

»Buchhaltung.«

»Könnte man jemanden für einstellen.«

»Dann müsste ich ja meine Belege ordentlich aufheben.«

»Soll ich dir helfen?«

»Um Gottes willen, nein. Gehen wir lieber auf den Balkon und sehen zu, wie das Gewitter aufzieht.«

»Ich habe ein bisschen Erfahrung in Buchhaltung, Ronne.«

»In echt?«

Hilke lachte.

»Du weißt von mir so wenig wie ich von dir.«

»Das stimmt sicher.«

»Dann lass dir erklären, womit ich mich gewöhnlich beschäftige. Ich kümmere mich nämlich nicht nur um drei verwaiste Kinder, sondern schon viel länger um zwei chaotische Fotografen. Weshalb ich ja dachte, dass mir das mit den Kindern leichtfallen würde, und in mancher Hinsicht stimmt das auch. Igor ist verdammt gut darin, Menschen zu fotografieren, Gernots Schwerpunkt sind Landschaften. Beide sind wirklich ziemlich erfolgreich, aber sie würden keinen Cent verdienen, wenn ich mich nicht um ihre Verträge, ihre Rechnungen und ihre Steuererklärungen kümmern würde. Also lass mich mal sehen, was für ein Durcheinander du hier erzeugt hast.«

»Willst du das wirklich tun?«

»Hast du dich wirklich um Sanne gekümmert?«

»Na, wenn du meinst. Ich hab hier so ein Programm, an dem ich verzweifle.«

»Sehen wir mal. Ach, das kenne ich. Du liest mir Datum, Betrag und Sachbegriff vor, ich tippe ein.«

»Versuchen wir es. Aber ich warne dich, dieser Computer hat ein Eigenleben, und er hasst Menschen.«

Doch das Gerät wurde unter Hilkes Fingern ganz zahm, und nach einer halben Stunde sagte Ronne: »Das war's jetzt.«

»Gut, ich lasse die Berechnungen durchführen und die Aufstellungen ausdrucken. Und du erzählst mir in der Zwischenzeit von Fietes Leben in der Handelsmarine.«

»Rumgestöbert?«

»Nur die Fotos auf dem Kamin angesehen.«

»Tja, Vadder war früher viel unterwegs. Manchmal war er ein ganzes Jahr nicht zu Hause. Und dann wieder ein paar Monate lang hier. Dann ist er mit Großvadder auf dem Kutter raus. Es war für uns immer ein Fest, wenn Vadder nach Hause kam. Er wusste so viel zu erzählen. Wir Kinder glaubten anfangs all diese wunderbaren Geschichten von Seekühen und Pinguinen, von fliegenden Fischen und den Quallen, die nachts leuchteten. Aber als wir älter wurden, bekamen wir auch mit – so wie Kinder immer alles mitbekommen –, dass seine Arbeit auch gefährlich war. Es hatte Havarien gegeben, Überfälle von Piraten, Drogenschmuggel, Meutereien, Hurrikane. Einmal ist er angeschossen worden, danach hatte er immer eine Waffe bei sich.«

»Keine Kreuzfahrten?«

»Nein, Containerschiffe. Die richtig dicken Pötte.

Und das ist ein hartes Geschäft. Vor fünf Jahren, nachdem Großvadder gestorben war, hat er abgeheuert. Jetzt reicht ihm der alte Kutter, und Mudder kann endlich ruhig schlafen.«

»Sie kann auch kein leichtes Leben gehabt haben. Drei Kinder, der Mann selten da und das auf dieser abgelegenen Insel.«

»Ach, sie wollte es so. Als meine Eltern sich kennengelernt haben, war sie Flugbegleiterin. Sie kannte das unstete Leben, und als sie geheiratet hatten, hat sie entschieden, dass nur einer ständig unterwegs sein sollte. Also richtete sie sich hier auf der Insel ein und pflegte ihren Garten und ihre Kinder. Und lernte, sich keine zu großen Sorgen um Vadder zu machen.«

Der Drucker surrte und spuckte ein paar Blätter aus, die Hilke sich kritisch ansah.

»Sieht gut aus. Für diesen Monat sollte das Finanzamt zufrieden sein.«

»Aasgeier.«

»Wer zu geben hat, soll geben.«

»Geht alles von Friederikes Krabbentöpfchen ab. Ist die Katze wieder aufgetaucht?«

»Noch immer nicht. Und Melle war zutiefst geknickt, bis ich sie und Peter an das Schachbrett gesetzt habe.«

»Das Mädchen ist echt begabt.«

»Ja, und ich werde mich nach dem Urlaub auch darum kümmern, dass sie eine entsprechende Förderung erhält.«

Ronne trat an die offene Balkontür und sah über das Meer, das nun dunkelgrau unter dem düsteren Himmel lag. Ein langes, dumpfes Grollen rollte über die Wogen.

Hilke trat zu ihm.

»Ich muss mich um die Kinder kümmern. Bei Gewittern werden sie nervös.«

»Peter und Melle sind bei Mudder in guter Obhut, und Sanne weiß, wo sie uns findet.«

»Sie wird nicht um Hilfe bitten.«

»Hilke, das muss sie lernen. Du behütest sie zu sehr. Erzähl mir von deinen beiden Fotografen. Wie hast du sie kennengelernt?«

»In der Ausbildung. Ich war einmal der irrigen Meinung, dass auch ich zur Fotografin bestimmt sei, aber das hat sich bald verflüchtigt. Ich habe zwar meinen Abschluss gemacht, aber schon während der Ausbildung den beiden Jungs geholfen, ihre kleinen Aufträge abzurechnen. Und als wir fertig waren, machten sie sich mit ihrem Atelier selbstständig und baten mich, für sie zu arbeiten. Mir kam das sehr entgegen, sie ließen mir wahrlich alle Freiräume – von der Arbeitszeit und den Hilfsmitteln bis hin zur Höhe meines Gehalts.«

»Warum bist du der Ansicht, dass du nicht fotografieren kannst?«

»Weil mir der Instinkt dafür fehlt, Ronne. Ich kann zwar ganz nette Aufnahmen machen, aber es gehört mehr dazu, ein faszinierendes Bild zu schaffen. Igor zum Beispiel gelingt es, genau den Moment zu erwischen, in dem sich der Charakter eines Menschen zeigt. Er ist ein höchst einfühlsamer Mensch und geht auf seine Modelle ein. Und da er selbst ein halbes Kind geblieben ist, gelingt ihm das bei Kindern besonders gut. Wenn er für stolze Eltern die Sprösslinge fotografiert, dann machen die mit dem größten Vergnügen bei der Sitzung mit, und es entstehen zauberhafte Bilder. Wenn er einen Kindergeburtstag, eine Erstkommunion, ein Zuckerfest besucht, herrscht nach kürzester Zeit Jubel, und alle kleinen und großen Streitigkeiten sind vergessen. Aber er ist auch gefragt bei Hochzeiten, und meist vergießen die glücklichen Bräute Tränen, wenn sie seine Aufnahmen sehen. Er hat ein Auge für stimmungsvolle Momente.«

»Mag sein, dass Porträtfotografie ein besonderes Talent verlangt. Aber es gibt ja noch mehr.«

»Sicher, Gernot hat sich auf Naturaufnahmen spezialisiert. Ihm gelingen wirklich spektakuläre Aufnahmen. Ich weiß nicht, warum für ihn die Sonne immer blutrot am Horizont versinkt.«

»Photoshop?«

»Unter seiner Würde. Selbst Digitalkameras misstraut er.«

»Ich nicht, ich knipse damit auch nette Bilder. Auch wenn ich dazu neige, meinen Modellen den Kopf abzuschneiden.«

»So etwas zu vermeiden, kann man lernen.«

»Hat dein genialer Igor mal deine Kinder fotografiert?«

»Nicht seit dem Unfall. Davor schon.« Ein Windstoß erfasste sie, und ein Blitz zuckte zwischen den Wolken auf. »Sie haben sich sehr verändert seither.«

»Gehen wir rein. Es ist besser, jetzt die Fenster zu schließen.«

Der Donner krachte und hallte nach.

»Ja, es wird wohl heftig. Ich muss nach Sanne sehen.«

»Nein, Hilke. Warte, bis sie von selbst kommt.«

»Ronne, du verstehst nicht, ich …«

Der nächste Donner dröhnte, und der Wind rüttelte am Fenster. Die ersten dicken Tropfen klatschten nieder, und die Regenwand, die ihnen über dem Meer entgegenzog, verdunkelte den Tag.

»Was für ein Unwetter. Hoffentlich haben es alle Schiffe dort draußen in einen Hafen geschafft«, sagte Hilke und schauderte leicht.

»Die großen stört das nicht, und auch die kleinen reiten das gewöhnlich ab, wenn sie einen guten Skipper haben.«

»Und wenn nicht?«

Sanne stürmte in das kleine Büro. Sie war bleich und hielt die Fäuste fest geballt vor ihre Brust.

»Maitag. Wieso Maitag?«, keuchte sie.

»Mayday, Mayday. Der Seenotruf. Wann hast du ihn gehört, Sanne?«, fragte Ronne sanft und nahm ihre Fäuste in seine Hände.

»Im Gewitter. Sendest du ihn jetzt?«

»Nein, Sanne. Wir sind ja nicht auf See. Und es ist nur ein Gewitter.«

»Aber die Wellen!«

Ein weiterer Donner krachte ohrenbetäubend. Sanne schrie auf.

»Die Westen! Ihr habt keine Westen! Wo sind die Westen?«

»Wir sind im Haus, wir sind sicher, Sanne. Hier wird uns nichts geschehen.«

»Aber sie haben keine Westen, und Papa schreit immer Maitag. Und Mama wirft Melle über Bord. Und mich schubst sie auch. Und Peter taucht unter. Und das Segel schlägt um und trifft Papa.«

Ronne zog die zitternde Sanne fest in seine Arme.

»Ist es das, woran du dich erinnerst, Mädchen?«

»Papa und Mama sind weg, und das Boot liegt auf der Seite. Und das Segel zieht es runter. Ich habe so viel Wasser geschluckt. Salziges, kaltes Wasser. Und Melle schreit und schreit. Sie haben uns über Bord geworfen. Die Blitze sind so grell, und durch den Regen kann ich nichts sehen. Nichts. Nichts mehr.«

»Und dennoch seid ihr gerettet worden. Es müssen andere Schiffe in eurer Nähe gewesen sein. Denn auf den Hilferuf Mayday reagiert jeder Schiffsführer.«

Sanne schwieg, und Hilke wollte sie von Ronne zu sich ziehen, doch der schüttelte nur den Kopf. Und drückte Sanne fest an seine breite Brust.

»Wusstest du das?«, fragte er leise.

»Nein. Nur dass die Jacht gekentert ist. Warum, das scheint nicht geklärt zu sein.«

»Ein geübter Skipper hat mit ein bisschen Unwetter kein Problem. Und auch ein weniger geübter hört sich vor dem Auslaufen den Wetterbericht an.«

»Und mein Bruder Leichtfuß hat sich um nichts gekümmert«, flüsterte Hilke.

»Immerhin hat er den Kindern die Rettungswesten angezogen.«

»Das wird eher ihre Mutter gewesen sein. Aber warum sie selbst keine getragen haben, verstehe ich nicht.«

»Vielleicht waren nur drei vorhanden. Wer hat die Kinder gerettet?«

»Ein Trawler. Sie sind dann gleich in ein Krankenhaus gebracht worden. Unterkühlt, halb ertrunken, grün und blau geschlagen. Aber Peter war noch so besonnen, den Beamten seinen Namen zu nennen, und so haben sie mich dann ausfindig gemacht.«

»Und du hast sie umgehend zu dir genommen.«

»Ja, sicher. Wo sollten sie denn sonst hin?«

»Keine weiteren Verwandten?«

»Doch, noch die Schwester ihrer Mutter. Aber die ist mit einem komischen Typen verheiratet. So einer, der immer Neues anfängt und nichts richtig zum Erfolg führt. Er hat Versicherungen verkauft und mit Immobilien gemakelt, sein letztes Projekt war eine Künstleragentur. Er hat ein paar drittklassige Sänger rumvermittelt.«

»Nicht eben ein sicherer Hafen. Sanne, komm, tauch wieder auf. Das Wetter zieht ab, und am Horizont scheint schon das erste Blau auf. Sieh es dir an.«

»Ich will nicht«, nuschelte sie in Ronnes Pullover.

»Doch, das willst du. Vadder sagt immer, dieses erste Blau ist ein Zeichen der Hoffnung. Ich finde es einfach schön.«

Zaghaft löste Sanne sich, und Ronne drehte sie zum Fenster. Noch rannen Regentropfen daran herunter, aber wirklich, die schwarze Wolkenwand hatte sich gehoben, und weit draußen blitzten die ersten Sonnenstrahlen auf dem Wasser und ließen die Wellenkämme weiß aufleuchten.

»Es ist vorbei, Sanne. Auch wenn es schrecklich wehtut. Es ist vorbei«, sagte Hilke.

»Es wird nie vorbei sein.«

»Doch. Auch für dich lösen sich irgendwann die Wolken auf.«

»Maitag. Mayday. Papa hat versucht uns zu helfen, nicht wahr?«

»Ja, er hat den Notruf abgesetzt, und darum hat man euch so schnell retten können.«

»Aber sich und Mama hat er nicht retten können.«

»Nein. Aber Sanne, euch drei. Ihr wart ihnen wichtiger als ihr eigenes Leben.«

»Papa hätte uns gar nicht erst in das Unwetter fahren dürfen.«

»Das ist richtig.«

»Und Mama hat ihn nicht daran gehindert.«

»Ja, auch das ist richtig.«

»Warum? Warum haben sie das getan? Sie waren doch erwachsen.«

»Auch Erwachsene sind manchmal leichtsinnig. Auch Erwachsene gehen manchmal Risiken ein.«

»Du nicht.«

»Nein, darum bin ich ja auch so eine langweilige Spaßbremse.«

»Ja.«

»Ich finde«, sagte Ronne bedächtig, »dass Hilke eine mutige und großherzige Frau ist, denn sie hat ohne zu zögern drei Waisen bei sich aufgenommen. Junge Menschen, die etwas unglaublich Furchtbares erlebt haben und unter den Folgen dieses Erlebens noch immer leiden.«

»Trotzdem ist sie eine langweilige Spaßbremse.«

»Sicher? Ich habe immer Ferien am Meer als großen Spaß empfunden. Genau wie die Arbeit in der Küche. Und all die vielen anderen Dinge, die man hier unternehmen kann.«

»Sie verbietet uns alles.«

»Tut sie das wirklich? Hätte sie eurem Vater verbieten können, mit dem Segelboot hinauszufahren?«

Sanne schwieg und betrachtete nachdenklich den immer heller werdenden Himmel.

Siebenundzwanzig

Heimweg mit Hindernissen

Der schwarze Kater war groß, sein struppiges Fell gesträubt und sein Gebiss entblößt. Friederike trat den Rückzug an. Nach hinten. Dummerweise war da die Wand.

Eine krallenbewehrte Tatze sauste auf sie zu. Sie duckte sich gerade noch rechtzeitig und fauchte wild vor Angst. Der Schwarze erhob sich auf die Hinterbeine. Friederike konnte nach rechts ausweichen, aber als er wieder auf alle viere kam, stand er nahe bei ihr. Viel zu nahe. Wut vertrieb die Angst, und in ihr entfachte sich der kleine Funke. Er wurde zum Flämmchen, zur Flamme, und mit dem nächsten Donnerschlag hatte sie ihre wahre Gestalt angenommen.

Die Tigerin in ihr trat in Erscheinung, und mit einem tiefen Knurren warnte sie ihren Widersacher. Der zeigte sich unbeeindruckt, doch als sie nach ihm schlug, erwischte sie seine Flanke. Fellbüschel flogen. Das Kreischen zerrte an ihren Ohren. Sie sprang zur Seite und hatte mehr Spielraum. Als der Kater angriff, machte sie einen gewaltigen Satz über ihn hinweg. Doch als sie landete, rutschte das Heu unter ihr fort, und sie stürzte in die Tiefe. Wild quirlte ihr Schwanz, um sie so zu drehen, dass sie auf allen vieren landete. Es war ein harter Aufprall auf dem Lehmboden, und für einen Moment blieb sie benommen sitzen. Dann hörte sie es über sich rascheln, und als der Kater sprang, sprintete sie zu dem Loch in der Wand und entfloh nach draußen.

Regen durchtränkte sie augenblicklich, und der Schlamm einer Pfütze verschmutzte ihre schönen weißen Pfoten. Aber sie hastete weiter, hin zu der Weide. Ein mageres Büschchen bot ihr Versteck und ein klein wenig Schutz vor der Nässe, aber Matsch und Schlamm konnte sie hier nicht aus ihrem Fell putzen. Mit triefenden Ohren blieb sie sitzen und fühlte, wie auch ihr gepflegtes weißes Bauchfell schmutzig wurde. Dennoch harrte sie unter dem Busch aus, bis das Donnergrollen leiser und der Regen zu einem Tröpfeln wurde. Dann erhob sie sich und streunte über die Weide. Die Schafe hatten sich zusammengerottet und schützten einander vor dem Regen. Die Luft roch nach feuchter Wolle und nach Meer, in dem nassen Gras wurden ihre Pfoten wieder weiß, und als das Blau am Himmel erschien, wusste Friederike auch wieder, wo entlang ihr Weg führte. Sie drehte den Schafen den Rücken zu und trabte los. Einmal schüttelte sie sich heftig, um einen Großteil des Wassers aus ihrem Fell zu bekommen, aber für eine gründliche Reinigung benötigte sie ein sicheres, trockenes Plätzchen. Zum Beispiel unter diesem Traktor, der da verlassen im Hof stand.

Es war harte und anstrengende Arbeit, das gesamte Fell durchzuputzen, und zum Glück beobachtete sie niemand dabei, obwohl einmal ein Paar Gummistiefel an ihr vorbeistapfte, Kinderstimmen erklangen und ein tiefes Bellen sie aufschreckte. Trotzdem erlaubte sie sich nach der ganzen Reinigungsarbeit eine kleine Entspannung.

»Guck mal, unter dem Trecker sitzt eine Katze«, rief ein Junge, und schon erhielt sie von einem Besenstiel einen Schubs in die Seite. Fauchend stand sie auf und sah sich nach einem Fluchtweg um. Doch da waren auf einer Seite nackte Kinderbeine und der Besenstiel, vorne bellte sie der Hofhund an, und auf der anderen Seite standen die Gummistiefel. Wohin? Die Gummistiefel schienen zu einem Mann zu gehören, der den Kindern etwas zubrüllte. Dann verschwanden sie nach oben, und der knatternde Motor des Traktors sprang an.

Friederike sprintete über die jetzt freie Seite hinaus, wurde von dem Hofhund verfolgt und erreichte keuchend den Zaun zur Weide. Auf den Pfosten schaffte sie es eben noch, und dort blieb der Hund bösartig kläffend vor ihr stehen.

Hunde waren gefährlich, vor allem so große. Und sie wachten eifersüchtiger als jeder Kater über ihr Revier.

Weg hier, nur weg!

Lieber zwischen die Beine dieser Rindviecher geraten, die würde der Köter nicht angreifen. Sie schoss los, die blanke Angst im Nacken. Würde die Herde sich wieder stampfend in Bewegung setzen?

Sie tat es nicht, die Kühe mit den schweren Eutern grasten gemächlich weiter, als sie langsam um sie herum schlich.

Nette Tiere. Nur vor den Fladen musste man sich in Acht nehmen.

Bald hatte Friederike das Ende der Weide erreicht, und da die Sonne nun wieder schien, fand sie auch ihre Orientierung wieder. Da, dort war der Wald, hinter dem der Strand begann. Ihn musste sie wohl durchqueren. Es behagte ihr nicht, Wald war nicht ihr Gebiet. Sie mochte die Dünen, von denen aus man einen weiten Blick über das umliegende Gelände hatte, sie mochte die Gärten der Menschen, in denen es viele gemütliche Verstecke gab, aber der Wald war ihr unheimlich. Angeblich hausten gefährliche Tiere im Unterholz, im Blätterdach verbargen sich raubgierige Vögel, die Wege zwischen den Bäumen waren verwirrend, und manchmal zogen Menschen mit Gewehren hindurch, die alles töteten, was sich bewegte.

Aber nun gut, es musste sein. Jedoch nicht gleich und nicht so schnell. Erst mal musste sie ihren knurrenden Magen füllen. Und das ging auf der Weide recht ordentlich. Die Mäuse waren gut genährt und hatten würzige Kräuter gefressen. Friederike schätzte das. Und da die Kühe sich friedlich verhielten, erlaubte

sie sich, an diesem Ende der Weide eine Pause einzule-
gen, um sich von den Strapazen des Tages zu erholen.
Erst als die Kühe blökend zu ihrem Stall getrieben wurden, wachte sie wieder auf. Tief stand die Sonne, warf
lange Schatten. Im Wald würde es dunkel sein, und die
Dunkelheit bot Schutz. Hoffte sie.

Gemächlich machte sie sich auf den Weg. Schlehen-
büsche und Holunder säumten den Kiefernwald. Der
harzige Duft betäubte fast ihre empfindliche Nase, und
erst als sie ihn ausgeblendet hatte, traute sie sich weiter.
Der Boden war angenehm weich, das federnde Bett aus
trockenen Nadeln dämpfte jedes Geräusch. Dennoch
war Friederike äußerst aufmerksam, blieb immer wieder
witternd und lauschend stehen, ließ ihre nachtsichtigen
Augen umherschweifen. Noch hatte sich nichts Bedroh-
liches gezeigt, das sie von ihrem geplanten Weg hätte ab-
bringen können. Sie wollte auf möglichst gerader Linie
durch den Wald wandern, jetzt, da die Sonne ihr nicht
mehr die Richtung wies und überhaupt von dem Himmel hier unter den Bäumen nicht viel zu sehen war.

»Uhuuu, Uhuuu!«, klang es plötzlich über ihr, und
ein lautloser Schatten schwebte vorbei. Ein Todesschrei
durchbrach kurz darauf die Stille, und Friederike
schoss entsetzt einen Stamm hinauf. Sie erreichte eine
Astgabel, und ein empörtes Bellen ließ sie zusammen-
zucken. Ein Baummarder sah sie mit kalten Augen an
und entblößte sein Gebiss.

Marder waren gefährliche Beißer und äußerst flink,

213

und sie war in sein Revier eingedrungen. Der Sprung nach unten war der beste Weg, ihm zu entkommen. Zum Glück war die Landung weich, und mit großen Sprüngen legte sie Abstand zwischen sich und dem Tier. Aber die Richtung hatte sie verloren. Langsam trottete sie weiter, bemerkte rechtzeitig einen jagenden Fuchs und wich ihm aus. Sie lauschte zwei Käuzchen, die allerdings mehr aneinander interessiert waren als an ihr, und die beiden Igel hatten mehr Angst vor ihr als sie vor ihnen. Sie rollten sich zu stacheligen Kugeln zusammen, als sie ihrer ansichtig wurden.

Normalerweise hätte Friederike das als Aufforderung zum Spielen betrachtet, aber in dieser Nacht voller Geheimnisse stand ihr nicht der Sinn danach.

Langsam zog sie weiter, bis sie plötzlich bemerkte, dass es heller geworden war. Aber nicht das goldene Licht des Sonnenaufgangs war es, sondern das des Mondes, das die Stämme und das Unterholz versilberte. Ein zarter Nebelschleier zog vom Meer her auf und zerstreute das Licht. Friederike blieb stehen und sah sich erschöpft um. Müde ließ sie sich in den trockenen Nadeln nieder und schloss die Augen. Eine vage, dann immer deutlichere Erinnerung erfasste sie. Sie stand in den Grauen Wäldern, dem Grenzgebiet zwischen Traum und Wirklichkeit. Wohin gelangte sie, wenn sie jetzt weiterging? Waren es noch die Dünen, vor denen das Meer rauschte, oder war es das wunderliche Land der Illusion? Das Land, das alle Katzen magisch anzog und das sie doch nie betreten konnten? Langsam setzte Friederike eine Pfote vor die andere. Feinste Tröpfchen nässten ihre Barthaare. Mut musste man haben, Mut, um zwischen den nebeligen Stämmen hindurchzutreten, Mut, voranzugehen und sich nicht zu verirren. Verirren in den Grauen Wäldern war das Verderben. Noch ein Schritt und noch einer. Da, das hohe Tor ...

Der Schrei eines Eichelhähers weckte sie, und das Sonnenlicht fiel hell durch die Kronen der Fichten.

Verdutzt sah Friederike sich um. Nein, das war nicht das Land ihres Traumes. Das war ein ganz gewöhnlicher Wald, und die Wildsau mit den drei Frischlingen beäugte sie kritisch.

Nicht gut.

Sie erstarrte und senkte die Lider.

Das Schwein grunzte, die Frischlinge waren jedoch neugierig. Sie kamen näher, und eines schnüffelte an ihr. Friederike unterdrückte ein warnendes Fauchen. Mutter Schwein scheuchte ihre Kinder weg von ihr und trabte hinter ihnen her durch die Bäume. Erleichtert löste sie sich aus ihrer Haltung und begann mit der dringend notwendigen Morgengymnastik. Dabei blieben ihre Gedanken noch bei dem fantastischen Traum von dem Land, das von einer fliegenden Katze regiert wurde.

Dann regierte ihr Magen, und drei schmackhafte Waldmäuse wurden ihm zum Tribut verspeist.

Doch danach hieß es weiterziehen. Sie musste nach Hause. Unbedingt.

Achtundzwanzig

Unangenehme Wahrheiten und ein Verdacht

Das Wunder war geschehen, Friederike war zurückgekehrt, und Melle war überglücklich. Sie maunzte und gurrte zusammen mit der Katze, und beide schienen sich viel zu erzählen zu haben. Über ihre Erleichterung darüber vergaß Hilke leider, sich dem verschlossenen Peter zu widmen, zumal Sanne auch wieder zu zicken begann. Sie verlangte auf unhöfliche Art mehr Taschengeld.

»Ich habe dir schon einen Vorschuss gegeben. Mehr ist nicht drin, Sanne.«

»Ich hab nicht um Vorschuss gebeten, ich will mehr Taschengeld. Du kriegst genug für uns. Wir sind Papas Erben!«

Das war eine neue Entwicklung, und Hilke stützte die Ellenbogen auf den Tisch, um nachzudenken, wie sie dem Mädchen die Lage erklären konnte. Die stand, die Fäuste in die Hüfte gedrückt, vor ihr und sah sie herausfordernd an.

»Du steckst es selber ein, nicht wahr?«, sagte mit leiser, giftiger Stimme.

»Du hältst mich also für eine habgierige Schurkin, die drei arme Waisenkinder beraubt?«

»Na, irgendwo muss das Geld ja geblieben sein. Ich kriege jedenfalls nichts davon.«

»Was macht dich so sicher, dass dein Erbe von materiellem Wert ist, Sanne?«

»Natürlich ist es das. Wir hatten ein großes Haus und schöne Autos, und Mama hatte Schmuck, und Papa hat immer Geschenke für uns mitgebracht.«

Ja, er hatte immer weit über seine Verhältnisse gelebt, ihr charmanter Bruder Leichtfuß. Aber das diesem Mädchen zu erzählen?

Andererseits, sie hatte schon so lange geschwiegen, aus Rücksicht, um den Kindern kein schlechtes Bild von ihren Eltern zu zeigen. Aber es war eine üble Situation, in die ihr Bruder sie gebracht hatte.

»Sanne, wir müssen uns über deine Eltern unterhalten.«

»Hast du das Erbe schon verscherbelt?«

»Setz dich.«

»Steh du auf.«

»Ganz bestimmt nicht.«

»Dann gehe ich.«

Manchmal musste es sein, manchmal musste man eine Herausforderung aussprechen.

»Feige?«

Sanne setzte sich, starr und mürrisch.

»Eure Eltern hatten ein großes Haus, aber es war mit einer hohen Hypothek belastet. Eine Hypothek ist ein Bankkredit, geliehenes Geld.«

»Ja und?«

»Das Haus gehörte nicht euch, sondern der Bank.«

»Das erfindest du.«

»Nein, das tue ich nicht, und wenn du willst, zeige ich dir die Unterlagen dazu.«

»Und die Autos waren auch geliehen?«

»Ja, auch über sie gibt es nur Leasingverträge, und da die Raten nicht mehr bezahlt werden können, gehören auch sie nun der Bank.«

»Und das willst du auch beweisen können.«

»Natürlich. Sanne, ich bin von deinem Vater als Nachlassverwalterin eingesetzt worden und habe mich um diese Angelegenheiten kümmern müssen.«

»Du hast also alles der Bank gegeben. Statt uns. Wir haben das alles geerbt!«

»So läuft das nicht, Sanne. Und das weißt du auch.«

»Ich weiß nur, dass du eine verkümmerte, miese alte Hexe bist.«

Sanne stand auf und wollte aus dem Zimmer stürmen, aber Fiete fing sie auf.

»So eine unerzogene Krabbe wie dich schmeißen wir gewöhnlich gleich über Bord. Entschuldige dich bei Hilke. Augenblicklich!«

»Und wenn nicht?«

»Dann ist es aus mit Kochunterricht bei Ronne.«

»Das könnt ihr nicht machen.«

»Nicht? Wir haben einen schönen, tiefen und dunklen Keller hier im Haus. Möchtest du den besuchen?«

Offenbar war die missmutige Entschuldigung das kleinere Übel, aber dann entwand sie sich Fietes Griff und rannte hinaus.

Fiete setzte sich zu Hilke und stopfte umständlich seine Pfeife. Anzünden tat er sie jedoch nicht, Frauke duldete das Schmöken im Haus nicht.

»Was hat das Kind so aufgebracht, Hilke?«

»Die unangenehme Wahrheit, dass sie nicht über die unbegrenzten Mengen Geld verfügen kann, wie sie sich eingebildet hat. Nachdem sie sich dem Tod ihrer Eltern gestellt hat, hat sie auch die Konsequenzen daraus überdacht, scheint mir. Auf einmal beschuldigt sie mich, ihr Erbe verschwendet zu haben.«

»Und, haben Sie?«

»Da gab es nichts zu verschwenden. Mein Bruder hat Schulden hinterlassen. Nicht unbeträchtlich. Ich habe das Haus verkauft, zum Glück sehr schnell und zu einem guten Preis, so konnte ich wenigstens die Hypothek ablösen. Die Autos habe ich zurückgegeben, die Leasingverträge gekündigt. Die Einrichtung hat so gut wie nichts eingebracht, selbst die Teppiche waren auf Pump gekauft. Aber dann war da noch der Schmuck. Immerhin hatte meine Schwägerin auf Qualität geachtet. Den Erlös habe ich in drei solide Fonds angelegt, die den Kindern die Ausbildung sichern werden.«

»Sehr klug. Gute Ausbildung kostet.«

»Ja, aber für teure Kleidung und teures Spielzeug ist nicht viel übrig. Und ich …«

»Sie haben die Kinder aufgenommen, widmen ihnen Ihre Zeit und Fürsorge, haben Wohnung für sie geschaffen und fahren mit ihnen in Urlaub.«

»Ja, aber sie haben ihre Eltern verloren …«

»Zweifellos ein Schicksalsschlag. Aber Tausenden von anderen Kindern ist das ebenso passiert. Sie mussten aus zerbombten Städten fliehen, wurden verwundet, halb verhungert aus dem Meer gefischt. Im Gegensatz zu denen ist für Ihre Kinder das Leben noch immer ein Ponyhof. Und zu dem bringe ich Sie jetzt. Kommen Sie mit?«

Melle war bereit, mit in Fietes großen Truck zu steigen, aber als sie den Hof erreicht hatten, weigerte sie sich auszusteigen.

»Ich bleibe bei ihr, geht ihr mit Fiete reiten.«

»Reicht's denn für uns beide?«, stichelte Sanne und bekam einen grollenden Verweis von Fiete. Als sie verschwunden waren, atmete Hilke leise auf. Dann lehnte sie sich im Sitz zurück und sah Melle an.

»Ich freue mich, dass du mitgekommen bist. Was macht Friederike?«

»Mirrgurr.« Melle legte ihre beiden Hände an die Wangen und schloss die Augen.

»Sie schläft jetzt, ja? Hat sie dir erzählt, was sie erlebt hat?«

»Mau.«

Sehr gesprächig war die Kleine nicht, aber zufrieden

mit den wenigen Gesten und Lauten schaute Hilke aus dem offenen Fenster und beobachtete, wie Peter und Sanne auf sanftmütigen Ponys Runden drehten. Unversehens wanderten ihre Gedanken zu Ronne, und sie begann zu träumen.

Melle tippte sie auf den Arm und sagte: »Mieps!«

Verdutzt schreckte Hilke auf. Dieser Laut schien ein Befehl zu sein, so weit hatte sie es auch schon erkannt.

»Was willst du mir sagen, Melle?«

»Mirpsel!« Und dann machte sie mit den Fingern eine gehende Bewegung.

»Wo möchtest du hingehen?«

Kopfschütteln. »Mirpsel!«

»Friederike ist mit jemandem mitgegangen?«

Melle nickte.

»Mit wem? Warum?«

Schulterzucken.

Nein, das wusste Melle nicht. Nicht nur sie hing Tagträumen nach, das Mädchen tat es offenbar auch.

»Friederike ist ein liebes Kätzchen, und wo immer sie war, sie wollte zu dir zurück.«

Melle deutete auf die Sonne und fuhr mit dem Finger nach unten.

»Sie wanderte mit der Sonne, und sie folgte des Nachts dem Mondlicht und begegnete im Wald den tanzenden Elfen …«

In Melles Gesicht ließ sich überdeutlich ablesen, dass sie Hilkes Ausführungen für Blödsinn hielt.

»Oh, entschuldige. Es ist deine Geschichte.«

»Mirr. Brrips.«

Sie sollte das Mädchen ernst nehmen. Sie hatte diese seltsam tiefe Bindung zu dem Tier. Und das Mirrzen und Maunzen sagte ihr mehr als anderen Menschen. Auch sie, Hilke, hatte einst eine Katze besessen, und es hatte einige Momente gegeben, in denen sie sicher war, dass sie einander auf einer merkwürdigen Ebene verstanden. Flüchtige Bilder waren es gewesen, aber es waren kleine Einblicke in das Leben ihrer Katze.

»Melle, ich habe verstanden, dass du mit Friederike reden kannst. Hat sie dir Bilder geschickt von dem, was passiert ist?«

Melle machte Krallefinger und scharrte damit über die Polster, fauchte und schlug mit der Krallenhand in die Luft.

»Sie hat viel kaputt gemacht und musste kämpfen. War sie eingesperrt?«

Melle nickte.

»Dann hat man sie vielleicht wirklich entführt«, murmelte Hilke. »Ausgeschlossen ist das nicht.«

Aber wer tat so etwas? Professionellen Tierfängern wäre Friederike sicher nicht entkommen. Und gäbe es die auf der Insel, hätte man es wohl schnell bemerkt. Möglicherweise war es jemand, der sie für seine eigene Katze hielt oder eine, die von Freunden fortgelaufen war. Ja, das war gut möglich – Friederike war eine der typischen Inselkatzen mit ihrem sandfarbenen Fell und den weißen Pfoten. Dass sie im falschen Haus gelandet war, hatte sie vermutlich sehr wütend gemacht. Und welchen Schaden eine wütende Katze anrichten konnte, wollte Hilke sich lieber nicht vorstellen. Man würde sie flugs hinauskomplimentiert haben. Und natürlich ihrem Schicksal überlassen. Die kluge Friederike aber hatte ihren Weg nach Hause gefunden. Sogar durch Sturm und Gewitter. Es war eine dieser bewundernswerten Fähigkeiten, dass Katzen zu ihrem Heim zurückfanden – wenn sie es wollten.

»Friederike hat sich befreit, dann hat sie sich auf den Weg nach Hause gemacht. Dabei wurde sie in einen Kampf verwickelt. Aber sie hat es nach Hause geschafft.«

»Mau.«

»Du verstehst sehr viel, und ich glaube dir Friederikes Geschichte auch. Ich frage mich nur, warum jemand eine frei laufende Katze entführt. Ein bisschen verrückt wäre das schon.«

Und Verrückte gab es. Auf dieser Insel, auf der jeder jeden kannte, wäre es bestimmt möglich, diejenige Person ausfindig zu machen, die einen solchen Spleen hatte.

Hilke lehnte sich zurück und schloss die Augen. Es war angenehm still hier in dem Truck, ein wenig zu warm, auch wenn der Wind durch die offenen Fenster strich. Sie döste ein wenig, malte sich aus, dass die Kinder glücklich wären. Dass sie Vertrauen zu ihr fassten und sich zu aufgeschlossenen und fröhlichen Menschen entwickeln würden. Irgendwann spürte sie Melles Gewicht gegen sich sinken. Vorsichtig nahm sie das Mädchen in den Arm und schnurrte leise. Ein zufriedenes Maunzen antwortete ihr, dann sanken sie beide in einen geruhsamen Schlaf.

»Ich will auch ein Pony haben!«, forderte Sannes Stimme energisch an ihrem Ohr, und die Autotür wurde aufgerissen.

»Ein Pony wird sich in unserer Wohnung nicht wohlfühlen, Sanne.«

»Red nicht so einen Quatsch. Ein Pony auf einem Ponyhof, auf den ich zum Reiten gehen kann. Aber ich merk schon, du spielst schon wieder die geizige Spaßbremse.«

»Sanne, wie redest du mit deiner Tante?«, fragte Fiete und drehte das Mädchen an den Schultern zu sich herum.

»So wie ich will. Sie ist eine knickerige, miese Versagerin. Sie hat mein Erbe der Bank überlassen. Sie will nicht, dass ich an mein Geld komme. Sie hat …«

»Halt die Luft an, Mädchen.« Fiete schüttelte sie kräftig durch und hielt dann inne. »Und jetzt sag mir endlich, auf wen du so wütend bist.«

»Auf die blöde Kuh da.«

»Nein, auf die kannst du gar nicht wütend sein, denn sie hat dir nichts getan. Und das weißt du ganz genau. Also, worüber bist du so wütend, Mädchen?«

»Die verbietet mir alles!«

»So ein Unsinn. Aber ich sag dir was, Sanne. Du darfst ruhig wütend sein, und ich weiß auch, warum das so ist. Und deshalb helfe ich dir, noch wütender zu werden. Steig ein. Du auch, Peter. Hilke, können Sie sich um die Lütte und den Jungen kümmern? Ich habe noch etwas vor.«

»Natürlich.«

»Dann überlasse ich Ihnen gleich den Wagen und nehme Sanne mit in die alte Schmiede.«

»Und wenn ich nicht mitwill?«

»Kind, du wirst mitkommen. Und nun halt den Mund. Du gehst mir auf die Nerven.«

Fiete wollte den Wagen starten, aber Sanne sprang hinaus. Er hielt an, stieg aus und packte sie, bevor sie weglaufen konnte. Ein Klatschen verriet Hilke, dass Sanne sich eine mächtige Ohrfeige eingefangen hatte.

»Das dürfen Sie nicht. Ich zeige Sie an.«

»Noch eine gefällig?«

»Tante Hilke, tu doch was!«

»Was denn, Sanne? Soll ich mich mit Fiete anlegen? Deinetwegen?«

»Nie tust du was für mich.«

»Genau. Und nun steig ein und halt den Mund.«

»Tu das endlich, Sanne. Du nervst furchtbar«, sagte auch Peter und erntete einen giftigen Blick. Da sich offenbar alle gegen sie verschworen hatten, stieg Sanne schließlich schmollend ein. Die Fahrt verlief in brütendem Schweigen, und dann reichte Fiete Hilke die Autoschlüssel und zog Sanne hinter sich her in ein altes, verrußtes Gebäude.

»Wird er sie da verprügeln?«, kam es ängstlich von Peter.

»Nein, ganz sicher nicht. Sieh mal das Schild da oben.«

»Ein Boxklub?«

»Wo Sanne vermutlich gleich einen Sandsack vermöbeln darf.«

Sie fuhren zum Haus zurück, und Hilke sagte: »Ich muss zu Norge gehen und ihm endlich von dem Stück Treibholz erzählen, das ich gestern gefunden habe. Wollt ihr mitkommen?«

»Mirr. Mirpselmau«, sagte Melle und lief in ihr Zimmer. Peter hingegen war bereit, sie zu begleiten. Der alte Norge saß in seinem Garten und schnitzte an einem grauen, verwitterten Holzstück herum. Es war viel kleiner als die anderen, aber als Hilke genauer hinsah, erkannte sie den Fisch, der sich aus dem Holz befreite.

»Norge, wir haben gestern am Strand, hinten, wo der Wald beginnt, ein ziemlich großes Stück Treibholz gefunden. Hier, ich habe ein paar Aufnahmen davon gemacht. Ich glaube, das könnte Ihnen gefallen.«

Der Alte zog seine Brille über die Nase und beäugte die Bilder.

»Sieht schwer aus.«

»Deswegen haben wir es liegen lassen.«

»Hat vielleicht schon ein anderer aufgesammelt.«

»Oder auch nicht.«

»Mhm. Werd mal hinfahren. Kommst du mit, Junge?«

»Darf ich?«

»Natürlich. Und hilf Norge, wenn es nötig ist.«

Neunundzwanzig

Detektivarbeit

Friederike wachte aus ihrem glücklichen Dösen auf und roch Melle, die sich um sie herumlegte. Ahh, ein weiches Bett, ihre schnurrende Freundin, gedämpftes Sonnenlicht durch die Gardinen, die sich leicht im Wind blähten. Zu Hause. Gab es etwas Schöneres?

»Mirzel«, sagte Melle, und ihre Finger fuhren durch ihr Bauchfell.

»Maumaunz«, erwiderte Friederike und drehte sich ein bisschen mehr auf den Rücken.

Es waren durchaus noch Steigerungen möglich.

Ihre Kehle vibrierte in glückseligem Schnurren.

Und dann erklang von unten das Geklapper von Geschirr. Frauke servierte den Menschen etwas. Da musste man hin. Vor allem, weil der Magen seine Leere ankündigte.

»Mieps!«, befahl Friederike, und Melle stand gehorsam auf. Gemeinsam stromerten sie die Treppe hinunter in die Küche.

»Na, munter geworden?«, fragte Frauke. Melle nickte, und Friederike strich der Frau um die Beine. Sie wusste schon, was das bedeutete.

»Aprikosenstreusel mit Sahne. Für dich ohne Streusel.«

Für eine kurze Weile versank die Welt komplett in dem weißen, fluffigen Zeugs. Und erst als das letzte Tröpfchen aus dem Bart geputzt war, war Friederike wieder bereit, den Menschen ihre Aufmerksamkeit zu widmen. Viel hatte sie offensichtlich nicht versäumt, denn auch die hatten schweigend ihr Mahl genossen.

Jetzt aber fragte Hilke: »Frauke, kennen Sie jemanden, der sich hier auf der Insel um die frei lebenden Katzen kümmert?«

»Ja, ich. Um die da. Aber ich vermute, Sie meinen etwas anderes.«

»Bei mir zu Hause gibt es eine Gruppe Frauen, die regelmäßig Futter an der Friedhofsmauer ausstreuen. Zwischen den Gräbern lebt eine Kolonie von Streunerkatzen. Sie fangen die jungen auch immer ein, um sie kastrieren zu lassen.«

»Sehr freundlich von den Leuten. Aber nein, so etwas haben wir hier nicht. Was mich da auf eine Idee bringt …«

Friederike zuckte zusammen und war nahe davor zu fauchen. Menschen hatten sich nicht an ihrem Leib zu vergreifen. Sie hatte grauenvolle Dinge gehört von Männern, die mit spitzen Nadeln auf einen einstachen und mit blanken Messern an einem herumschnitten. Und sie hatte Kater gesehen, denen man was weggemacht hatte.

Melle gab ein warnendes Fauchen von sich.

»Schon gut, reden wir nicht davon. Ich frage mich nur, was mit Friederike geschehen ist. Ich kann einfach nicht glauben, dass sie drei Tage nur so verschwindet. Frauke, sie ist eine hübsche Katze.«

Ist sie, ist sie. »Schnurrrr!«

»Es könnte jemand versucht haben, sie einzufangen und bei sich zu behalten.«

»Kaum möglich, Hilke. Katzen suchen sich ihr Heim selbst.«

»Eben, darum ist Friederike ja auch wieder hier.«

»Ich wüsste auch niemanden, der so verrückt wäre, eine frei lebende, ausgewachsene Katze einzufangen.«

»Verrückt wäre der richtige Begriff. Irgendwo auf der Insel ist Friederike gewesen. Und sie ist – mhm – mit der Sonne zurückgewandert. Also von Ost nach West.«

»Hilke, wo auch immer sie war, wir wissen es nicht. Und nicht mal ich kenne jeden Bewohner der Insel.«

»Ihr kennt euch alle irgendwie untereinander, das habe ich schon festgestellt.«

Frauke lachte und goss sich noch einen Kaffee ein.

»Ja, irgendwie schon. Also gut, ich weiß was. Heute Abend treffe ich mich mit ein paar Freundinnen zum Stricken und Klönen. Ich horch mal nach, was es zu Katzen zu sagen gibt.«

Ein Bollern näherte sich dem Haus, und Friederike huschte unter das Sofa. Man wusste ja nie, was über einen hereinbollerte. Vielleicht fuhren gleich Blitze durch die Stube, da galt es, sich in Sicherheit zu bringen.

Doch das Bollern verstummte, und Fietes Stimme rief: »Dank dir, Helge!«

»Da nich für.«

Friederike wolle ihr Versteck schon verlassen, aber da trat Sanne ein. Und die verbreitete oft furchtbar schlechte Laune.

»Puh«, sagte das Mädchen und warf sich auf das Sofa. »Das war eine irre Fahrt auf diesem riesigen Trecker!«

»Streuselkuchen?«

»Au ja. Ich bin total ausgehungert.«

Vorsichtig streckte Friederike ihre Nase unter dem Möbel hervor. Sanne roch, als ob sie sich furchtbar angestrengt hatte. Und sie stopfte sich gierig das Stück Kuchen in den Mund. Auch den Saft stürzte sie mit wenigen Schlucken hinunter.

»Und, wie war es im Boxklub?«, fragte Hilke.

»Wahnsinn. Fiete hat mir gezeigt, wie man an einem Sandsack trainiert. Könnte ich das nicht auch zu Hause machen, Tante Hilke?«

»Ich werde mich erkundigen, wo ein Boxtraining möglich ist. Kann nicht schaden, wenn ein junges Mädchen weiß, wie man sich zu wehren hat.«

»Tja, das hebt die Frage nach dem höheren Taschengeld auf eine neue Ebene, nicht wahr?« Sanne grinste und reichte den Finger voller Sahne nach unten. »Ich weiß doch, dass du da bist, Friederike.«

Schlapp!

»Ich könnte dich begleiten, Sanne. Auch mir wird ein wenig Training guttun. Vor allem nach diesem Urlaub hier.«

»Du und boxen?«

»Ein paar Jahre Kickboxen …«

»Du?«

»Ja, deine spaßbremsende Tante.«

»Mal von jemandem richtig verprügelt worden?«

»Nein, hat sich keiner getraut. Aber Sanne, mir ist etwas eingefallen. Was hältst du davon, Ronne zu fragen, ob er dir nicht deine Arbeit bezahlt? Der Mindestlohn sollte wohl drin sein.«

»Wie viel ist das, Mindestlohn?«

»Find es heraus. Du bist doch ein schlaues Mädchen.«

»Nur weil du zu dumm bist, das zu wissen?«

»Willst du Ärger, Süße?«

Sanne stand auf und tänzelte mit erhobenen Fäusten vor Hilke auf und ab.

Friederike verzog sich tiefer unter dem Sofa. Das nahm ja Ausmaße an!

»Mirpsel«, sagte Melle leise, und Friederike beruhigte sich ein bisschen. Offensichtlich wollten Sanne und Hilke sich doch nicht gleich an die Kehle gehen. Menschen!

Dreißig

Strandgut-Geschichten

»Wir haben den Knollen hergebracht«, ertönte Peters
Stimme, und Hilke trat auf die Terrasse. Norge und
der Junge schleppten das große Holzstück aus dem
Kofferraum in den Garten. Mit einem vernehmlichen
Rumms ließen sie es fallen.

»Na, wissen Sie schon, was sich darin versteckt,
Norge?«

»Wissen Sie's?«

Hilke trat näher und wurde gebeten, über den Zaun
zu klettern. Eingehend betrachtete sie das vom Wasser
und Sand abgeschliffene Holz. Die Maserung trat
deutlich hervor, war ausgewaschen und auf die harten
Bereiche reduziert. Wie ein Gerippe legte es sich um
das Astloch. Nein, wie knochige Finger. Und dann, als
sie den Kopf schräg legte, erkannte sie es.

»Mein Gott, es ist ein Drache. Da, er windet sich um
das Loch. Der Schwanz ist hier, die Klauen, der Kopf.«

»Ein gutes Auge haben Sie da, Frau. Haben Sie
Dank. Und nun, Jung-Peter, geht zu Frauke, damit du
noch einen Rest von dem Streusel kriegst.«

»Woher wissen Sie denn davon?«, fragte Hilke.

»Hab's heute Morgen gerochen, als sie ihn gebacken

hat. Und hab auch ein ordentliches Stück davon pro-
bieren dürfen. Und nu kommen Sie mit, Frau Hilke.
Ich hab was mit Ihnen zu bereden.«

Norges Wohnzimmer war erstaunlich aufgeräumt,
aber es machte eher den Eindruck einer behaglichen
Kajüte als den eines Zimmers. Dennoch war das
Prachtstück und der Mittelpunkt ein großer lederner
Fernsehsessel, in den sich Norge mit einem vernehm-
baren Stöhnen setzte.

Hilke nahm auf der Wandbank Platz und sah den alten Mann auffordernd an. »Was ist mit dem Jungen?«

»Hat Ihnen eines der Kinder erzählt, was da mit dem
Segelboot passiert ist?«

»Ich habe die Polizeiberichte gelesen und mit einigen der Männer gesprochen, die sie aufgefischt haben.
Und gestern hat Sanne mir einen Teil erzählt. Es war
ziemlich grauenvoll.«

Norge nickte. »War's wohl. Und der Junge hat es
noch immer nicht verwunden. Er gibt sich die Schuld
an dem Unglück.«

»Wie das? Um Himmels willen, es war mein idioti-
scher Bruder, der das zu verantworten hat.«

»Will ich wohl glauben. Aber Fiete hat sich, fragen
Sie mich nicht woher, die Berichte zu dem Unfall
kommen lassen und auch mir gegeben, weil er glaubt,
dass wir den Kindern vielleicht helfen können. Ich
hab einiges daraus gelesen, was ich bedenklich finde.
Aber der Junge ist ein kluger Kopf, Frau Hilke. Er hat

sich, bevor sie zu dem Törn aufgebrochen sind, mit einigen Regeln vertraut gemacht. Hat verstanden, wie sich so ein Boot zu den Wettern zu stellen hat. Aber als er vorgeschlagen hat, die Segel zu reffen, hat sein Vater ihn einen Klugscheißer genannt. Und dann hat eine überkommende Welle alles bewegliche Gut über Bord gespült, und es waren nur noch drei Westen übrig.«

»Die die Mutter den Kindern anlegte und sie dann über Bord warf.«

»Mehr oder weniger. Mag sein, dass Peter sich einem alten Seebären wie mir eher anvertrauen mochte als allen anderen. Er musste es wohl endlich mal loswerden. Als das Boot querschlug und zu kentern drohte, hat er seinen Vater beschimpft. Die Mutter aber hat ihn über die Reling gestoßen.«

»Großer Gott!«

»Dann ist der Baum umgeschlagen und hat die Mutter getroffen. Sie ist ins Wasser gestürzt und untergegangen. Das Boot begann zu kentern. Sanne hat Melle über Bord geworfen und ist selbst gesprungen. Der Vater hat noch den Notruf abgesetzt, ist dann aber auch über Bord gegangen. Peter ist es gelungen, seine beiden Schwestern festzuhalten.«

»Und hat sie so gerettet.«

»Sie sind zusammen aufgefischt worden, aber von den Eltern fehlte jede Spur.«

»Das wird ja immer grausamer.«

»Auf Jung-Peter lastet es schwer, dass sich sein Vater so verantwortungslos verhalten hat. Ein Vater ist ein Vater, Frau Hilke. Und ein zehnjähriger Junge hält ihn für ein Vorbild. Dieses Vorbild hat sein Vater jedoch auf die gröbste Art zerstört. Und darunter leidet er.«

»Ja, Norge. Sicher. Ich leide auch darunter, ich habe es schon immer getan, wenn ich für meinen Bruder die Kartoffeln aus dem Feuer holen musste.«

»Dann verstehen Sie den Jungen also?«

»Natürlich.«

»Dann lassen Sie es ihn spüren.«

»Wenn er mich doch nur an sich heranlassen würde. Aber er ist so verschlossen.«

Norge nickte und schwieg eine Weile. Dann ergriff er ein Stück Holz, das in einem Kasten lag, und drehte es langsam in den Händen. »Wenn man es lange genug betrachtet, sieht man, was sich darin verbirgt.«

»Ich soll mehr Geduld mit ihm haben?«

»Nein, Frau Hilke. Wenn man erst mal weiß, was herauswill, dann muss man mit dem Schnitzen beginnen. Hier, versuchen Sie es mal. Und ich erzähle Ihnen währenddessen ein paar Geschichten aus meiner Seemannszeit. Sie wissen doch, dass ich auf einem Zweimastsegler Dienst getan habe.«

»Ja, auf der *Seuten Deern*.«

»Segeln ist etwas anderes, als auf einem Kutter zu fahren oder auf einem Containerschiff, wie Fiete. Auch wenn der Mann durchaus einen Segler handhaben kann. Aber wir hatten es nicht mit malaiischen Piraten zu tun, mit Mädchenhändlern und der Drogenmafia. Na ja, mit ein paar Schmugglern schon. Wir mussten aber auch keine Hurrikans überstehen oder Monsterwellen, aber zu unserem täglichen Geschäft gehörten Sturm und Unwetter, Sandbänke und Riffs und manches Leck und zerrissenes Segeltuch. Es war ein hartes Geschäft, die *Deern* immer flott zu halten. Und manches Mal war ich dem Klabauter wirklich dankbar, wenn der Wind durch die Wanten heulte, der Donner grollte und die Blitze zuckten.«

»Sie glauben wirklich an den Klabauter?«

»Es ist manchmal unheimlich auf See, Frau Hilke. Und wenn ich meinem Instinkt für die Gefahr die Figur des Klabauters gegeben habe, dann mag das seine Richtigkeit haben. Man kann vieles lernen über die Seemannskunst, aber wenn es darauf ankommt, braucht man mehr als nur Buchstabenwissen.«

Hilke betrachtete, während Norge sprach, das Holzstück. Es war nicht sehr groß. Handspannenlang, ein breiter Bruchteil mit einer Astgabelung einst, doch nun reduziert auf sein graues Gerippe.

»Doch es gab auch andere Tage, Frau Hilke. Tage, an denen war der Himmel blau und das Meer ebenso. Tage, an denen am Bug die weiße Gischt schäumte und das Wasser wie tausend Kristalle funkelte. Tage, an denen ein achterlicher Wind die Segel wie pralle Brüste blähte und die Tabakspfeife hinter den Aufbauten köstlich qualmte. Tage, an denen wir frischen Fisch grillten und in Eintracht dem Sonnenuntergang folgten.«

Norges brummige Stimme berichtete weiter von seinen Tagen auf See, und Hilke drehte und wendete das Holz in ihren Händen. Wogen klatschten gegen den Rumpf, Segel knatterten, es knarzte und knarrte. Salzige Luft wehte sie an, und wie ein Vogel flog die *Seute Deern* über das Meer. Am Himmel wanderten kleine Wolken, zwischen ihnen tollten die Möwen und stießen unvermittelt hinunter, um sich einen Fisch zu fangen. Ihr Schreien und Lachen verfolgte das Schiff.

Und dann hielt sie das Holz endlich in der richtigen Art in der Hand und murmelte: »Es ist eine Möwe, ihr Flügel, ihr Gefieder, hier ist der Kopf, nur ganz wenig muss man noch ändern.«

»Dann tun Sie's«, sagte Norge und reichte ihr eine Decke und ein Schnitzmesser.

»Das kann ich nicht.«

»Doch, das können Sie. Ganz langsam und vorsichtig.«

Und ganz langsam und vorsichtig schabte Hilke Spänchen für Spänchen ab. Der Kopf rundete sich, der Schnabel öffnete sich einen kleinen Spalt, der Hals wurde schlank, das Gefieder spreizte sich. Selbstvergessen schnitzte Hilke an dem Holz herum, während Norge weiter von den Fahrten über die Ostsee berichtete. Und dann legte sie das Messer zur Seite und bestaunte den kleinen wilden Vogel in ihrer Hand.

»Hier, klemmen Sie den in ihren Schnabel«, forderte Norge sie auf und reichte ihr einen kleinen hölzernen Fisch. »Sie hatte eine gute Jagd.«

Der Zauber hatte gewirkt.

»Wie schön. Danke, Norge.«

»Da nich für. Und nun gehen Sie und schnitzen an Ihren Kindern weiter.«

Einunddreißig

Im Dünengras

Friederike trippelte voran, ihr folgten Sanne und Peter, die beide Melle zwischen sich fest an den Händen hielten. Immer wieder drehte die Katze sich um und gab ein leises »Mieps!« von sich. Sie war an diesem Morgen auf dem Weg zu ihrem Lieblingsplatz in den Dünen. Zuvor hatte sie Melle geweckt und aus dem Bett getrieben. Die wiederum hatte ihre beiden Geschwister geweckt, und leise hatten sie sich aus dem Haus gestohlen. Es war etwas ganz Besonderes, denn noch nie hatte sich Melle so weit hinausgetraut. Doch der Morgen war friedlich, das Meer lag ruhig und ganz hoch am Strand und glänzte perlmuttern unter dem rosigen Himmel. Beinahe lautlos leckten kleine Wellen über den Sand, schoben hier und da Muscheln und Tang vor sich her, an anderen Stellen blieb nur ein bisschen weißer Schaum übrig. Hunderte von kleinen Pickern rannten den Wassersaum entlang, blieben wie auf Befehl stehen und gruben ihre Schnäbel in den Sand.

Friederike hatte es sich versagt, unter dem Restaurant vorbeizuschauen, es war sowieso noch nicht die Zeit für Fischköpfe. Der Sand der Düne war kühl, ein kleiner Halt für die Toilette war notwendig, dann trippelte sie weiter bis zu der Stelle, wo das hohe Gras in Büscheln stand und die kleinen gelben Blumen blühten. Noch einmal sagte sie »Mieps!« und setzte sich.

»Guckt mal, da draußen fährt ein Schiff vorbei«, sagte Sanne. Im Dunst über dem Meer leuchtete es weiß auf und zog majestätisch seine Bahn. »Das ist bestimmt ein Kreuzfahrer. Ronne war Küchenchef auf so einem Schiff.«

»Warum drückst du dich so oft bei diesem Mann rum?«, fragte Peter mürrisch. »Nie bist du da.«

»Ich lerne kochen bei ihm. Und er bezahlt mich.«

»Ach was?«

»Am Wochenende krieg ich mein Geld. Und dann gehe ich shoppen!«

»Weiberkram?«

Melle schnurrte besänftigend und ließ sich neben Friederike in den Sand fallen. Sanne und Peter setzten sich ebenfalls. Alle vier schauten auf das sich immer weiter verfärbende Meer hinaus.

»Weiß ich noch nicht«, sagte Sanne gedankenverloren. Und unvermittelt fügte sie hinzu: »Ich hab das Wasser immer gemocht.«

»Nur, dass man darin ertrinken kann«, flüsterte Peter.

Es klang so trostlos, dass Friederike sich ganz mutig an Peters Bein drückte. Diese Menschenwelpen waren noch viel zu jung, um von ihrer Mama verstoßen zu werden. Und nicht nur Melle war ganz hilflos. Auch die beiden anderen. Auch wenn sie oft ganz kratzbürstig waren. Katzen waren von Natur aus gute Mütter, und solange sie ihre Kinder brauchten, opferten sie sich bis zum Letzten für sie auf. Man konnte es an Mina sehen, die ebenfalls zu dieser frühen Stunde unterwegs war. An ihrer Schwanzspitze folgte ihr ihre Tochter und haschte nach den gelben Blüten, die im Wind tänzelten.

»Schau mal, Melle, da ist noch eine Friederike. Och, ist die Kleine niedlich.«

Sanne pflückte einen langen Grashalm ab und wedelte mit ihm vor Minas Nase herum. Die tatzte erfreut danach, zog sich aber erschrocken zurück, als Friederike ihr mit einem Fauchen und einem bösen Blick bedeutete, sich von ihren Menschen fernzuhalten. Die Kleine hingegen ignorierte die Warnung und folgte ihrer Neugier. Melle beugte sich vor und packte das Kätzchen. Es strampelte ein bisschen, aber als das Hinterteil abgestützt wurde, klammerte es sich mit seinen Vorderpfoten an Melles Schulter fest, und Melles leises Schnurren erwiderte es auch nach kurzer Überlegung.

Friederike schmollte.

»Lass sie«, sagte Mina. »Sie wird sich bald ihr eigenes Leben aussuchen. Vielleicht will sie ja zu den Menschen.«

»Nicht zu meinen! Sag es deiner Tochter.«

»Sie wird jetzt vielleicht nicht mehr auf mich hören.«

»Dann kriegt sie meine Kralle zu spüren.«

»Mach nur. Wenn's hilft …«

Friederike stand auf und brummte Melle drohend an. »Brrrimm. Maunzelmirrps.« Sie drehte Melle den Hintern zu und ließ ihren Schwanz peitschen. Deutlicher ging es nicht!

»Was erzählt ihr euch da?«, wollte Sanne wissen.

Melle drückte das Kätzchen fester an sich und schniefte.

»Lass es laufen, Melle. Gib der Katzenmutter ihr Kind zurück.«

Melle schniefte noch mal und strich über den Rücken des Kleinen.

»Willst du wirklich, dass es seine Mutter verliert?«, fragte Peter rüde.

Mit einer heftigen Bewegung rupfte Melle das Kätzchen von ihrer Schulter und warf es der Katze hin. Vor Schreck miaute das Kleine, wurde aber augenblicklich von seiner Mutter tröstend abgeleckt. Dann stupste sie es an, und zusammen zogen sie ab. Das Kätzchen hatte den Schrecken schnell verwunden, es haschte schon wieder fröhlich nach einem dicken Brummer.

Friederike entspannte sich ebenfalls, streckte sich neben Melle aus und sagte zufrieden: »Mirpselbrmm.«

Peter spielte mit einem Holzstück, das er im Sand gefunden hatte, Sanne klaubte ein paar Muscheln auf, warf sie aber bald wieder weg. Das war eine schöne Beschäftigung, fand Friederike und hetzte hinterher. Auch Melle beteiligte sich daran, aber bald wurde Friederike müde.

Sie schlug die Augen wieder auf, als Hilkes Stimme laut die Namen der Kinder rief. Sanne und Melle blieben sitzen, aber Peter sprang auf und antwortete ihr. »Hier sind wir!«

Hilkes Stimme hörte sich ein bisschen böse an, und als sie bei ihnen war, fauchte sie geradezu: »Warum seid ihr weggelaufen? Ich habe mir Sorgen um euch gemacht!«

»Friederike hat uns mitgenommen«, sagte Sanne herausfordernd.

»Ach, jetzt ist die Katze schuld daran? Los, nach Hause. Frauke wartet mit dem Frühstück auf euch.«

Friederike machte sich ganz klein hinter dem Grasbüschel. Wütende Menschen konnten gefährlich werden. Nicht, dass Hilke sie noch trat. Erst als die Kinder fort waren, trödelte sie noch ein bisschen in der Düne herum, stöberte eine Maus auf und fand sich dann zu einem ergiebigeren Mahl unter dem Restaurant ein, wo ein Teller mit Fischköpfen auf sie wartete. Dann schlenderte sie zu Fraukes Haus und fand das Fenster zur Küche offen. Um den Tisch saßen alle ihre Menschen und futterten ebenfalls. Die Wut schien verflogen zu sein. Dennoch traute sie sich nicht, in den Raum zu springen. Man wusste ja nie …

»Änne Sörensen sagt, dass Friedel Harms ein bisschen bekloppt ist, seit ihre Katze gestorben ist«, sagte Frauke.

»Was heißt bekloppt?«, wollte Hilke wissen.

»Na ja, nicht richtig verrückt, aber sie soll schon mal die Katze von ihren Nachbarn bei sich eingesperrt haben. Und vor ein paar Tagen hat die Nachbarin sie gesehen, wie sie einen Katzenkorb angeschleppt hat. Aber als sie sie gefragt hat, ob sie eine neue Katze hat, hat sie das verneint.«

»Wo wohnt diese Frau Harms?«

»Drüben am alten Anleger. Ein bisschen außerhalb vom Ort, ein altes Haus mit einem großen Garten, sagt Änne.«

»Ist das weit?«, fragte Sanne.

»Wohl sieben, acht Kilometer«, antwortete Fiete. »Nix ist wirklich weit hier auf der Insel.«

»Kann eine Katze so weit laufen?«

»Nicht am Stück, aber in zwei, drei Tagen schon«, sagte Hilke.

»Und sie kann natürlich auch querfeldein laufen. Dann ist es kürzer.«

»Tja, Fiete, wir haben Friederike unten am Wäldchen gefunden.«

»Vielleicht hat sie da auch nur Eichhörnchen gejagt«, sagte Fiete, und Friederike hätte ihm gerne widersprochen. Sie sprang vom Fensterbrett und fegte stattdessen der Frau um die Beine.

»Bettelprinzess!«

»Mirr!«

»Vielleicht hat Friederike auch mit den Elfen getanzt«, entgegnete Hilke ein wenig ungehalten.

»Dummes Zeug«, sagte Fiete und stand auf.

»Genauso dummes Zeug wie Ihre Geschichten von fliegenden Fischen und heulenden Robben«, sagte Hilke und streichelte Friederike. Die schnurrte dankbar.

»Meine Geschichten sind alle wahr. Oder glaubt ihr mir etwa nicht? Dann will ich euch gleich noch eine von den alten Buddeln erzählen. Los, macht klar Schiff und kommt dann in den Garten.«

»Wo der Kerl wieder seine stinkige Pfeife raucht.«

»Du liebst mich eben nicht, Frau«, grollte Fiete, nahm seinen Tabaksbeutel vom Tisch und trollte sich.

»Und wieder hat er sich erfolgreich um das Abräumen gedrückt«, sagte Hilke und lachte dabei. »Und Halt, ihr habt eine solche Ausrede nicht, Kinder.«

Ohne Widerrede halfen sie beim Abwasch, und Sanne hakte noch mal nach: »Könnte diese Frau denn Friederike entführt haben?«

»Ich weiß es nicht, Sanne. Und ich glaube auch nicht, dass sie es uns sagen würde. Aber warum ist das denn so wichtig? Friederike ist doch wieder da.«

»Ja, aber vielleicht holt sie sie noch mal. Oder fängt eine andere Katze ein.«

»Euch scheint der Sinn nach Detektivarbeit zu stehen«, sagte Hilke.

»Und du willst uns den Spaß verderben.«

»Nein, ich fahre mit euch zu dem alten Anleger, und wir befragen die Nachbarin.«

»Und mich nehmt ihr besser mit, denn von mir habt ihr ja die Information. Aber heute Vormittag muss ich zum Zahnarzt, also lasst euch erst mal von Fiete seine Schauergeschichten erzählen.«

Friederike war mit dieser Aussicht sehr zufrieden. Fietes Stimme grummelte so schön, wenn er sein Garn spann. Und das tat er gerne, wenn er aufmerksame Zuhörer hatte. Sie lief schon mal zu ihm hinaus und legte sich zu seinen Füßen unter die Bank. Fast vertrieb der Wind den Rauch, und der Duft von Rosen und Lavendel wehte gegen ihn an. Dann kamen die Kinder. Melle nahm neben Fiete auf der Bank Platz, Sanne und Peter holten sich zwei Stühle herbei.

Zweiunddreißig

Eine abenteuerliche Geschichte

»Wisst ihr, was eine Flaschenpost ist?«, fragte der alte Seebär.

»Ein Getränkeservice?«, antwortete Sanne.

Fiete lachte kollernd auf.

»Nee, min Deern. Eine Flaschenpost ist eine Nachricht, die jemand in eine Flasche gesteckt und dann ins Wasser geworfen hat.«

»Und warum steckt er sie nicht in den Postkasten?«

»Weil es auf einer einsamen Insel, unter Piraten, an einer fernen Küste oder auf einem alten Schiff eben keinen Briefkasten gibt. In einem solchen Fall hoffte der Absender, dass Flut und Strömung die Flasche an bewohntes Land spülte und der ehrliche Finder die Nachricht weitergab. Ihr wisst schon: ›Bin unter die Piraten in der Karibik geraten. Schickt ein Schlachtschiff zur Befreiung. Belohnung versprochen!‹«

Die Kinder kicherten.

»Glaub ich nicht«, sagte Peter.

»Doch, kannst du ruhig. Und zwar deshalb, weil ich selbst schon ein paar alte Flaschen im Beifang hatte. Die erste habe ich aus dem Netz gezogen, als ich noch mit meinem Vater mit dem Kutter unterwegs war.

Möchte jetzt so gute fünfzig Jahre her sein. War ein altes, grün bewachsenes Ding. Ich wollte es schon zurück ins Wasser werfen, da hat mein Vater es mir aus der Hand genommen und mir erklärt, was es war. Zu Hause haben wir dann ganz vorsichtig den Korken gelöst. Der war mit Wachs gut verklebt, sodass kein Wasser eindringen konnte. Und dann haben wir mit Mutters guter Pinzette ganz vorsichtig das Schreiben herausgezogen. Und ratet mal, was drinstand.«

»Ein Rezept für Fischsuppe«, sagte Sanne.

»Sind im Sturm untergegangen. Rettet unsere Seelen«, war Peters Beitrag.

Friederike und Melle enthielten sich der Stimme.

»Nun, keiner von euch hat recht. Es war eine alte Postkarte, die ein Mann geschrieben hat, der an der Südküste von Irland Urlaub gemacht hat. Sie zeigte ein Bild von der Stadt Cork und die Bitte an den Finder, sie an seine Adresse in Plymouth zu schicken. Hätte klappen können, aber das Meer folgt seinen eigenen Gesetzen. Zehn Jahre war die Buddel schon unterwegs, als wir sie auffischten.«

»Wie doof«, sagte Sanne.

»Tja, kein einsamer Schiffbrüchiger, der auf einer kleinen Insel gestrandet war und von den blutrünstigen Eingeborenen in den Kochtopf gesteckt werden sollte. Nur ein harmloser Urlauber. Wir haben ihm geschrieben, aber nie eine Antwort bekommen. Trotzdem, meine Fantasie hat die Flasche Sprünge machen lassen. Und darum achte ich seit Jahren auf all das, was sich in den Netzen verfängt. Es dauerte aber noch etliche Jahre, bis ich wieder eine zu Gesicht bekam. Eine Colaflasche war das, mit dem Zettel von einem kleinen Jungen, der in einem Ferienheim auf Sylt wohnte und Heimweh hatte.«

»Wie laaangweilig«, stöhnte Sanne.

»Sicher, aber die dritte Flasche, die wir auffischten, hatte es in sich. Sie war weit gereist und so braun und fleckig, dass wir sie zunächst fast nicht erkannten. Aber als wir den Verschluss gelöst hatten, fiel uns ein wahrer Schatz in die Hände. Auf dem einfachen Zettel standen als Erstes ein paar Zahlen, die uns zunächst nichts sagten. Aber den Text hatte ein Mann geschrieben, der behauptete, dass sein Schiff, die *Lucky Star,* von Piraten gekapert worden war, die ihn und seinen Partner verschleppt und gefangen gehalten hätten. Er bat darum, befreit zu werden, und versprach eine hohe Belohnung.«

»Das ist doch auch Quatsch«, sagte Peter.

»Glaubt das mal nicht. Das alles hätte zwar ein Scherz sein können, hätten uns nicht das Datum und der Name des Schiffes stutzig gemacht. Wir fanden recht schnell heraus, dass die *Lucky Star* eine Jacht war, die ein Taucherteam gechartert hatte, um im Golf von Bengalen wissenschaftliche Untersuchungen zu machen. Bei ihrer Arbeit stießen die Taucher auf ein Wrack.«

»Was ist daran denn so was Besonderes? Untergegangene Schiffe vermodern im Wasser doch nur«, schnaubte Sanne.

Friederike aber hatte etwas in Fietes Stimme gehört, das sie aufmerksam machte. Der alte Mann wollte etwas Spannendes erzählen, denn das tat er für sein Leben gern.

»Nein, Sanne, Schiffe sind ziemlich haltbar, und dieses war ein kleines, aber sehr solides Schiff, das erst seit etwa achtzig Jahren auf dem Meeresgrund lag. Der Fund hat einiges Aufsehen erregt. Es war die Jacht eines thailändischen Fürsten, die einst in einem Sturm verschollen war. An Bord war eine schöne junge Prinzessin mit ihrem Gefolge, die in das Land ihres Bräutigams reisen sollte.«

»Und diese Prinzessin lebt nun als Meerjungfrau zwischen den Korallen. Sie erzählen uns ein Märchen, Fiete.«

»Aber nein, Sanne. Es gab damals noch viele Prinzen und Prinzessinnen, und ihre Eltern waren sagenhaft reiche Herrscher. Weshalb die Mitgift ebenfalls großzügig bemessen war. Und diese Mitgift befand sich mit auf dem Schiff – Kisten voll mit Juwelen, Goldstücken und kostbaren Gewändern.«

»Und die haben die Taucher gefunden?«, fragte Peter.

»Haben sie. Sie haben die Kisten an Bord gebracht. Und da sie ehrliche Männer waren, haben sie auch die Behörden benachrichtigt. Denn derartige Funde darf man nicht einfach behalten. Aber die Meldung, die über den Schiffsfunk rausging, war ein Fehler. Sie wurde von einem Schiff der Seeräuber abgefangen, und die machten sich eiligst auf den Weg zur *Lucky Star*. Es gelang ihnen, bei Nacht das Schiff zu kapern und die Kisten mit den Juwelen in ihre Gewalt zu bringen. Zwei der Männer an Bord bemerkten den leisen Überfall. Sie versuchten, den Piraten die Beute zu entreißen, wurden überwältigt und entführt.«

»Und von denen stammte die Flaschenpost?«

»Ganz genau, Peter. Und als wir die Zahlen genauer untersuchten, erkannten wir, dass es die Koordinaten von einer Stelle auf den Andamanen waren.«

»Was sind Koordinaten?«, fragte Peter.

»Ich zeig es euch. Peter, lauf rein und hol uns den Globus!«

Als Fiete die runde blaue Kugel mit den bunten Feldern in den Händen hielt, drehte er sie ein Stück und zeigte dann auf eine bestimmte Fläche. Friederike wusste aus früheren Erzählungen, dass die Kugel die Erde darstellen sollte, aber das glaubte sie nicht. Die Erde war flach, bis auf ein paar kleine Hügel, wie die Dünen zum Beispiel. Aber Fietes Geschichten musste man glauben oder nicht, und aufregender waren sie, wenn man ihm glaubte. Und eines wusste Friederike – das Meer war sehr groß und weit. Das hatte sie mal von einem alten Schiffskater gehört, der lange Jahre zur See gefahren war.

»Diese Linien hier, die die Erde wie ein Gitter überziehen, die bilden die Koordinaten.«

Gitter, die die Erde überziehen – nun, man musste ihm auch das glauben, dachte Friederike und schenkte der folgenden Erklärung keine Beachtung, sondern putzte sich ein Stäubchen aus dem Schwanz. Als sie damit fertig war, sagte Fiete eben: »Hier seht ihr Indien, das ist der Golf von Bengalen, wo die Taucher das Wrack gefunden haben. Das hier ist Thailand, woher die Prinzessin kam. Und das hier, dieser schmale Strich, das sind die Andamanen-Inseln.«

Melle stippte auch mit dem Finger auf die Inseln und drehte dann den Globus.

»Ganz richtig. Sie liegen fast auf der anderen Seite der Erde.«

»Und wie kommt man dahin?«

»Tja, seht ihr, wir waren damals jung und abenteuerlustig, und darum heuerten ich und Udo Schulz, der magere Steuermann, und Joe Gomez, der schwarze, einäugige Maat, auf einem Containerschiff nach Singapur an.«

Friederike spitzte die Ohren. Diese Version der Geschichte kannte sie noch nicht. Fiete erzählte häufig von der Suche nach den Entführten, aber bisher war er mal mit den beiden Frauen dieser Opfer aufgebrochen, ein andermal mit einem Professor und einem hinkenden Mulatten oder auch mit einem indischen Polizisten und einem englischen Offizier. Wann immer Frauke Sommergäste hatte, kramte Fiete diese Geschichte hervor und wandelte sie ab. Auch das, was die Taucher in dem Wrack gefunden hatten, änderte er immer wieder. Mal waren es Kisten mit Waffen, mal alte Bilder, ein anderes Mal Päckchen mit Rauschgift. Dass es diesmal das Geschmeide einer Prinzessin war, mochte Melle und Sanne gefallen. Neugierig lauschte sie dem Fortgang der Geschichte, wie sie sich diesmal entwickeln sollte.

»Im Hafen von Singapur gingen wir an Land, buchten einen Flug nach Banda Aceh – hier, an der Spitze von Sumatra – und hörten uns ein wenig um. Joe hatte schon bald von den Piratenbanden gehört, die in den Gewässern vor den Inseln ihr Unwesen trieben. Meist fuhren sie nachts auf alten, klapprigen Booten hinaus und überfielen die Jachten reicher Leute. Manchmal versuchten sie sich auch an größeren Schiffen, entweder um Bargeld zu erbeuten oder Lösegeld für die Mannschaft zu fordern. Wenn sie ihre Beute hatten, verschwanden sie immer mit hoher Geschwindigkeit. Die klapprigen Boote hatten starke Maschinen, sodass eine Verfolgung selten gelang. Dennoch hieß es, dass die Freibeuter tief in den Urwäldern der unbewohnten Teile der Inseln ihre Behausungen hatten. Wir besorgten uns einige detaillierte Karten, und Udo, der Steuermann, konnte uns bald zeigen, dass die Koordinaten auf dem Buddelbrief sich tatsächlich auf einen Ort mitten im Urwald bezogen. Joe, der sich mit solchen Gegenden auskannte, organisierte unsere Ausrüstung, und mit unseren schweren Rucksäcken und bewaffnet mit Macheten – langen Messern – machten wir uns zu Fuß auf den Weg. Ein Spaziergang durch die Hölle wurde es. Brütend heiß war es unter den Baumriesen, zähe Ranken versperrten uns den Weg, Insekten fielen uns unerwartet ins Genick und bissen sich fest, grüne Giftottern ringelten sich um niedrig hängende Äste, seltsame Reptilien huschten vor uns die Stämme empor, und alles wurde begleitet vom misstönenden Geschrei der Vögel im dichten Blätterdach. Wir trauten uns nicht, auch nur eine Minute Rast zu machen, und waren schließlich ungeheuer erschöpft, als wir endlich eine Lichtung erreichten. Dort versuchte Udo mit Karte und Kompass herauszufinden, wo wir uns befanden.

»Hattet ihr denn kein Navi dabei?«, fragte Peter.

»Junge, in solch abgelegenen Gebieten nützen diese kleinen Spielsachen gar nichts. Aber ein Steuermann, der die Position anhand der Gestirne bestimmen kann, der nützt einem schon. Nur – viele Sterne waren da im Wald nicht zu sehen. Aber wir waren einigermaßen geradeaus Richtung Osten gewandert und schienen uns einem Gebiet zu nähern, das von Menschen bewohnt war. Auf der Lichtung fanden wir die halb zerfallenen Reste von drei Hütten. In einer schlugen wir unser Lager auf, und Joe schaffte es, ein Feuer zu entzünden. Das vertrieb das Getier einigermaßen, auch wenn ich am Morgen zwei Skorpione aus meinen Schuhen schütteln musste.«

»Ihh«, sagte Sanne.

»Halb so schlimm. Eine Netzboa, die mich im Schlaf erwürgt hätte, wäre unangenehmer gewesen.«

»Uh!«, sagte Peter.

»Wir stolperten über eine, als wir unseren Weg fortsetzten. Aber gegen Mittag trafen wir auf die nächste Lichtung, und hier fanden wir auch bewohnte Hütten. Frauen und Kinder, schien es, lebten hier. Die Frauen saßen an einfachen Webstühlen, mahlten irgendwelche Pflanzenteile zu Mehl, kochten auf offenen Feuern. An einem Spieß briet ein großes Tier, und uns lief von dem Duft das Wasser im Mund zusammen. Kinder tobten um die Hütten, ein paar schwarze Schweine wühlten im Dreck, in einem Pferch meckerten ein Dutzend Ziegen und ein paar wenig freundlich aussehende Hunde lagen angekettet vor einer etwas abgelegenen Hütte. Es sah zunächst friedlich aus, dennoch hielten wir uns vorsichtig bedeckt. Und das war auch gut so. Denn es war kaum eine Stunde verstrichen, da tauchten die Männer auf. Was für Gesellen, sage ich euch. Die meisten trugen Tarnanzüge, aber alle hatten bunte Tücher um die Stirn gebunden. Und bis an die Zähne bewaffnet waren sie. Nur zwei von ihnen sahen irgendwie anders aus, zerlumpter, heruntergekommener. Sie schleppten eine große Kiste, die sie unter Aufstöhnen abstellten, und ließen sich dann selbst erschöpft fallen. Einer der Bewaffneten trat einem von ihnen in die Rippen und herrschte sie an. Die Männer krochen weg und verschwanden in der Hütte, wobei die angeleinten Hunde sie bösartig anknurrten.

Die Frauen machten sich über die Kiste her, und mit freudigem Geschnatter zogen sie etliche bunte Kleidungsstücke heraus. Den aufkommenden Streit schlichteten die Männer dadurch, dass sie auf die Weiber einprügelten.«

»Waren die beiden Männer die Entführten?«, wollte Peter wissen.

»Wir nahmen es an, und wir merkten uns gut, wo die Hütte lag, in die sie gekrochen waren. Aber erst musste Ruhe im Lager einkehren. Und das dauerte, denn zuerst stürzten die Männer sich auf das Essen, dann auf die Rumflaschen. Unterdessen berieten wir uns. Warum die Entführten nicht schon die Flucht angetreten hatten, war offensichtlich – die Piraten behandelten sie wie ihre Sklaven, und die Hunde vor ihrer Hütte hielten Wache. Vermutlich würden die sie auch anfallen, sollten sie sich ungebeten entfernen wollen. Auf jeden Fall mussten wir die Nacht abwarten und prüfen, ob die Ansiedlung bewacht wurde. Und dann mussten wir auf irgendeine Weise die Hunde ablenken. Joe hatte schließlich eine gute Idee.

Er kannte sich im Dschungel aus, und darum wies er auf die roten Beeren, die im Unterholz wuchsen. Die seien giftig, würden aber süß schmecken. Wir pflückten eine Handvoll davon, dann hatten wir nur noch das Problem, wie wir sie den Kötern schmackhaft machen sollten.«

»Fressen Hunde denn Beeren?«, wollte Sanne wissen.

»Nicht ohne Weiteres. Und darum hatte Udo den guten Einfall. Von dem Essen lagen noch die Knochen des gegrillten Tieres herum, und ich schlich mich an die heruntergebrannte Feuerstelle und holte die größten heraus. Joe stopfte die Beeren in die Markhöhle, und dann kroch er vorsichtig in die Nähe der Hütte. Die Hunde stürzten sich mit Feuereifer auf die Knochen, und nach einer Weile legten sie sich nieder und rührten sich nicht mehr.«

Friederike knurrte zufrieden. Sie mochte bissige Hunde nicht, und diese Version der Geschichte gefiel ihr ausgesprochen gut. Sie erinnerte sich an andere Varianten, in denen Stacheldrahtzäune, hohe Mauern oder bewaffnete Männer die Entführten bewacht hatten. Mit erfreut gespitzten Ohren lauschte sie den weiteren Schilderungen.

»Das war unsere Gelegenheit«, sagte Fiete. »Ich schlich mich von hinten an die Hütte und kratzte an dem Holz. Aber die Männer darin schliefen tief und hörten mich nicht. Ich wagte nicht, sie laut zu rufen, aber ich klopfte etwas stärker mit meinem Machetengriff dagegen. Endlich eine Reaktion, jemand murrte. Ich flüsterte die beiden Namen, und jemand fragte, was los sei. Inzwischen hatte Udo den Riegel von der Tür aufgeschoben, und ich befahl den Männern, leise hinauszuschlüpfen. Geduckt rannten wir zurück ins Unterholz, und Joe führte uns auf gewundenen Wegen tiefer in den Urwald. Erst als wir uns sicher vor Verfolgern fühlten, hielten wir kurz an und rückten zusammen. Die Männer stellten sich als Enrico und Pieter vor. Sie waren wirklich die Meeresbiologen, die auf der *Lucky Star* gearbeitet hatten und von den Piraten verschleppt worden waren. Für die mussten sie allerlei Sklavendienste leisten, aber als Pieter eine der leeren Flaschen für sich behalten konnte, kam ihnen die Idee, einen Hilferuf darin ins Meer zu werfen. Doch viel Hoffnung hatten sie nicht, dass jemand nach ihnen suchen und sie finden würde. Sie waren überglücklich und überschütteten uns mit Dankesbezeugungen. Udo wehrte ihre Worte ab und fragte sie nach ihren Erfahrungen mit den Piraten. Wir mussten ja einen Weg finden, ihnen über das Meer zu entkommen. Spätestens am Morgen würden sie bemerken, dass ihre Gefangenen ihnen entwischt waren, und dass sie nicht auf den Inseln bleiben würden, konnten sie sich ausrechnen. Enrico hatte ein wenig seemännische Erfahrung, er wusste, wo die Boote der Piraten versteckt lagen und wie sie ausgerüstet waren. Aber Pieter war es, der uns von der Grotte erzählte.

Die Piraten lagerten die Beute, die sie verkaufen wollten, in einer Felshöhle, die unter Wasser lag. Und soweit er wusste, befanden sich auch noch immer die Kisten dort, die sie einst aus dem Wrack geborgen hatten. Es musste wohl schwierig gewesen sein, die kostbaren Juwelen zu verhökern. Häufig hätten die Seeräuber darüber gestritten, wo sie dafür die besten Preise bekommen würden, ohne dass man ihren Verbrechen auf die Spur kam.«

Friederikes Neugier wuchs. Die anderen Male war die Beute in einem verborgenen Tempel versteckt, auf einem alten Friedhof vergraben oder in einem Betonmischer verborgen worden. Die Unterwassergrotte war eine überraschend neue Variante. Sie rückte näher an Fiete heran, um genau verfolgen zu können, was als Nächstes geschah. Und sie bemerkte, dass auch die Kinder atemlos lauschten.

Fiete fuhr fort: »Ich versuchte meinen Kameraden auszureden, nach diesem Vermögen zu suchen, und drängte darauf, schnell einen sicheren Hafen anzulaufen, aber ich hätte mir meine Worte sparen können. Also schloss ich mich den anderen an, und wir machten uns auf den Weg zur Küste. Unser Boot fanden wir unversehrt in seinem Versteck, und Enrico sagte, dass er und Pieter eine Taucherausrüstung brauchten. Tauchschulen gab es einige auf den Inseln. Mir war nicht wohl dabei, als wir bei der erstbesten anlegten und die zwei sich ausstatteten. Sehr vertrauenswürdig erschienen mir die Männer auf der Basis nicht. Darum bat ich Udo, er möge einen Umweg über die südlichen Tauchgründe machen. Er lehnte es ab mit der Begründung, dass wir mit unserem Treibstoff haushalten müssten. Also brachen wir sogleich nach Norden auf, wo die Felsen bis ins Meer reichten und sich Höhlen gebildet hatten. Noch ging alles gut, auch das Wetter zeigte sich von seiner besten Seite. Auf dem Wasser schaukelten nur einige harmlose Fischerboote. Wir erreichten die Felsformation, an die Enrico sich erinnerte, und machten dort fest. Die beiden legten die Taucherausrüstung an und wagten den Abstieg in die Tiefe. Und ja, sie kamen mit zwei Kisten zurück.«

»War der Schmuck da drin?«, fragte Peter.

»Und wie sah der aus? Beschreiben Sie ihn uns, Fiete«, bat Sanne.

»Ah, das ist doch eine unwichtige Kleinigkeit.«

»Aber ich möchte es gerne wissen. Was für Juwelen waren das?«

»Na gut. Ganz kurz. Wir machten natürlich sofort die Kisten auf, um zu prüfen, ob sie wirklich der Fund aus dem alten Wrack waren. Und was soll ich sagen: Wir waren geblendet von dem Inhalt. Geschmeide aus Gold war es, ein Halsschmuck, aus Goldfäden gewebt, besetzt mit Hunderten von kleinen blauen Blüten aus Edelsteinen. Ohrgehänge, Armreifen in gleicher Art. Dann ein Collier aus Gold und Rubinen, die wie Blutstropfen daran hingen, in der Mitte ein großer, rosafarbener Stein. Ein anderes, in dem Diamanten inmitten von Blättern aus Smaragden glitzerten. Und ein Ring mit einem einzelnen gelben Brillanten, groß wie ein Wachtelei. Schmuck, Kinder, von unermesslichem Wert. Kein Wunder, dass die Piraten nicht gewagt hatten, ihn zu verkaufen.«

»Und was wolltet ihr damit machen?«, fragte Sanne.

»Tja, darüber entbrannte ein schrecklicher Streit. Enrico und Pieter sahen darin die Entschädigung für ihre Entführung, Udo und Joe die versprochene Belohnung für die Befreiung. Und ich wollte den Schatz an seine Eigentümer zurückgeben. Aber davon wollten die anderen nichts wissen. Die Zankhähne fingen eine üble Prügelei an, aber ich schaute auf das Meer hinaus. Und so entdeckte ich die zwei knatternden Boote der Piraten, die sich natürlich ausgerechnet hatten, dass die Flüchtlinge hinter ihrer Beute her waren. Ich packte also Udo, der eben seine Machete ziehen wollte, beim Schlafittchen und bat ihn, sofort die Kisten zu verladen und aufzubrechen. Das ernüchterte auch die andren, und in Windeseile war das Zeug an Bord, und wir rasten mit Höchstgeschwindigkeit aufs offene Meer. Zum Glück waren wir schneller als unsere Verfolger, aber schon drohte weiteres Ungemach. Der Himmel hatte sich verdunkelt, und ein scharfer Wind türmte die Wellen auf.«

Ah ja, dachte Friederike, das Unwetter war jedes Mal

dabei. Gleich würden die Brecher über dem Boot zusammenschlagen, es würde kentern, und die Beute würde im Meer versinken. Die Männer hingegen würden halb ertrunken ans Ufer gespült werden. Doch es kam anders, denn Melle gab ein kleines Wimmern von sich. Friederike eilte zu ihr und maunzte sie beruhigend an. Offensichtlich hatte auch Fiete bemerkt, dass die Kinder sich versteift hatten und einander angstvolle Blicke zuwarfen.

»Es war ein harter Kampf«, fuhr Fiete also fort. »Wir mussten diese tanzende Nussschale zum nächsten Hafen bringen, aber wir schafften es. Die Männer hatten auf dem Boot noch gut zusammengearbeitet, aber kaum waren wir an Land, ging der Streit weiter. Ich nutzte die Gelegenheit, um die Behörden anzurufen, und übergab die Kisten der Polizei. Und da ich den Beamten nicht recht traute, informierte ich auch unseren Botschafter über den Fund.«

»Sie haben einfach all diese Juwelen weggegeben?«
Sanné klang ungläubig, ja beinahe entsetzt.

»Sicher. Was sollten wir damit?«

»Ja, aber... die Belohnung?«

»Nun ja, da waren auch einige Goldmünzen. Und von denen hatte ich zuvor für jeden von uns eine herausgeholt.«

Fiete lange in seine Hosentasche und zog eine goldene Münze heraus.

Das tat er jedes Mal, wenn die Geschichte zu Ende

war, bemerkte Friederike. Es schien die Zuhörer von der Glaubwürdigkeit zu überzeugen. Aber da sie schon so viele Fassungen der Geschichte gehört hatte, bezweifelte sie inzwischen jede davon. Woher auch immer Fiete die Goldmünze hatte, sie stammte gewiss nicht aus einem Piratenschatz.

Dreiunddreißig

Besuch im Tierheim

Hilke nutzte die Zeit, in der die Kinder Fietes Garn lauschten, um einmal alleine durch das Dörfchen zu schlendern, trank einen Eiscafé und las die Zeitung. Als sie ins Haus zurückkam, stand Frauke schon am Herd und bereitete das Mittagessen zu. Mit einem strahlenden Lächeln sagte sie: »Alle Zähne gesund und bereit, kräftig zuzubeißen.«

»Wie schön für Sie.«

»Mit dieser Nachbarin, Renke Behrens, habe ich auch schon telefoniert. Wir können heute nach dem Essen zu ihr fahren.«

Fiete brachte die Kinder in die Küche, und beim Tischdecken herrschte ein munteres Geplapper. Die Geschichte hatte sogar Melle so beeindruckt, dass sie das Geschmeide der Prinzessin malte. Peter schien es besonders die Wanderung durch den Urwald angetan zu haben, und Sanne war von den Piraten fasziniert.

»Vergesst über all diese Abenteuer nicht, dass wir uns noch um Friederikes Entführung kümmern wollten«, sagte Hilke.

»Vielleicht haben die auch Piraten entführt«, meinte Peter grinsend.

»Genau, und deswegen werden wir die alte Piratenbraut aufsuchen und sie befragen.«

Melle hatte beschlossen, bei Friederike zu bleiben, und zockelte mutig mit der Katze in die Dünen. Hilke, Sanne und Peter setzten sich zu Frauke ins Auto und fuhren auf die andere Seite der Insel. Weiden mit Schafen und Rindern, vereinzelte Bauernhöfe, windzerzauste Hecken und gut frequentierte Fahrradwege passierten sie, dann kam der Kirchturm eines kleinen Fischerdorfs in Sicht. »Renkes Haus liegt vor dem Dorf. Hier vorne, das muss es sein«, sagte Frauke und hielt vor einem Backsteinhaus, das von einer sorgfältig gestutzten Hecke umgeben war. Das Törchen war bereits geöffnet, und als sie eintraten, entzückte Hilke die unglaubliche Menge von Rosen.

»Renke ist eine pensionierte Lehrerin und hat in den vergangenen Jahren ihren Garten zu ihrem Hobby gemacht«, erklärte Frauke.

»Mit Erfolg.«

Kaum hatten sie die Klingel an der grünen Haustür betätigt, erschien auch die Bewohnerin schon.

»Kommt rein. Ich habe Tee aufgesetzt.«

Zu dem es Butterstreusel, süße Brötchen und Marmeladentöpfe gab. Hilke verzichtete seufzend, die Kinder stürzten sich mit Freude darauf.

»Tja, ihr wollt wissen, was meine Nachbarin so umtreibt, nicht wahr?«, sagte Renke, als der Tee eingegossen war.

»Unsere Katze war einige Tage verschwunden und tauchte dann ziemlich zerzaust im Wald wieder auf. Sie ist für gewöhnlich ein häusliches Tier und verlässt ihr Revier nicht.«

Renke nickte.

»Ob sie wirklich eure Katze eingefangen hat, weiß ich natürlich nicht, aber ein bisschen seltsam benimmt Friedel Harms sich schon, seit sie ihre Schnuckel verloren hat. Sie hing sehr an dieser Katze und hat tagelang um sie geweint.«

»Was für eine Art Katze war das?«

»Ach, eine ganz gewöhnliche, wie sie hier überall anzutreffen sind. Sandfarben mit ein bisschen Rot, weiße Pfote und ein weißer Brustlatz. Eigentlich ganz hübsch, aber nichts Besonderes.«

»Katzen sind immer etwas Besonderes«, sagte Hilke. »Aber so, wie Sie sie beschreiben, sieht auch unsere Friederike aus.«

»Kann schon sein, dass sie eine solche Katze sucht. Ich habe sie schon einmal gesehen, wie sie mit einem Katzenkorb aus dem Auto stieg. Und dann gab es im Haus ein großes Gekreische, und am Abend saß eine verstörte Katze unter meinen gelben Rosen. Am nächsten Tag war sie fort, und es herrschte wieder Ruhe bei Friedel.«

»Warum fängt sie herumlaufende Katzen ein? Gibt es hier kein Tierheim?«, fragte Hilke.

»Was weiß ich? Vielleicht will sie die Streuner retten.

Sie hat ja auch angefangen, die wilden Katzen unten an der Mole zu füttern.«

»Und von denen hat sie noch keine eingefangen?«, wollte Sanne wissen.

»Das Rudel da unten ist überwiegend schwarz und grau getigert.«

»Ich denke, wir sollten mal mit ihr reden«, schlug Frauke vor.

»Ja, gehen Sie rüber. Vermutlich finden Sie sie in den Beeten arbeiten.«

Das Nachbarhaus war ebenfalls von einem großen Garten umgeben, und Hilke wollte schier der Atem stocken.

»Hier scheint man ja in einen Wettkampf um die größten und schönsten Blüten eingetreten zu sein«, sagte sie, als sie die Pracht der Hortensien sah. Der Weg zum Haus war gesäumt von weißen, rosafarbenen und roten Blütenballen, auf einer samtigen Grünfläche wuchsen üppige blaue Hortensien. An ihnen schnitt eine Frau in grüner Gartenschürze verblühte Blüten heraus.

»Frau Harms?«

Die Frau drehte sich um und lächelte die Ankömmlinge an.

»Die bin ich.«

Frauke stelle sie vor und fragte: »Haben Sie wohl mal ein paar Minuten Zeit für uns?«

»Aber natürlich. Möchten Sie auf der Terrasse Platz

nehmen? Ich habe Eistee und Limonade. Und ein Stück Streuselkuchen müsste auch noch da sein.«

»Eistee wäre schön, aber Kuchen …«

»Kuchen auch«, sagte Peter.

»Schon gut, schon gut, die jungen Leute müssen noch wachsen.«

Sie folgten Friedel Harms auf die schattige Terrasse, auf der ebenfalls Kübel mit Hortensien standen.

»Ihr Garten ist einmalig, Frau Harms. Ich habe noch nie eine solche Blütenfülle gesehen. Sind das dahinten Azaleen?«, fragte Hilke mit echter Bewunderung.

»O ja. Ich finde ihr dunkles Laub schön zu den Hortensien, und sie blühen eben zwei Monate vor ihnen. Da vorne erst die weißen, dann die gelben, die orangefarbenen, zuletzt die violetten und roten. Mein Mann und ich haben sie angepflanzt, als wir vor über dreißig Jahren das Haus bezogen haben.«

Hilke, Frauke und die Kinder setzten sich um den großen Holztisch, und Friedel Harms verschwand, um den Eistee zu holen.

»Unglaublich, diese Gärten hier. Frauke, auch Ihrer ist wunderschön, aber so etwas …«

»Macht einen Haufen Arbeit.«

Als der Tee eingeschenkt, der Kuchen verteilt und das Wetter ausgiebig gelobt waren, wagte Hilke einen Vorstoß.

»Dieser Garten muss für eine Katze ein wahres Paradies sein. Überall heimliche Plätzchen zum Verweilen und Dösen, Verstecke, wenn man nicht gefunden werden will, und sonnige Flecken, um sich aufzuwärmen.«

»Ja, da sagen Sie was. Mein Schnuckelchen hat es geliebt. Jeden Morgen hat sie ihre Runde gedreht, den Tag hier vertrödelt und nachts ihre Abenteuer gesucht. Ja, sie war sehr glücklich hier.« Ein Taschentuch fand den Weg zu Friedels nassen Augen. »Entschuldigen Sie, ich vermisse sie so. Vor einem halben Jahr ist sie von mir gegangen.«

»Ich hoffe, nach einem langen, erfüllten Leben.«

»Ja, sie wurde neunzehn Jahre alt. Müde war sie geworden, und immer häufiger fand ich sie dort unter den weißen Hortensien an der Wand.« Friedel schluchzte auf. »Und so auch an diesem nebligen Herbstmorgen. Sie kam auf die Pfoten, ganz wackelig, und hat hilfesuchend gemaunzt. Da habe ich sie aufgehoben und in eine Decke gewickelt. Eine Weile lag sie an der Heizung, und ich dachte schon, es ginge ihr wieder besser. Aber um die Mittagszeit jammerte sie noch einmal, wollte weder ihr Schüsselchen Sahne noch ein rohes Eigelb auflecken. Also habe ich sie zu mir auf das Sofa genommen.« Jetzt weinte sie hemmungslos, und Frauke streichelte ihre Schultern. »Sie starb in meinen Armen«, flüsterte Friedel. »Mein Schnuckelchen. Es war, als hätte man mir ein Stück aus meinem Herzen gerissen.«

»Ich habe vor einiger Zeit ein Buch gelesen«, sagte

Hilke. »In dem wurde beschrieben, dass die Katzen nach ihrem Tod auf die Goldenen Steppen wandern. Dort legen sie ihren irdischen Pelz ab und tragen das graue Schattenfell. Sie vergessen ihr irdisches Leid, doch in Erinnerung behalten sie die Liebe, die sie erfahren haben. Und wenn ihre Zeit gekommen ist, dann kehren sie zu dem Menschen zurück, der ihnen in Liebe verbunden war.«

Das Schluchzen wurde leiser.

»Was für ein schöner Gedanke.«

»Ja, das finde ich auch«, sagte Frauke »Und darum sollten Sie darauf warten, bis Schnuckelchen von selbst wieder zu Ihnen kommt, nicht wahr?«

»Denn auch andere Menschen haben Katzen, an denen sie innig hängen. Zum Beispiel Melle, die jüngere Schwester von Peter und Sanne. Sie hat sich mit der Dünenkatze Friederike angefreundet. Sie können sich sogar auf eine Art Kätzisch verständigen. Und als sie neulich für drei Tage verschwunden war, hat sie am meisten von uns gelitten.«

»O je, o je, ich bin wohl sehr dumm gewesen.«

»Sehr traurig vermutlich.«

»Ja, aber auch sehr egoistisch. Ich habe nicht nachgedacht. Aber wissen Sie, mein Schnuckelchen habe ich seinerzeit drüben in der Düne am Leuchtturm gefunden. Ein jämmerliches, halb verhungertes kleines Kätzchen, das sich hinter einem Büschel Gras versteckt hat. Ich habe es mitgenommen und aufgezogen. Seine Mutter muss umgekommen sein, denn eigentlich verlassen Katzen ihren Nachwuchs nicht. Ich musste es noch mit Milch füttern und hielt es an meinem Körper warm. Ich lehrte es, sich zurechtzufinden, ein Bällchen zu jagen, die Kiste zu benutzen. Ich bürstete sein seidiges Kinderfell, bereitete Brei und schließlich Fleischstückchen zu, ließ es in meinem Bett schlafen, und so entstand das Band zwischen uns.«

Frauke war aufgestanden und hatte einige Schritte in den Garten gemacht, um zu telefonieren. Hilke nutzte die Gelegenheit, um ihre Gastgeberin zu fragen: »Vermutlich hat Schnuckelchen in diesem Gartenparadies ihre letzte Ruhe gefunden?«

»Natürlich. Sehen Sie diese Katze aus hellem Sandstein, die sich so zierlich die Pfote leckt? Unter den weißen Hortensien, ihrem Lieblingsplatz, befindet sich ihr Grab.«

»Das haben Sie sehr schön hergerichtet.«

Frauke kam an den Tisch zurück.

»Friedel, ich habe eine Cousine, die drüben auf dem Festland im Tierheim arbeitet. Sie hat mir eben gesagt, dass noch immer einige Maikätzchen darauf warten, ein liebevolles Heim zu finden. Wollen wir nicht eben rüberfahren und nachsehen, ob eines davon Ihrem Schnuckelchen gleicht?«

»Keine Katze wird je meinem Schnuckel gleichen«, schnupfte Friedel.

»Nein, gleichen nicht«, sagte Hilke. »Aber vielleicht stimmt es ja, und jene, die sehr geliebt wurden, kehren zu ihren Menschen zurück. Sie laufen einem zu, werden in Mülleimern gefunden oder warten in Tierheimen auf ihren Menschen. Ich glaube, es wäre einen Versuch wert.«

»Ja«, fügte auch Sanne hinzu. »Auch Friederike ist einfach eines Tages aufgetaucht und hat angefangen, mit Melle zu sprechen.«

»Meint ihr wirklich?«

»Meinen wir«, unterstützte Peter sie unerwartet. »Legen Sie diese komische grüne Schürze ab und kommen Sie mit uns.«

Kurz darauf fuhren sie zur Fähre, setzten über und hielten vor dem weißen Gebäude des Tierheims. Frauke fragte nach Mette, und eine stämmige Frau mit krausen grauen Haaren führte sie in die Katzenabteilung.

»Sehen Sie sich einfach eine Weile um. Unsere Gäste brauchen manchmal etwas Zeit, um aus ihren Verstecken hervorzukommen.«

Ein halbwüchsiger schwarzer Kater war der Erste, der sich an sie heranschlich. Peter kniete nieder und streckte seine Hand aus. Er bekam einen Patscher darauf.

»Aua!«

»Neugierig, aber vorsichtig. Vermutlich ein echter Raufer.«

»Der ist nichts für mich«, sagte Friedel und drehte sich zum Ausgang.

»Da haben Sie recht. Aber bleiben Sie hier und warten Sie ab. Da, da traut sich eine weitere hervor«, sagte Frauke, und als das kleine wuschelige Bündel zu Sanne trappelte, stieß die einen Laut des Entzückens aus.

»Ist die niedlich.«

Zutraulich war sie auch und schmiegte sich maunzend an Sannes Bein. Diese bückte sich schon, um das Kätzchen aufzunehmen.

»Nein, Sanne. So leid es mir tut, aber wir sind nicht hier, um für uns eine Katze auszuwählen.«

»Spaßbremse«, maulte Sanne, richte sich aber wieder auf.

Zwei Tigerkatzen, schon ausgewachsen und mit wachsamen Blicken, kamen unter einem zerschlissenen Sofa hervor.

»Das ist doch sinnlos«, murmelte Friedel.

»Geduld«, mahnte Frauke.

In diesem Moment ertönte ein leises Krähen aus einer Korbhöhle an einem Kratzbaum. Ein rotgoldenes Gesichtchen erschien, grüne Augen blitzten, und dann hüpfte die kleine Katze Etage für Etage nach unten.

Friedel sank auf die Knie.

»Schnuckelchen«, flüsterte sie, und das Kätzchen strebte auf sie zu. Mit Tränen in den Augen hob sie es an ihre Schulter. »Schnuckelchen!«

»Ich habe Mette vorhin gefragt, ob sie sandfarbene Maikätzchen haben«, sagte Frauke später während der Rückfahrt zu Hilke. »Wenn nicht, hätte ich gar nicht erst vorgeschlagen, ins Tierheim zu fahren. Aber Ihre Geschichte von der Rückkehr der Katzen war sehr hilfreich.«

»Der schwarze Kater wäre auch gerne zu mir gekommen«, meinte Peter.

»Und das Wuschelkätzchen zu mir.«

»Und wie viele Katzen sollen demnächst in unserer Wohnung leben? Melle will bestimmt auch eine. Ja, ja, ich verstehe euch, und schon Melles wegen werden wir, wenn wir wieder zu Hause sind, gemeinsam eine Katze aussuchen«, versprach Hilke. »Ich hätte nämlich auch gerne eine.«

»Ehrlich?«

»Ehrlich! Aber bis dahin sollte Friederike uns genügen.«

Vierunddreißig

Alles in Butter aufm Kutter

Es roch nach Fisch auf dem Kutter. Wonach auch sonst? Und er wackelte und schwankte, ganz anders als Ronnes Boot. Er tuckerte ja auch nur vor sich hin. Dafür aber waren die Möwen da, und als das Netz eingezogen wurde, gab es alle Hände voll zu tun. Peter und Sanne waren mit Feuereifer dabei, den Fang zu sortieren. Es geschah mit Gequietsche und Gekicher. Einmal zwickte eine Krabbe Sanne in den behandschuhten Finger, Peter glitschte ein Aal aus den Händen und flog Hilke um die Ohren, ein paar besonders schöne, dicke Butte warf Fiete in einen Extraeimer und erklärte, dass die für ihr Abendessen bestimmt seien. Sie lernten viel über Fische und andere Meerestiere. Und als Peter einen Seestern aus dem Netz fischte, bat er, den für Melle mitnehmen zu dürfen. Fiete drückte einmal fest auf die Mitte und meinte dann: »Legt ihn in die Sonne auf Mudders Fensterbank im Garten, dann trocknet er ordentlich.«

Wieder hatte Frauke ihnen einen Picknickkorb mitgegeben, und obwohl Hilke anfangs glaubte, er sei für mehr als zehn Personen gedacht, machten sie fünf dem reichen Angebot ziemlich schnell den Garaus. Und dann kamen sie zum Höhepunkt der Fahrt. Fiete machte den Anfang, als er sie auf die beiden großäugigen Köpfe aufmerksam machte, die zwischen den kleinen Wellen zu sehen waren.

»Robben, auf Fischzug.«

Hilke versuchte ihr Glück, aber die Tiere erschienen zu unstet, um sie richtig im Bild zu erfassen.

»Lass man. Du kriegst noch mehr zu Gesicht. Wir nähern uns der Sandbank da vorne.« Und zu den Kindern gewandt meinte er: »Nehmt die Ferngläser dort. Dann könnt ihr sie besser beobachten.«

Eine lang gestreckte, blendend weiße Sandbank kam in Sicht, und tatsächlich sonnte eine ganze Kolonie von Robben sich darauf. Einige lagen platt im Sand, andere streckten Nase oder Schwanz oder beides in die Höhe.

»Das gibt dem Begriff ›sich anrobben‹ eine völlig neue Bedeutung«, sagte Hilde und machte Aufnahmen von den Tieren, die sich auf ihre eigenwillige, etwas unbeholfene Art zum Wasser bewegten. Waren sie jedoch erst in ihrem Element, wurden ihre Bewegungen anmutig und fließend. Einige kleinere Robben zockelten hinter ihren Müttern her, ein großer Seehund richtete sich plötzlich auf und gab ein lautes Brüllen von sich. Davon unberührt drehten ihm drei andere den Schwanz zu.

Die Kinder stießen Laute des Entzückens aus, machten sich gegenseitig auf besondere Tiere aufmerksam, lachten über die Spiele der Robben im Wasser. Hilke machte eine Aufnahme nach der anderen, doch dann ließ sie den Fotoapparat sinken und beobachtete ebenfalls einfach das Treiben auf der Sandbank.

»Die Jungen sind jetzt alt genug, um zu schwimmen und sich ihre eigenen Fische zu fangen«, sagte Fiete. »Heuler finden sich jetzt nicht mehr. Und von denen, die wir aufgezogen haben, sind die meisten jetzt ausgewildert worden.«

»Kommen die denn alleine zurecht?«

»Müssen sie. Sonst sterben sie. Das ist nun mal so in der Natur.«

Leise sagte Hilke mit einem Blick auf die Kinder: »Ich hoffe, sie schaffen es auch.«

»Sie sind ja nicht alleine. Und auswildern wollen Sie die Lütten doch nicht.«

»Nein, nicht hier und nicht jetzt. Aber … Fiete, mir gefällt es auf der Insel. Und ich habe überlegt, ob ich nicht herziehen sollte. Den Kindern scheint es hier gut zu gehen, besser als in der Stadt.«

»Warum nicht? Nehmen Sie sich Zeit, kommen Sie in den Herbstferien wieder. Kommen Sie im Winter her. Manchmal ist es ungemütlich, es stürmt und regnet. Der Strand ist leer, die Luft eisig, und oft liegt dichter Nebel über dem Meer. Aber auch das hat seinen Reiz. Und dann ist da natürlich Weihnachten.«

»Und der Grog und die Bratäpfel und die Kerzen …«

»Versuchen Sie es, Hilke. Sie sind herzlich willkom-

278

men, auch wenn es im Haus etwas eng wird, sobald unsere Kinder mit ihren Familien kommen, und sie ihre drei mit unseren Enkeln zusammen auf Ronnes Dachboden einquartieren müssen.«

»Ich danke Ihnen, Fiete. Ich werde auch darüber nachdenken.«

»Tun Sie das. Hilke, ich mische mich nicht mehr in das Leben meines Sohnes ein, aber ich habe den Eindruck, dass Sie ihm nicht ganz gleichgültig sind. Ist er auch einer der Gründe, warum Sie darüber nachdenken, auf die Insel zu ziehen?«

Hilke wandte den Blick von den Robben ab und sah Fiete ins Gesicht.

»Es ist Ihnen nicht recht, stimmt's?«

»Hilke, Ronne trifft seine eigenen Entscheidungen. Ich mag Sie und auch die Kinder. Aber er bekommt Sie nur alle vier zusammen. Es würde sein Leben sehr verändern.«

»Ich kenne Ronne erst seit drei Wochen, Fiete. Über solche Dinge haben wir noch nicht einmal ansatzweise gesprochen.«

»Schon gut. Kommen Sie her, lernen Sie das Leben hier besser kennen, und dann sehen Sie, was sich ergibt.«

Fünfunddreißig

Friederikes große Stunde

Friederike hatte ihren abendlichen Hunger bei Ronne in der Küche gestillt. An den Köpfen von den dicken Plattfischen war noch ordentlich Fleisch dran gewesen, und dass man sie in reichlich guter Butter gebraten hatte, hatte auch nicht gestört. Genussvoll putzte sie sich die fettigen Lippen und den Bart. Dann war sie etwas eingenickt.

Als sie aufwachte, war die Küche leer und aufgeräumt. Es war auch still, kein Töpfeklappern, kein Brutzeln auf dem Herd, kein Simmern und Blubbern, kein Schaben und Raspeln. Aber irgendwo im Haus war Hilkes Stimme zu hören. Hilke in Ronnes Haus – das war ungewöhnlich. Das musste eine neugierige Katze selbstverständlich untersuchen.

Ihre empfindlichen Ohren orteten die Laute weiter oben, vermutlich auf dem Balkon. Da war sie bisher nur sehr selten gewesen – die Küche bot in diesem Haus die weit attraktiveren Freuden. Aber jetzt machte sie sich auf den Weg nach oben. Es galt eine Treppe zu erklimmen und ein geräumiges Zimmer zu durchqueren. Dann gebot ihr eine geschlossene Glastür Einhalt. Dabei saßen Ronne und Hilke davor und naschten etwas von einem großen Teller.

Ohne sie!

Türen ließen sich gewöhnlich öffnen, wenn man wusste, wie. Diese hier, so entschied Friederike nach eingehender Untersuchung, konnte man aufschieben. Also machte sie sich daran, genau das zu tun. Man brauchte zwei Pfoten dazu, am besten die beiden vorderen. Die musste man überkreuzen und auf die Rahmen der beiden Fensterteile legen, die es aufzuschieben galt. Dann war fast überkätzische Kraft notwendig. Aber wo eine Katze rauswill, da kommt sie raus. Und tatsächlich, einen ersten Spalt hatten sich die Scheiben auseinander bewegt. Eine Pfote quer passte hindurch. Eine zweite – wieder über Kreuz – ebenfalls. Noch ein Kraftaufwand, und die Scheiben glitten weiter auseinander. Ein Test mit den Schnurrhaaren sagte Friederike, dass der Weg nach draußen frei war. Sie schlüpfte auf den Balkon und blieb hinter einem Blumenkübel sitzen. Die beiden mussten ja nicht wissen, dass sie sie belauschte.

»Vielleicht, Ronne. Aber ich muss erst mit den Kindern darüber reden. Und natürlich auch mit Igor und Gernot.«

»Mit den Kindern, das sehe ich ein. Aber deine beiden Fotografen?«

»Ich kann die beiden nicht so einfach im Stich lassen. Die ganze Organisation hängt doch an mir.«

»Und die hast du übernommen, zum Dank dafür, dass sie dich klein gehalten haben.«

»Ich weiß nicht. Sie sind schon so lange meine Freunde.«

»Schöne Freunde. Sag mal, kannst du dir nicht auch noch andere Gründe vorstellen, herzukommen? Neben den Kindern und deiner Arbeit als Fotografin?« Ronne sah Hilke an und lächelte.

Sie stand auf und starrte über die Brüstung zur langsam im Meer versinkenden Sonne.

»Wartet zu Hause ein Freund auf dich?«

»Nein. Nein, das nicht. Dafür habe ich in den vergangenen Monaten keine Zeit gehabt.«

»Aber wenn du Zeit hättest, könntest du dir vorstellen, mit jemandem zusammen zu sein?«

»Ach Ronne, wer will sich zu einer Frau auch noch drei Kinder aufbürden?«

»Nun ja, eine richtige Bürde sind die drei eigentlich nicht.«

»Sie haben gerade eben erst ihre Eltern verloren.«

Friederike beschloss, aus ihrem Versteck herauszukommen, um Ronnes Argumenten Nachdruck zu verleihen. Als Kater war der Mann eine Niete. Merkte der denn nicht, dass Hilke nur darauf wartete, dass er sie in den Nacken biss? Und so weiter?

Sie hüpfte auf den dritten Stuhl, ignorierte mit strenger Disziplin die Räucherfischhäppchen auf der Platte und maunzte Ronne auffordernd an.

»Ah ja, und da wäre natürlich auch noch Friederike«, sagte er und strich ihr über den Nacken.

Falsch, du dummer Mensch. Ihr musst du an den Nacken gehen!

»Ja, natürlich. Friederike. Melle wird sie sehr vermissen.«

Heilige Bastet! Es geht hier nicht um Melle, Hilke. Nun gib ihm schon ein Zeichen, dieser Tropf von einem Mann braucht deutlichere Hinweise als ein Kater. Ach, wenn du nur so einen schönen Schwanz hättest wie ich. Der würde jetzt auffordernd zur Seite fallen.

Na endlich, jetzt stand er wenigstens mal auf und stellte sich hinter sie. Und wuschelte mit den Händen in ihren Haaren. Am Nacken. Beiß rein! Beiß doch endlich rein! Dann hört sie auf zu zappeln.

Ups – na gut, so geht es auch. Abschlecken ist auch eine Lösung.

Scheint ihr zu gefallen, sie schleckt auch.

»Du hast interessante Argumente, Ronne«, sagte Hilke etwas atemlos.

»Ich könnte sie noch etwas vertiefen.«

Was er auch tat, während Friederike beschloss, dass es an der Zeit war, alle Zurückhaltung fahren zu lassen und sich von der Platte zu bedienen. Der fette Aal mundete ihr ausgezeichnet. Und auch die Makrele war nicht zu verachten.

»Ronne, wir werden beraubt!«

»Und wenn schon, ich habe etwas gefunden, was mir besser schmeckt als fetter Räucheraal.«

»Mag sein, wie es ist, mein Lieber. Aber bei dieser Inseldiät werde ich über kurz oder lang selbst zu einem fetten Aal.«

Keine Sorge, Hilke. Damit das nicht passiert, müsste ihr den Aal nur an mich verfüttern. So, und jetzt bin ich pappsatt und überlasse euch euren Vergnügungen. Ihr wisst ja wohl, wie das geht mit dem Kater und der Katz.

Sie hatten es verstanden, die beiden Menschen. Und die letzten Tage, die sie hier verbrachten, waren nicht nur sonnig, sondern auch wonnig. Die Kinder spielten ausgelassen am Strand, tobten durch die Düne und über das Watt, bummelten durch das Dorf und lauschten abends Fietes oder Norges Seemannsgarn. Und Melle traf sich heimlich mit dem Klabauter, aber das wusste nur Friederike.

Aber dann hieß es plötzlich Abschied nehmen.

Das merkte auch Friederike sehr deutlich. Es wurden nämlich Koffer gepackt.

Also machte sie sich daran, ihre letzte Aufgabe zu erfüllen. Es galt, den Besuchern etwas zur Erinnerung mitzugeben. Sie selbst war nicht bereit, ihr Revier zu verlassen, dazu liebte sie das Meer, die Dünen und die Fische bei Ronne viel zu sehr. Aber Mina hatte in der letzten Zeit mehr als einmal ihre Tochter weggeschubst und ihr zu verstehen gegeben, dass es an der Zeit war, sich ein eigenes Revier zu suchen. Die Kleine trödelte noch ein bisschen herum, fand sich häufig unter dem Restaurant ein und bettelte Friederike die Fischköpfe ab. Vom Mausen alleine konnte sie sich noch nicht ernähren. Oder wollte es nicht.

»Komm mit!«, sagte Friederike also am letzten Abend zu ihr, und vertrauensvoll tapste das Kätzchen hinter ihr her. Durch Fraukes Garten, auf die Fensterbank, von der Fensterbank in die Küche und dann heimlich hoch zu Melles Zimmer. Das Mädchen lag bereits im Bett, schlief aber noch nicht richtig.

»Hoch mit dir«, maunzte Friederike leise, und die Kleine gehorchte ihr. Als sie das Kind bemerkte, wollte sie gleich wieder ausreißen, aber Friederike fauchte sie an. Zögernd blieb das Kätzchen auf dem Kissen sitzen.

Melle öffnete die Augen, bemerkte sie und begann leise zu schnurren.

Dieser mütterliche Laut wirkte beruhigend, und mit ein paar Pfotentappen tretelte die Kleine sich eine Kuhle.

Melles Schnurren wurde lauter. Dann maunzte sie fragend: »Mirpselmieps?«

»Mieps!«, sagte Friederike und verdrückte sich.

»Miepselmirps?«, fragte Melle.

Ganz zaghaft kam es zustimmend: »Mau.«

»Wie schön. Und wie heißt du, Süße?«

»Mssi. Mi.«

»Missi?«

»Mau!«

Mit höchst kundigen Fingern kraulte Melle der kleinen Missi ihren Namen ins Fell. Dann fielen beide in einen tiefen, traumglücklichen Schlaf.

Missi begleitete Hilke und die Kinder, und sie erfüllte ihre Pflicht mit großer Inbrunst. Im Herbst kehrten sie auf die Insel zurück.

Nach dem nächsten Sommer blieben sie dann.

Und Missi stibitzte Friederike ziemlich oft ihren Fisch.

Nachwort

Die Autorin dieses Buches ist am 26.10.2017 zu Hause verstorben und erlebt das Erscheinen dieses Werkes nicht mehr. »Friederike – Inselkatze mit Herz« war das letzte Buch, das Andrea Schacht selbst zu Ende geschrieben und veröffentlicht hat. Das Jahr 2017 war für sie nicht gut. Nach ihrem vierten Klinikaufenthalt in Folge bestand an dem Wochenende vor ihrem Tod unsere gemeinsame Hoffnung, dass es ihr wieder besser gehen wird, wenn auch in kleinen Schritten. Aber dann hat sie sich entschlossen, diese Welt zu verlassen. Sie war mit ihrem Körper nicht mehr im Einklang. Jetzt wird sie hoffentlich geistig frei und unbeschwert an einem anderen Ort auf uns warten. Die Urne ist inzwischen im Mausoleum von Carstanjen hier am Rhein in Bad Godesberg-Plittersdorf beigesetzt – ein wundervoller und würdiger Ort für die letzte Ruhe. Wann immer jemand Andrea dort besuchen möchte, sollte es bei einem Spaziergang am Rheinufer tun und anschließend im Schaumburger Hof ganz in der Nähe einkehren (bei schönem Wetter auf der Terrasse mit Blick auf den Rhein und das Siebengebirge). Das Mausoleum war früher eine reine Familiengrabstätte, bis die Stiftung Rheinviertel vor ca. zehn Jahren das Gebäude saniert hat und es als öf-

fentliche Begräbnisstätte zugänglich gemacht wurde.
Jetzt sind bereits viele Urnenbeisetzungen in der
Krypta erfolgt.

Andrea können wir in Erinnerung behalten, sie wird
über ihre Bücher in unseren Gedanken bleiben. Zum
Schluss als Gruß in ihrem Namen:

Als der Regenbogen verblasste,
da kam die Sphinx
und trug mich mit sanften Schwingen.
Behutsam setzte sie mich am Randes des golden
Lichts ab
und ich fühlte mich wohl und geborgen.
Ich habe euch nicht verlassen.
Ich bin nur ein Stück voraus.

In Gedanken bei Dir
Dieter Hering-Schacht
Dezember 2017